PAIXÃO
INADEQUADA

PAIXÃO INADEQUADA

VI KEELAND

Tradução
Débora Isidoro

essência

Copyright © Vi Keeland, 2020
Copyright © Editora Planeta do Brasil, 2022
Copyright da tradução © Débora Isidoro
Todos os direitos reservados.
Título original: *Inappropriate*

Preparação: Andréa Bruno
Revisão: Elisa Martins e Laura Folgueira
Diagramação e projeto gráfico: Márcia Matos
Adaptação de capa: Beatriz Borges/Adaptada do projeto gráfico original
Fotografia de capa: Wander Aguiar (modelo: Simone Curto)

Dados Internacionais de Catalogação na Publicação (CIP)
Angélica Ilacqua CRB-8/7057

Keeland, Vi
 Paixão inadequada / Vi Keeland; tradução de Débora Isidoro. - São Paulo: Planeta do Brasil, 2022.
 288 p.

ISBN 978-65-5535-735-6
Título original: Inappropriate

1. Ficção norte-americana I. Título II. Isidoro, Débora

22-1638   CDD 813

Índice para catálogo sistemático:
1. Ficção norte-americana

MISTO
Papel produzido a partir de fontes responsáveis
FSC® C019498

Ao escolher este livro, você está apoiando o manejo responsável das florestas do mundo

2022
Todos os direitos desta edição reservados à
EDITORA PLANETA DO BRASIL LTDA.
Rua Bela Cintra, 986 – 4º andar
01415-002 – Consolação
São Paulo-SP
www.planetadelivros.com.br
faleconosco@editoraplaneta.com.br

Sem chuva
Sem flores

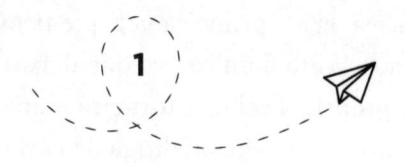

Ireland

Meu Deus, estou me sentindo um lixo.

Levantei a cabeça do travesseiro e resmunguei. Era por isso que eu raramente bebia. Uma ressaca violenta não é uma boa ideia para quem tem que acordar às três e meia da manhã. Estendi o braço na direção do ruído irritante, tateei a mesa de cabeceira até achar o celular e consegui silenciar o alarme.

Dez minutos depois, o som retornou. Resmungando, arrastei-me para fora do conforto da minha cama e fui até a cozinha em busca de café e um analgésico. Provavelmente teria que pôr gelo nos olhos para entrar no ar no jornal da manhã mais ou menos apresentável.

Estava servindo o café fumegante na caneca quando, de repente, me lembrei do que tinha motivado o porre da noite anterior e a consequente ressaca. Como eu podia ter esquecido?

A carta.

A porcaria da carta.

— Ai! Merda!

O café quente respingou na minha mão.

— Merda. Ai. Merda!

Coloquei a mão embaixo da água fria da torneira e fechei os olhos. Que merda eu tinha feito? Queria rastejar de volta para a cama e para o esquecimento.

Em vez disso, todos os detalhes da noite anterior voltaram, inundando-me como um tsunami. Uma hora depois de ter entrado pela porta da frente puxando a mala de rodinhas, voltando de uma semana no paraíso, recebi uma carta via mensageiro.

Demitida.

Por carta-padrão.

Um dia antes de voltar ao trabalho depois das férias.

Senti náusea. Era a primeira vez que ficava desempregada desde os catorze anos. E era a única vez que deixava um emprego sem ser por vontade própria. Fechei a torneira e abaixei a cabeça, tentando lembrar o texto exato daquela droga de carta.

Cara srta. Saint James,
Lamentamos informar que seu contrato com a Lexington Industries foi rescindido.
Seus serviços não são mais necessários pelas seguintes razões:
- Violação da Política de Conduta 3-4. Cometer quaisquer atos que constituam assédio sexual ou exposição indecente.
- Violação da Política de Conduta 3-6. Usar a internet ou outros meios de comunicação para dedicar-se a conduta sexual ou comportamento lascivo.
- Violação da Política de Conduta 3-7. Praticar outras formas de conduta sexualmente imoral ou condenável.
Verbas rescisórias não serão pagas, porque sua demissão se dá por justa causa. Dentro de trinta dias, enviaremos uma carta detalhando as condições de seus benefícios. A cobertura de seguro se manterá pelo tempo determinado pela lei trabalhista do estado de Nova York.
O departamento de recursos humanos emitirá o cheque referente ao pagamento do saldo de dias e encontrará com seu supervisor a melhor maneira para a retirada de seus objetos pessoais.
Lamentamos esta ação e desejamos boa sorte em sua carreira.
Atenciosamente,

Joan Marie Bennett
Diretora de Recursos Humanos

O pacote incluía um pen drive que continha um vídeo de trinta segundos gravado na praia por uma de minhas amigas. Senti a garganta queimar por outras razões, além da intoxicação alcoólica a que tinha submetido meu corpo.
Meu emprego. Minha vida durante os últimos nove anos. E um vídeo idiota e de péssima qualidade tinha feito desaparecer como uma nuvem de fumaça todo o resultado do meu esforço.

Puf. Adeus, carreira.
Resmunguei:
— Meu Deus. O que é que eu vou fazer?
Ficar em pé obviamente não era a resposta para essa pergunta, então levei minha cabeça latejante de volta para o quarto e me encolhi embaixo das cobertas. Puxei o edredom sobre a cabeça, esperando que a escuridão me engolisse viva.

Depois de um tempo, consegui dormir de novo. Algumas horas depois, acordei me sentindo um pouco melhor. Mas a sensação não durou muito. Acabou quando me dei conta de que só me lembrava de *metade* dos acontecimentos da noite anterior.

Mia, minha melhor amiga, que também dividia a casa comigo, encheu uma caneca de café para mim e aqueceu no micro-ondas. Ela também parecia estar de ressaca.

— Dormiu bem? — perguntou.

Com os cotovelos apoiados sobre a mesa da cozinha, segurei a cabeça com as mãos e a mantive mais ou menos erguida. Olhei para ela com os olhos semicerrados.

— O que você acha?

Ela suspirou.

— Ainda não consegui superar essa sua demissão. Você assinou um contrato. Não é ilegal demitir alguém por algo que aconteceu fora do trabalho?

Bebi um pouco do café.

— Parece que não. Falei com Scott sobre isso agora há pouco.

Eu tinha engolido meu orgulho e ligado para o meu ex. Ele era um cretino, a última pessoa com quem eu queria falar, mas também era o único advogado na minha lista de contatos. Infelizmente, ele confirmou que a decisão do meu empregador era totalmente legal.

— Desculpe. Nem imaginava que um dia na praia pudesse resultar nisso. A culpa é toda minha. Fui eu que sugeri a área de topless.

— Você não tem culpa de nada.

— Onde é que Olivia estava com a cabeça quando postou aquilo no Instagram e marcou todas nós?

— Acho que as piñas coladas que o gatinho do quiosque serviu com uma dose extra de rum esvaziaram a cabeça dela. Mas não entendo como o pessoal do meu emprego ficou sabendo. Ela marcou minha conta privada, Ireland Saint James, não a conta pública da Ireland Richardson que a emissora administra para mim. Ou *administrava*, imagino. Como é que eles viram aquilo? Verifiquei todas as minhas configurações hoje de manhã para ter certeza de que não tinha aberto a conta – e não abri.

— Não sei. Talvez alguém do seu escritório siga uma de nós, as que têm conta aberta.

Balancei a cabeça.

— Pode ser.

— O cretino respondeu ao seu e-mail pelo menos?

Franzi a testa.

— Que e-mail?

— Você não lembra?

— Pelo jeito, não.

— O que você mandou para o presidente da empresa.

Arregalei os olhos. *Ai, merda.* As coisas iam ficando cada vez melhores.

Aparentemente, o fundo do poço tinha um alçapão.

Demitida.

Sem verba rescisória.

Uma semana *depois* de pagar a segunda e maior parcela do contrato de construção da minha primeira casa.

A probabilidade de conseguir boas referências do meu último emprego? *Zero.* Afinal, enchi a cara e disse ao homem na torre de marfim o que pensava dele e de sua empresa.

Incrível.

Simplesmente incrível.

Mandou bem, Ireland!

Depois de ter usado a maior parte das minhas economias para dar entrada no terreno que comprei em Agoura Hills e pagar todas as bebidas da festa de despedida de solteira no Caribe durante uma semana inteira, eu tinha uns mil dólares na conta. E minha amiga logo se casaria e mudaria de casa, levando com ela a metade do aluguel que pagava todos os meses.

Mas... não se preocupe, Ireland. Você vai arrumar outro emprego.

Quando o inferno congelar.

A indústria da mídia era tão complacente quanto minha conta bancária depois de um dia no shopping.

Eu estava ferrada.

Muito ferrada.

Teria que voltar a trabalhar como freelance e escrever artigos para revistas por centavos por palavra para conseguir pagar as contas. Essa parte da minha vida devia ter acabado. Eu tinha *me matado de trabalhar* sessenta horas por semana por quase dez anos para chegar aonde estava agora. Não podia simplesmente desistir disso sem lutar.

Ao menos tinha que tentar consertar as coisas – o suficiente para conseguir referências que não acabassem comigo. Respirei fundo, tomei coragem e abri o laptop para refrescar a memória em relação aos detalhes da mensagem que havia escrito para o presidente da Lexington Industries, já que metade dela ainda era uma incógnita. Talvez não fosse tão ruim quanto eu imaginava. Cliquei na caixa de enviados e abri a mensagem.

> Caro sr. Jong-un,

Fechei os olhos. *Merda!* Lá se vai a ideia de consertar alguma coisa. Bem, talvez ele não tenha entendido meu humor; pode ter pensado que escrevi seu nome errado. É possível, não é?

Relutante, voltei a ler e prendi a respiração.

> Gostaria de me desculpar formalmente por minha pequena indiscrição.

Beleza... o começo não era ruim. Bom. Muito bom.
Eu devia ter parado de ler aí mesmo.

É que não sabia que trabalhava para um ditador.

Eita.
Caramba, eu viro uma tremenda idiota quando bebo demais. Soltei o ar com um sopro barulhento e decidi acabar com meu sofrimento de uma vez.

Tive a impressão que tinha o direito de fazer o que quiser no meu tempo de folga. Diferente de você, que nasceu em berço de ouro, eu trabalho duro. Porisso, mereço relaxar de vez em quando. Se isso implica tomar um pouco de sol nos peito durante as férias com um grupo de amigas, é o que vou fazer. Eu não estava infringindo nenhuma lei. Era uma praia de nudismo. Eu poderia ter ficado pelada, mas escolhi parar no topless. Porque, vamos ser sincero: meus peito é o máximo. Se já viu o "vídeo ofensivo" que sua diretora de recursos humanos nervosinha achou apropriado mandar para mim em pen drive junto com uma ridícula carta de demissão, devia se considerar sortudo por ter tido a chance de vê-las. Pode até considerar a ideia de guardar essa imagem na memória para quando for bater uma, seu pervertido.
Passei mais de nove anos ralando muito para você e esta sua empresa idiota. Pode ir os dois para o inferno.
Vá se ferrar,

Ireland Saint James

Bem, consertar as coisas ia ser um pouco mais difícil do que eu tinha imaginado. Mas eu não podia deixar isso me deter. Talvez *el presidente* ainda não tivesse lido meu primeiro e-mail, e eu podia começar essa tentativa pedindo-lhe que ignorasse o e-mail original.

Se quisesse ter alguma chance de arrumar um emprego na área, eu não podia ter referências ruins. Como eles violaram minha privacidade, o mínimo que podiam fazer era ser neutros. Comecei a suar de pânico e roer as unhas. Implorar não estava fora de questão. Copiei e colei o endereço de e-mail do presidente e abri uma nova mensagem. Eu não podia perder tempo.

Mas, quando comecei a digitar, meu laptop notificou a chegada de um novo e-mail. Abri a mensagem e meu coração quase parou quando vi o remetente: *grant.lexington@lexingtonindustries.com*.

Meu Deus.

Não!

Tentei engolir a saliva, mas minha boca secou de repente. Isso não era nada bom. Eu só não sabia ainda quanto era ruim.

> Cara srta. Saint James,
>
> Obrigado por seu e-mail... que este privilegiado leu às duas da manhã porque ainda estava no escritório trabalhando. Pelo tom de sua mensagem – que tem erros gramaticais em excesso para uma mulher com um diploma de jornalismo –, presumo que escreveu bêbada. Se for o caso, ao menos não tem mais que acordar de madrugada. Não precisa agradecer.
>
> Para sua informação, não vi o vídeo a que se refere. Mas, se algum dia me faltarem imagens mentais para bater uma, talvez eu o recupere da pasta de spam – onde também está a carta-padrão de referências que seu superior pretendia lhe dar.
>
> Atenciosamente,
>
> Riquinho

Voltei a respirar. *Porra.*

2

Grant

— Sr. Lexington, quer que eu peça o almoço? Seu compromisso das duas horas acabou de ligar avisando que vai atrasar meia hora. Você vai ter um intervalo.

— Por que as pessoas não conseguem ser pontuais? — resmunguei, apertando o botão do interfone para responder à minha assistente. — Por favor, pode pedir um sanduíche de peito de peru e queijo suíço no pão integral? Uma fatia de queijo, por favor. Da última vez que pedimos, o rapaz que fez meu sanduíche devia ser de Wisconsin.

— Sim, sr. Lexington.

Abri o laptop para ler os e-mails, já que as reuniões estavam atrasadas novamente. Procurando alguma coisa importante, notei um nome na caixa de entrada: *Ireland Saint James*.

A mulher devia estar bêbada, ou era maluca, ou as duas coisas. Mas a mensagem dela era mais divertida que metade da porcaria de sempre que esperava por mim. Por isso cliquei no nome dela.

> Caro sr. Lexington,
>
> Acreditaria se eu dissesse que meu e-mail foi hackeado e alguém escreveu aquela mensagem ridícula?
>
> Presumo que não, considerando que você é um homem bem-educado, inteligente, esforçado e bem-sucedido.
>
> Estou exagerando?
>
> Desculpe. Mas a situação é crítica.
>
> Alguma chance de começarmos de novo? Entenda, ao contrário do que deve estar pensando, não bebo com tanta frequência. E é por isso que, quando uma carta de demissão inesperada apareceu na minha porta, não precisei de muito para afogar as mágoas. E a sanidade, aparentemente.

Enfim, se ainda estiver lendo, muito obrigada. Esta é a mensagem que eu deveria ter escrito:

Caro sr. Lexington,
Escrevo para solicitar sua ajuda no que creio ter sido uma rescisão errônea do meu contrato de trabalho. Como demonstra meu histórico, tenho sido uma dedicada funcionária da Lexington Industries por nove anos e meio. Comecei como estagiária, fui promovida a diversos cargos na redação e acabei chegando ao meu objetivo, repórter de televisão.

Recentemente, tirei férias mais do que necessárias e fui para Aruba com oito mulheres para uma despedida de solteira. Nosso hotel tinha uma área de praia particular reservada para a prática de nudismo. Embora não seja exibicionista, acompanhei minhas amigas durante algumas horas de topless enquanto nos bronzeávamos. Foram feitas algumas fotos inocentes, nenhuma delas postada por mim, e meu nome de repórter não foi marcado. Mas, por algum motivo, ao voltar para casa, encontrei uma carta de demissão por ter violado políticas da companhia em relação a comportamento lascivo.

Embora entenda o motivo para a manutenção de uma política de comportamento impróprio, acredito que minha conduta durante as férias, em uma praia particular, não era o alvo dessa política de proteção da Lexington Industries. Dessa forma, solicito respeitosamente que reveja a política e minha demissão.

Atenciosamente,
Ireland Saint James (repórter Ireland Richardson)

Saint James. De onde conheço esse nome? Achei familiar quando recebi o primeiro e-mail, por isso fui procurar a ex-funcionária nos registros da companhia. Mas ela estava na divisão de notícias, que é administrada por minha irmã, a quem eu evitava como a peste desde que me tornei presidente depois da morte de meu pai, há dezoito meses. Política, propaganda e burocracia não tinham a ver comigo. Embora fosse presidente, geralmente me atinha ao lado financeiro da Lexington Industries.

Abri o primeiro e-mail que recebi da srta. Saint James e o reli. Embora o último fosse mais apropriado, o primeiro era mais divertido. Ela assinou a mensagem com "Vá se ferrar"... o que me fez rir. Ninguém falava comigo desse jeito. E eu achava isso revigorante. Sentia um impulso estranho de conversar com a srta. Richardson depois de alguns drinques. Ela provocou minha curiosidade, com certeza. Pressionei o botão do interfone outra vez.

— Millie, pode ligar na divisão Broadcast Media, para o produtor do segmento de jornais matinais? Acho que é Harrison Bickman ou Harold Milton... alguma coisa assim.

— É claro. Quer que eu marque uma reunião?

— Não. Diga a ele que quero ver a ficha de uma funcionária, Ireland Saint James. O nome dela na TV é Ireland Richardson.

— Vou cuidar disso.

— Obrigado.

Minha reunião da tarde durou só quinze minutos. O sujeito não só chegou com uma hora e meia de atraso como também apareceu completamente despreparado. Não tenho paciência para quem não dá valor ao meu tempo, por isso encerrei a conversa rapidamente e saí da sala de reuniões depois de dizer a ele para me tirar da sua lista de contatos.

— Tudo bem? — Millie perguntou ao me ver passar por sua mesa. — Precisa de alguma coisa para a reunião?

— A reunião acabou. Se alguém da Bayside Investments voltar a telefonar, não precisa nem transferir a ligação.

— Hum... sim, sr. Lexington. — Millie levantou-se e me seguiu até a minha sala, levando um bloco de notas. — Sua avó telefonou. Ela me pediu para avisar que eles não precisam de um sistema de segurança e que ela dispensou o instalador.

Contornei minha mesa e balancei a cabeça.

— Ótimo. Simplesmente ótimo.

— Imprimi a ficha da srta. Saint James. Está na sua mesa, dentro de uma pasta. Também tem um vídeo que estava no arquivo do departamento de recursos humanos. Mandei para o seu e-mail.

— Obrigado, Millie. — Sentei-me atrás da mesa. — Pode fechar a porta quando sair?

Meu Deus do céu. Agora eu me lembrava dela. Fazia muito tempo, mas sua história não era das que se esquece com facilidade. Quando Ireland Saint James foi contratada, meu pai ainda comandava tudo. Eu estava no escritório dele quando Millie entrou com os dados dela. Meu pai usou a história dessa mulher como um exemplo didático, um exemplo de decisões que às vezes se tem que tomar para proteger a imagem da empresa.

Eu me recostei na cadeira. Todo empregado é submetido a uma verificação de histórico – e a abrangência dessa investigação depende do cargo. Quanto mais visibilidade alguém tem, mais seu nome e seu rosto podem afetar a marca da companhia, e mais fundo cavamos. Normalmente, a verificação de antecedentes é feita pelo pessoal dos recursos humanos e de uma empresa de investigação. Quando uma pessoa é aprovada, um gerente faz a contratação com o endosso do diretor de divisão. Na maior parte dos casos, o diretor-geral não participa disso, a menos que alguém represente uma possível ameaça ao nosso nome, e o chefe de departamento insista na contratação. Então o arquivo passa pelo crivo dos círculos superiores.

Ireland Saint James. Cocei o queixo, onde a barba já começava a crescer. Seu nome era um pouco incomum, então deve ter sido isso que chamou minha atenção. Apesar de eu ter bloqueado muita porcaria de dez anos atrás.

Fui virando as páginas da ficha. O resumo de sua experiência não tinha nem uma página inteira, mas a pasta devia ter uns cinco centímetros de espessura.

Graduação em comunicação e inglês na Universidade da Califórnia. Pós-graduada em jornalismo investigativo na Berkeley com bolsa de estudos. Formação excelente. Nunca foi presa e tinha apenas uma multa de trânsito por estacionar em lugar proibido. Fizemos uma atualização na verificação dezoito meses atrás, quando ela chegou ao cargo que ocupava agora. Aparentemente, ela namorava um advogado. No geral, os resultados da investigação eram excelentes, ela era a funcionária ideal e uma cidadã intacável. Mas o pai dela era outra história...

As cinquenta páginas seguintes eram basicamente sobre ele. O homem foi vigia em um prédio residencial daqui, mas era o período depois de seu afastamento que dominava o novo material. Dei uma olhada nas páginas, olhando de passagem cada uma delas até chegar à foto de uma garotinha. O nome na legenda confirmava: aquela era Ireland. Devia ter uns nove ou dez anos no retrato. Por alguma razão, olhei para aquela fotografia como se mostrasse um grave acidente de automóvel. Ela chorava e uma policial mantinha uma das mãos sobre seu ombro e a acompanhava para fora da casa.

Muito bem.

Muito bem, Ireland. Chegar aonde chegou depois desse começo.

Por mais que a situação fosse horrível, sorri. As coisas poderiam ter desandado para ela; não teria sido difícil. Fazia sentido ela ter escrito aquele segundo e-mail para mim; ela era uma guerreira.

Apertei o botão do interfone sobre a mesa e Millie respondeu.

— Pois não, sr. Lexington?

— Pode providenciar alguns segmentos recentes do jornal da manhã com a srta. Saint James? Ela usa o nome Ireland Richardson na TV. Peça que mandem um link dos arquivos.

— Pode deixar.

Eu teria dado mais atenção à divisão Broadcast Media se soubesse que era assim. Ou ao menos teria assistido ao jornal da manhã.

Ireland Saint James era espetacular – grandes olhos azuis, cabelos claros, lábios carnudos, dentes brancos sempre à mostra porque ela sorria muito. Ela parecia uma versão mais nova daquela atriz alta do último *Mad Max*.

Assisti a três segmentos inteiros antes de clicar novamente no e-mail que Millie enviara mais cedo, aquele com o anexo do prontuário de Ireland. Abri o vídeo e me deparei com três pares de seios. Afastei um pouco a cabeça. Definitivamente, não era o jornal. As mulheres estavam em uma praia, vestidas apenas com minúsculas calcinhas de biquíni e bebendo drinques em cocos com um canudinho. Forcei o olhar a subir para para examinar seus rostos. Nenhum deles era o de Ireland. Mas, alguns segundos antes do fim daquele vídeo curto, uma mulher saiu do mar. O cabelo molhado parecia mais escuro, mas o sorriso era o de Ireland, sem dúvida.

Quando vi as outras mulheres, notei primeiro o corpo, mas o vídeo terminou com a imagem congelada de Ireland e só então olhei para baixo. E isso não significa que seu corpo não fosse impressionante. Os seios eram fartos e naturais. Proporcionais ao restante das curvas exuberantes. Mas era a curva daquele *sorriso* que me fazia sentir que eu devia me trancar em uma armadura.

Mudei de posição na cadeira e levei o cursor até o X no canto do vídeo para fechá-lo. Apesar de ela ter sugerido que eu o incluísse no meu banco de imagens mentais, eu não queria ser desrespeitoso. Se ela mesma tivesse me mandado o vídeo, a história seria diferente. Mas eu não ia provocar uma ereção no escritório revendo o vídeo uma dezena de vezes, por mais que minha porção babaca se sentisse tentada a isso.

Girei a cadeira e olhei pela janela. *Ireland Saint James. Você deve ser uma tremenda encrenca.* Uma mulher de que devia me manter afastado, com certeza. Mas me sentia instigado a descobrir mais sobre ela. Por alguns minutos, pensei em obter mais informações, talvez ouvir a versão dela da história. Mas por que eu faria isso?

Porque estava curioso sobre Ireland Saint James.

Ou era porque queria garantir tratamento justo em minha empresa?

Ou porque o sorriso dela era fascinante, avassalador, e sua história quase trágica me deixava curioso?

Depois de refletir por alguns minutos, encontrei a resposta. Todos os sensores de alerta em meu cérebro avisavam para deletar os e-mails e jogar a pasta com o prontuário no triturador de papel. Essa era a atitude mais sensata... definitivamente, a decisão empresarial acertada. No entanto...

Bati na barra de espaço para acender a tela do laptop e comecei a redigir um novo e-mail.

> Cara srta. Richardson,
> Depois de uma revisão...

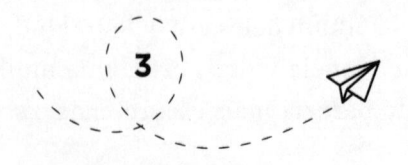

Ireland

Harold Bickman é um tremendo babaca.

Eu adorava meu trabalho, mas meu chefe era a única coisa de que eu não sentiria falta. O homem era um lixo. Não gostava de mim quase desde o início, desde que descobri que ele havia contratado minha contraparte masculina – que tinha menos experiência que eu e menos tempo na empresa – com um salário anual superior ao meu em vinte mil. Abordei o assunto com ele de maneira profissional, e ele me explicou que havia prós e contras para todos os empregados e todos os cargos. Disse que eu não deveria me preocupar, que um dia eu teria benefícios que Jack Dorphman não tinha, como quando eu pudesse aproveitar a excelente política de *licença-maternidade* da empresa.

Registrei uma queixa formal no departamento de recursos humanos em relação ao meu salário e consegui o valor equivalente. Mas nunca mais superamos o que Harold Bickman considerava uma traição de minha parte. Encontramos um jeito de trabalhar juntos sem muito atrito – na maior parte nos evitando, mas o e-mail dele hoje provou mais uma vez que ele era um tremendo babaca. E alguma coisa me fez pensar que ele tinha participação nessa história de a emissora ter visto o vídeo de topless na praia. Deus sabe que o homem queria muito dar meu emprego a Siren Eckert.

Nota: Siren é seu nome verdadeiro, não é o nome que ela usa na TV. Onde é que os pais dela estavam com a cabeça? Enfim...

Harold Bickman, um homem gordo e careca de cinquenta e quatro anos, que tinha cheiro de queijo velho, não era muito esperto quando se tratava de mulheres. Aposto que pensou que teria uma chance com Siren – vinte e quatro anos, ex-concorrente ao título de Miss Seattle – só porque ela fez um charminho para ele. Aposto que também pensou que eu seguiria as instruções de seu e-mail.

Cara srta. Richardson,

Em vista dos infelizes acontecimentos e de sua recente saída da Broadcast Media, marquei sua visita ao escritório para as dez da manhã da quinta-feira, 29 de setembro, para a retirada de seus objetos pessoais. Espero que mantenha uma conduta profissional durante sua visita. Como sua identificação de funcionária e seu crachá foram desativados, vai ter que se registrar com a segurança antes de entrar.

Atenciosamente,

H. Bickman

Sério? Eu queria entrar pelo laptop e estrangular o homem. Odiava pensar que ele podia ter visto os "infelizes acontecimentos". Provavelmente bateu uma enquanto assistia ao vídeo de vinte e dois segundos de mulheres com os peitos de fora, um instante antes de ir procurar Siren para oferecer minha vaga.

Meu Deus, a única coisa boa em ser demitida era que finalmente, na quinta-feira, eu poderia dizer àquele homem o que pensava sobre ele. Mas era bem possível que o covarde tomasse chá de sumiço quando eu fosse retirar meus "objetos pessoais".

Suspirei e cliquei no ícone da lixeira para me livrar de Harold de uma vez por todas. Mas, quando me preparava para fechar o laptop, vi que tinha outro e-mail na caixa. E-mail de Grant Lexington. Curiosa, abri a mensagem imediatamente.

Cara srta. Richardson,

Depois de uma revisão de sua ficha, determinei que seja mantida a decisão de encerrar seu contrato. No entanto, vou entrar em contato com seu superior imediato e sugerir que ele providencie uma carta de referências neutra com base em seu desempenho.

Atenciosamente,

Grant Lexington

Ótimo, perfeito... até parece que *Harold* seria neutro. Eu devia ter fechado o laptop e esfriado a cabeça, mas as últimas quarenta e oito horas haviam me levado ao limite, ao ponto de ebulição. Por isso digitei uma resposta sem me preocupar com a formalidade de um cabeçalho ou coisas do gênero.

> Ótimo. Harold Bickman odeia mulheres quase tanto quanto odeia pessoas batendo o pé no chão. Ah, a menos que ele acredite ter uma chance de comer a mulher em questão, como é o caso da minha substituta.
> Obrigada por nada.

Dois dias depois, na quinta-feira de manhã, eu não estava menos amarga ao chegar ao escritório. No entanto, cheguei quase quarenta e cinco minutos antes da hora porque não tinha ideia de quanto tempo poderia demorar para chegar ao escritório na hora do rush. As ruas estavam sempre vazias quando eu ia trabalhar às quatro e meia da manhã. Como sabia que Bickman era bem capaz de não me deixar entrar antes da hora marcada, decidi ir à cafeteria ao lado do prédio. Assim teria uma chance de me preparar mentalmente para limpar minha mesa e lidar com ele também.

Pedi um descafeinado, já que estava nervosa demais, e fui me sentar a uma mesa de canto. Sempre que me sentia estressada, eu assistia aos vídeos do programa *Ellen DeGeneres* no YouTube. Sempre dava muita risada, e isso me ajudava a relaxar. Cliquei em um vídeo em que Billie Eilish assustava Melissa McCarthy e gargalhei alto. Quando o vídeo acabou e levantei a cabeça, me surpreendi ao ver um homem parado ao meu lado.

— Posso me sentar à sua mesa?

Examinei o homem da cabeça aos pés. Alto, bonito, terno caro... não devia ser nenhum serial killer. Por outro lado, meu ex também usava ternos de caimento perfeito.

Olhei para ele desconfiada.

— Por quê?

O homem olhou para a esquerda e para a direita. Quando seus olhos esverdeados encontraram novamente os meus, pensei ver um leve tremor no canto externo de sua boca.

— Porque todos os outros lugares estão ocupados.

Olhei em volta. *Merda.* Todas as mesas cheias. Tirei a bolsa de cima da mesa e assenti.

— Desculpa. Não percebi que o lugar tinha enchido. Pensei... Bem, não importa. Por favor, fique à vontade.

Outra vez aquele leve tremor na boca. Era tique nervoso ou ele estava me achando engraçada?

— Eu pedi licença, mas acho que você não ouviu. Estava muito concentrada.

— Ah, sim. Muito trabalho. Muito, muito ocupada. — Fechei o YouTube e abri meu e-mail.

O homem bonito desabotoou o paletó e sentou-se na cadeira em frente à minha. Levou o copo de café aos lábios.

— Aquele com o Will é meu favorito.

Franzi a testa.

— Smith. No *Ellen*. Notei que estava assistindo. Você estava sorrindo. Belo sorriso, aliás.

Senti o rosto esquentar, mas não foi por causa do elogio. Revirei os olhos.

— É, eu menti. Não estava trabalhando. Não precisava me desmascarar desse jeito.

O tique no canto da boca virou um sorriso, mas ainda havia alguma coisa muito arrogante nele.

— Alguém já disse que você tem um sorriso arrogante? — perguntei.

— Não. Mas acho que não o usei muito nos últimos anos.

Inclinei a cabeça para o lado.

— É uma pena.

Ele estudou meu rosto.

— E aí, por que mentiu sobre estar trabalhando?

— Sinceramente?

— É claro. Vamos tentar ir por esse caminho.

Suspirei.

— Foi uma reação instintiva. Perdi o emprego recentemente e não sei... acho que me senti meio fracassada aqui sentada, vendo vídeos do programa da Ellen.

— O que você faz?

— Sou repórter na Lexington Industries... ou melhor, *era* até alguns dias atrás. Fazia o jornal da manhã.

O sr. Não Sorrio Muito não reagiu como a maioria das pessoas reagia quando eu contava que trabalhava na televisão. Normalmente, elas ficavam curiosas e faziam um milhão de perguntas. Mas não era tão glamouroso quanto achavam. E o homem do outro lado da mesa não parecia impressionado. Se estava, não demonstrava. O que achei curioso.

— E você, o que faz quando usa um terno chique e pode se sentar para tomar café sem pressa às... — Olhei as horas no celular. — ... nove e quarenta e cinco da manhã?

De novo o tremor no canto da boca. Ele parecia gostar do meu sarcasmo.

— Sou CEO de uma empresa.

— Impressionante.

— Na verdade, não. A empresa é da família. Portanto, não comecei de baixo.

— Nepotismo. — Bebi um gole de café. — Tem razão. Agora estou menos impressionada.

Ele sorriu de novo. Se o que ele disse sobre não sorrir muito era verdade, que desperdício... porque aqueles lábios carnudos e o sorriso arrogante podiam derreter corações e ganhar partidas de pôquer.

— Então, me conta sobre ter sido demitida — ele disse. — Isto é, se não precisar voltar ao trabalho que estava fazendo pelo celular.

Soltei uma risada.

— É uma longa história. Mas fiz uma coisa que achei inofensiva e acabei violando uma política da companhia.

— Mas era boa funcionária, apesar disso?

— Sim, trabalhei muito durante nove anos para chegar aonde estava.

Ele me estudou e bebeu mais um pouco de café.

— Tentou conversar com seu chefe?

— Há anos que meu chefe tenta se livrar de mim... desde que reclamei por ele ter contratado um homem para o mesmo cargo que o meu pagando um salário maior. — O que me fez lembrar que eu tinha que ir ao escritório para encontrar esse chefe cretino. — Preciso ir. O tal chefe está esperando. Tenho que esvaziar minha mesa.

O sr. CEO coçou o queixo.

— Você se incomodaria se eu desse um conselho? Já lidei com muitas questões de trabalho.

— É claro. — Dei de ombros. — Mal não vai fazer.

— Retaliação por ter denunciado diferença de salário com base em gênero é ilegal. Sugiro que marque uma entrevista com o departamento de recursos humanos e reitere essa queixa. Pode resultar em uma investigação, e talvez esse seu chefe que venha acabar aqui assistindo aos vídeos do *Ellen*.

Opa. Scott não disse que retaliação era ilegal quando lhe contei o que havia acontecido. Mas isso não me surpreende. Ele ficou ocupado demais me criticando por ter feito topless na praia.

Levantei-me da mesa.

— Obrigada. Talvez eu faça isso.

O homem bonito também ficou em pé. Olhou para mim quase como se quisesse falar mais alguma coisa, mas tivesse que refletir sobre suas palavras. Esperei até a situação ficar incômoda.

— Hum... foi um prazer conhecer você — falei.

Ele assentiu.

— Igualmente.

Comecei a me afastar, mas parei quando ele recomeçou a falar.

— Você... quer almoçar mais tarde? Não vai poder me dar a desculpa de estar muito ocupada agora que sei que está desempregada.

Sorri.

— Obrigada, mas acho que não.

O sr. CEO assentiu e sentou-se novamente.

Saí da cafeteria sem saber por que tinha recusado o convite. É claro que havia aquela história do estranho que pode ser perigoso, sim. Mas almoçar com ele em um lugar público não seria mais perigoso do que sair com um cara que conheci em um bar. E já fiz isso antes. Para ser honesta, alguma coisa nele me intimidava – algo parecido com o que senti quando fiquei com Scott pela primeira vez. Ele era bonito demais, bem-sucedido e, bom, eu me sentia encabulada diante de um cara como esse.

Mas isso era idiotice. O homem era sexy, e minha manhã já ia ser uma merda. Por que não sair para almoçar e ver o que acontece?

Parei de repente, e a pessoa que vinha atrás se chocou contra mim.

— Desculpa — falei.

O sujeito fez uma cara feia e seguiu em frente. Voltei correndo à cafeteria e abri a porta. O CEO estava em pé com o copo na mão como se estivesse pronto para ir embora.

— Ei, sr. CEO, você não é um serial killer, é?

Ele levantou as sobrancelhas.

— Não. Não sou.

— Tudo bem. Então mudei de ideia. Aceito almoçar com você.

— Puxa, que bom que resisti àquele surto de violência assassina, então.

Dei risada e peguei o celular na bolsa.

— Põe seu número aí. Eu mando uma mensagem com o meu.

Ele digitou no meu celular e imediatamente mandei uma mensagem com meus dados para contato. Quando o celular vibrou, ele olhou para o aparelho em sua mão.

— Ireland. Bonito nome. Combina com você.

Olhei para o meu celular, mas ele não registrara o número com um nome.

— CEO? Não vai me dizer seu nome?

— Decidi te deixar curiosa até a hora do almoço.

— Hum... ok. Mas estou achando que deve ter um nome antipático de CEO que é passado de pai para filho junto com uma conta bancária.

Ele riu.

— Que bom que parei para tomar café hoje.

Sorri.

— É, que bom. Eu mando uma mensagem mais tarde para combinar o almoço.

Ele assentiu.

— Vou ficar esperando, Ireland.

Saí da cafeteria e fui para o escritório me sentindo bem mais bem-humorada que antes. Talvez o dia não fosse tão ruim, afinal...

— Sério? Não dava para ela esperar até eu esvaziar minha mesa?

O escritório era um espaço amplo e aberto com baias no meio e salas delimitadas por vidro no entorno. O segurança me acompanhou até o escritório de Bickman como se eu fosse uma prisioneira, e agora eu podia ver Siren do outro lado do grande espaço levando caixas da baia dela para a minha sala.

Bickman puxou a fivela do cinto e levantou a calça acima da barriga.

— Não faça uma cena, ou eu vou empacotar sua tralha para você.

Fechei a cara e comecei a bater com o pé no chão enquanto falava.

— Espero que ao menos tenha dado a ela paridade salarial com um homem de escolaridade e experiência iguais. Ah, espera... talvez não, porque um homem com as qualificações dela ainda trabalha na *sala de correspondência*.

Ele apertou alguns botões do telefone e olhou para minha sala enquanto falava.

— Ireland veio limpar a mesa dela. Acho melhor você dar espaço a ela e terminar de arrumar sua nova sala depois que ela for embora.

— Sim, sr. Bickman.

Revirei os olhos. *Sim, sr. Bickman.*

O cretino acenou, dispensando-me.

— Não demore muito.

Aborrecida, virei-me para sair da sala dele, mas parei e voltei. Ainda não tinha decidido se iria ao RH registrar uma queixa por ter sido demitida por retaliação. Não tinha nenhuma prova, nada que demonstrasse que Bickman tinha sido o responsável por ter encontrado o vídeo que servia de motivo para a rescisão do meu contrato. E sabia que uma ameaça não o incomodaria. Mas precisava fazer esse sujeito se sentir um merda, porque assim eu me sentiria melhor.

Fechei a porta da sala sem fazer barulho e o encarei para dizer uma última coisa.

— Você vem procurando um motivo para me demitir há anos. Mas é difícil justificar a dispensa de uma funcionária exemplar que aumentou a audiência de maneira consistente desde que entrou no jornal. Finalmente você encontrou uma razão. Não sei como conseguiu, mas sei que está por trás dessa história de o vídeo ter ido parar no RH. Fala para mim, guardou uma cópia? Espero que sim, porque é o único pedaço de mulher que você vai ver neste escritório. Com toda certeza, não vai ver um centímetro de pele daquela garota desqualificada que mal saiu do colégio e para quem você deu minha vaga. Você acha que isso vai fazer a menina gostar de você, mas ela já transa com o estagiário da publicidade. Ah, e lembra da Marge Wilson, aquela divorciada de meia-idade que você encheu de bebida na festa de Natal alguns anos atrás? Aquela que você acha que ninguém sabe que você levou para casa? — Sorri e levantei o dedinho, balançando-o no ar. — *Todo mundo* sabe. O apelido que ela deu para você era *Minhoquinha*.

Abri a porta, respirei fundo e saí para recolher nove anos da minha vida.

Literalmente três minutos depois, dois seguranças estavam na porta da minha sala e Bickman estava parado atrás deles.

Coloquei as últimas coisas da primeira gaveta dentro de uma caixa e olhei para ele.

— Ainda não acabei.

— Já teve tempo suficiente. Temos trabalho para fazer aqui.

Abri a segunda gaveta para continuar retirando minhas coisas e resmunguei.

— Meu Deus, como você é babaca, Minhoquinha.

Aparentemente, resmunguei alto demais. O rosto de Bickman ficou vermelho, e ele apontou para a porta.

— Fora! Saia daqui!

Tirei a segunda gaveta dos trilhos e, sem nenhuma cerimônia, despejei o conteúdo dentro da caixa. Repeti o procedimento com as outras duas gavetas e as deixei, vazias, em cima das cadeiras de visitas do outro lado da mesa. Peguei os porta-retratos em cima da mesa e meu diploma na parede e joguei na caixa.

Os dois seguranças uniformizados que ele havia chamado pareciam completamente incomodados.

Sorri com tristeza para um deles.

— Vou embora para que vocês não tenham que aturar esse babaca.

Os seguranças me seguiram até o elevador e desceram comigo. Bickman teve o bom senso de usar um elevador diferente. Mas, quando chegamos ao saguão, ele saiu do elevador ao lado do nosso.

Balancei a cabeça e continuei andando.

— Acho que os dois seguranças são suficientes. Não precisa me acompanhar até a rua, Bickman.

Ele se manteve distante, mas continuou andando atrás de mim. Quando cheguei à área central do saguão, havia muita gente em volta. Decidi fazer uma saída triunfal. Parei e me virei para encarar Bickman. Deixei a caixa pesada no chão, na minha frente, apontei um dedo para ele e comecei a gritar com toda a força dos pulmões.

— Esse homem usa a posição que tem para tentar abusar das mulheres. Ele acabou de me demitir e deu meu lugar a uma garota mais nova porque acha que ela pode agradecer abrindo as pernas. Talvez ele não conheça o movimento #MeToo.

Bickman se aproximou e segurou meu cotovelo. Puxei o braço com força para me soltar.

— Não toque em mim.

Ele recuou alguns passos ao perceber que as pessoas estavam olhando, virou-se e caminhou de volta na direção dos elevadores.

Eu precisava sair logo dali antes que a segurança chamasse a polícia. Respirei fundo, peguei minha caixa e, de cabeça erguida, marchei rumo à porta de vidro. Mas... um homem andava em minha direção, caminhava ao meu encontro com passos largos, rápidos. Hesitei ao ver seu rosto. *Sua expressão furiosa.*

— Trate de segurar essas suas mãos no lugar delas — ele gritou por cima do meu ombro para Bickman.

Sr. CEO.

Ótimo. Perfeito. O primeiro homem que eu conheci depois de meses, pelo qual eu estava interessada, entrando no prédio justamente quando eu fazia uma cena e agia como uma doida. O momento não podia ser pior. Por outro lado, combinava bem com o restante desse meu dia de merda.

O estresse dos últimos dias devia ter sido demais, porque eu surtei. Comecei a rir como uma maluca. Primeiro foi um ataque de riso, depois um ronco e outra gargalhada rouca, um barulho que dava a impressão de que eu havia perdido a razão. Tentei cobrir a boca e parar, mas minhas palavras saíam entre risadas histéricas.

— É claro que eu tinha que encontrar você aqui. Juro, eu não sou assim. É que este foi um daqueles dias *muito* ruins.

O CEO continuou olhando por cima do meu ombro. Sua expressão era letal – mandíbula contraída, músculos do rosto enrijecidos e narinas dilatadas, pulsando como as de um touro. Virei-me para ver o que ele estava olhando e vi Bickman se aproximando de nós em vez de ir embora.

Suspirei, consciente de que a cena ainda não tinha acabado, e fechei os olhos.

— Vou entender se quiser cancelar o almoço.

O homem olhou para mim por um instante, depois para Bickman, e para mim de novo.

— Na verdade, eu ainda adoraria te levar para almoçar. Mas acho que é você quem vai mudar de ideia.

4

Grant

— Sr. Lexington, é muito bom vê-lo.

Ireland virou a cabeça para um lado e para o outro. Se ainda me restava alguma dúvida sobre ela não saber quem eu era na cafeteria mais cedo, a confusão em seu rosto agora confirmava que ela nem imaginava.

— Ele acabou de te chamar de...

Bickman apareceu ao lado de Ireland, e eu o encarei.

— Com licença. Preciso falar com a srta. Saint James.

Os olhos de Ireland se iluminaram.

— Seu filho da puta. Você sabia quem eu era o tempo todo?

Bickman continuava parado atrás dela como se eu não tivesse acabado de dizer para ele sumir.

— Não entendeu o que eu disse? — rosnei para ele.

— Desculpe, sr. Lexington. É claro. Vou voltar ao meu escritório. Se precisar de mim, estou no décimo primeiro andar.

Sei. Você já fez o suficiente. Mandei os seguranças voltarem aos seus postos e fui pegar a caixa das mãos de Ireland.

— Eu carrego.

Ela a tirou do meu alcance.

— *Você* é Grant Lexington?

— Sou.

— E sabia quem eu era na cafeteria?

Engoli em seco.

— Sabia.

— Meu Deus, dei meu número para um mentiroso. Isso é *pior* que um serial killer.

— Eu nunca menti para você.

— Não, mas esqueceu de mencionar que é chefe do chefe do meu chefe. — A caixa começou a escorregar e ela quase a derrubou. —

Meu Deus. Os e-mails! Trocamos e-mails e você achou que não era importante dizer quem era, mesmo sabendo quem eu era?

— Honestamente, não sabia quem você era quando me aproximei da mesa e perguntei se podia me sentar. Mas eu teria me apresentado no almoço...

Ela balançou a cabeça.

— Almoço? *Vai se danar*. Melhor ainda. Espero que sua empresa inteira se dane.

Ireland passou por mim a caminho da porta.

— Ireland! — chamei.

Ela continuou andando. Eu provavelmente precisava de ajuda psiquiátrica, mas vê-la acabar com Bickman e comigo também fez meu pau acordar. Era ainda melhor que a visão daquela bunda sexy saindo do meu prédio.

Sorri e balancei a cabeça. Talvez nós dois fôssemos meio malucos.

— E aí, ligo mais tarde para combinar nosso almoço então? — gritei para ela.

Sem olhar para trás, ela levantou uma das mãos e me mostrou o dedo do meio.

Eu ri.

Eu sentia que não seria a última vez que via Ireland, mas no momento tinha coisas mais urgentes para resolver.

— Sr. Lexington, que bom vê-lo. Lamento que tenha testemunhado o que ocorreu no saguão. Era uma funcionária insatisfeita com sua demissão que queria causar um tumulto.

Uma jovem apareceu na porta do escritório de Bickman. Não notou minha presença de imediato porque eu estava ao lado da porta, fora de sua linha de visão.

— Posso voltar para a minha sala... — Ela me viu e parou de falar. — Ah, desculpe pela interrupção. Não sabia que não estava sozinho.

— Tudo bem — falei.

Bickman fez as apresentações.

— Siren, esse é Grant Lexington. Ele é presidente e CEO da companhia de que nossa emissora faz parte.

— Ah. Uau — ela respondeu.

Estendi a mão.

— Muito prazer.

Bickman estufou o peito.

— Siren acaba de ser promovida a repórter.

Então essa é a mulher desqualificada de que Ireland falava?

Bickman disse à mulher que ela podia continuar com a mudança para o novo escritório, e notei que os olhos dele desceram até a bunda da garota quando ela se virou para sair. Assim que ela se afastou, confirmei minha suspeita.

— Ela é a substituta da srta. Saint James?

O cretino parecia orgulhoso.

— Sim. É formada em Yale e...

Eu o interrompi.

— Como teve acesso ao vídeo das férias da srta. Saint James?

— Desculpe, não entendi...

— Vou ter que falar mais devagar? Como. Teve. Acesso. Ao. Vídeo. Das. Férias. Da. Srta. Saint. James?

— Eu... hã... vi em uma rede social.

Arqueei uma sobrancelha.

— Na conta aberta?

— Não, na conta privada do Instagram dela.

— Então é amigo dela nas redes, já que consegue ver o que ela posta em contas fechadas?

— Sim. Bem, não exatamente. Mas tenho acesso a uma conta que segue as contas dela.

— Explique. — Eu estava começando a perder a paciência.

— Tenho algumas mídias sociais criadas no nome de um antigo funcionário. Um perfil básico.

— Está dizendo que usa o nome de outra pessoa para stalkear as redes sociais privadas de seus funcionários?

Bickman puxou o nó da gravata.

— Não. Só dos problemáticos.

— Problemáticos?

— Sim.

Ele não precisava me dizer mais nada. Ireland não estava exagerando. Esse sujeito era realmente um caso a ser estudado. Eu me aproximei da mesa dele, peguei o telefone e apertei alguns botões. Quando a segurança atendeu, eu disse:

— Grant Lexington falando. Pode mandar alguém ao décimo primeiro andar, por favor? Tenho aqui um funcionário demitido que precisa ser acompanhado para fora do prédio.

Quando desliguei, Bickman ainda não tinha entendido.

Coloquei as mãos na cintura.

— Está demitido. Tem até a segurança chegar aqui para esvaziar sua mesa, e tenho certeza de que isso ainda é mais tempo do que deu à srta. Saint James.

O imbecil me olhou por alguns segundos com ar perplexo.

— O quê?

Eu me inclinei na direção dele e falei baixinho.

— Que parte de "está demitido" você ainda não entendeu?

Bickman disse alguma coisa... que eu não sei o que foi, porque saí da sala dele e fui falar com a mulher que presumi ser sua assistente, levando em conta o lugar onde ela estava sentada.

— Você é a assistente de Bickman?

A senhora parecia nervosa.

— Sim.

Olhei para a placa com o nome dela em cima da mesa e estendi a mão. Acho que devia ter vindo a este prédio com mais frequência. Metade das pessoas nem sabia quem eu era.

— Oi, Carol. Eu sou Grant Lexington, o CEO da Lexington Industries, que é dona desta emissora. Trabalho no prédio do outro lado da rua. O sr. Bickman não trabalha mais para a empresa. Não se preocupe com seu emprego, você continua conosco.

— Ok...

— Quem ficava no lugar de Bickman quando ele saía de férias?

— Hum... era a Ireland.

Que maravilha.

— Bem, quem é o funcionário com mais tempo de casa, além da Ireland?

— Acho que é Mike Charles.

— E onde fica a mesa dele?

Carol apontou para uma das salas.

— Obrigado.

Falei com Mike Charles e o coloquei no comando da redação, depois vi a segurança acompanhar o agitado Bickman para fora do prédio. Quando terminei, voltei para o outro lado da rua.

Millie levantou-se quando entrei e me seguiu até o escritório, lendo para mim uma lista de ligações que havia perdido e algumas outras porcarias que entraram por um ouvido e saíram pelo outro. Tirei o paletó e dobrei as mangas da camisa.

— Pode mandar um e-mail para minha irmã informando que demiti Harold Bickman da Broadcast Media, por favor? Mike Charles vai ficar no comando enquanto as coisas são resolvidas por lá.

— Hum... é claro. Mas, da última vez que você contratou alguém para a divisão de Kate, ela não ficou muito contente. Provavelmente vai chegar aqui em menos de dez minutos depois de receber a notícia.

Sentei-me e soltei o ar com um sopro longo e profundo.

— Tem razão. Eu mesmo falo com ela. Peça a Kate para vir até aqui, por favor.

Millie olhou para mim por cima do bloco de notas.

— Ela provavelmente gostaria que você fosse até lá. Só para variar...

Millie estava certa. Minha irmã se ressentia por ter sempre que vir até mim.

— É verdade. Avise que estou indo falar com ela em dez minutos.

— Mais alguma coisa?

— Mande um mensageiro levar uma carta de desculpas para Ireland Saint James. Diga a ela que revi as circunstâncias da rescisão do contrato e que ela deve voltar a trabalhar na segunda-feira.

Millie fez as anotações no bloco.

— Certo. Vou cuidar disso agora mesmo.

— Obrigado.

Quando ela estava saindo, pensei em mais uma coisa.

— Mande uma dúzia de rosas junto com a carta para a srta. Saint James, por favor.

Millie franziu a testa, mas ela raramente questionava minhas decisões e já havia comentado como minha irmã ia reagir. Depois de anotar mais essa ordem no bloco, ela disse apenas:
— É claro.

Na tarde seguinte, Millie entrou no meu escritório carregando uma caixa de flores. Parecia nervosa. Meu nome estava escrito na tampa da caixa com marcador vermelho.
— O mensageiro acabou de entregar.
Abri a longa caixa branca e afastei a camada de papel de seda. Dentro havia uma dúzia de rosas vermelhas, mas todos os botões tinham sido cortados dos caules. Em cima delas havia uma folha de papel dobrada. Eu a peguei e abri.

Fique com as flores. Se me quiser de volta, vou precisar de um bom aumento.

Ireland

Dei uma gargalhada. Millie olhou para mim como se eu estivesse maluco.
— Ligue para a srta. Saint James, por favor. Diga a ela que não negocio via mensageiro. Marque um almoço para hoje no La Piazza, à uma hora.

Olhei para o relógio. Se fosse qualquer outra pessoa, eu já teria ido embora. No entanto, quinze minutos depois da hora marcada para o almoço, eu ainda estava sentado à mesa sozinho, bebendo um copo de água, quando Ireland Saint James entrou. Ela olhou em volta, e a hostess apontou para o local onde eu estava.
Enquanto se dirigia à mesa, ela sorria. Fui pego de surpresa quando meu coração começou a bater mais depressa. Diferentemente de ontem e dos vídeos que tinha visto, hoje o cabelo dela estava preso em um rabo de

cavalo liso. O penteado realçava-lhe as maçãs do rosto e os lábios carnudos, chamando a atenção para seu rosto. Algumas mulheres precisavam da vitrine composta de cabelo e maquiagem, mas Ireland era ainda mais bonita sem essa porcaria. Ela usava uma camisa de seda azul-royal e calça social preta. Uma escolha conservadora, mas mesmo assim ela atraía os olhares de todos os homens e mulheres por quem passava no restaurante.

Levantei-me e tentei não demonstrar quanto sua aparência me afetava.

— Está atrasada.

— Desculpa. Estava adiantada, mas, quando fui pegar meu carro, o pneu estava furado. Tive que esperar o Uber.

Estendi a mão.

— Sente-se, por favor.

Ireland sentou-se, e o garçom se aproximou.

— Querem pedir as bebidas?

Olhei para Ireland. Ela fez uma careta e desdobrou o guardanapo.

— Não costumo beber durante o dia, mas como estou desempregada e ele vai pagar a conta, quero uma taça de merlot, por favor.

Tentei não sorrir.

— Para mim só água com gás. — Olhei para Ireland. — Já que *eu* tenho um emprego remunerado.

O garçom desapareceu, e Ireland juntou as mãos diante dela sobre a mesa. Era comum as pessoas esperarem que eu conduzisse a conversa, mas essa mulher não era comum.

— Então — ela começou —, falei com meu advogado, e ele disse que posso processar sua empresa por assédio, quebra de contrato e estresse emocional.

Recostei-me na cadeira.

— Seu advogado? Quem é?

— O nome dele é Scott Marcum.

Reconheci o nome da investigação de antecedentes, anos atrás. Na época, ele era namorado dela. Talvez ainda estivessem juntos.

— Entendo. Bem, eu vim oferecer seu emprego de volta, um pedido de desculpas e talvez um pequeno aumento. Mas, se prefere esse caminho jurídico, não tem problema. — Comecei a me levantar para ver se ela estava blefando.

Estava.

— Na verdade, prefiro não lidar com advogados. Só quis contar o que o meu disse.

Cruzei os braços.

— Queria que eu soubesse para ter uma vantagem contra mim?

Ela também cruzou os braços, imitando minha atitude.

— Vai se sentar para conversar ou vai sair batendo o pé como uma criança?

A mulher era muito atrevida; eu tinha que reconhecer. Se ela soubesse como eu queria descobrir se esse atrevimento se estendia a outras áreas... Ficamos nos encarando por uns sessenta segundos, até que cedi e me sentei novamente.

— Muito bem, srta. Saint James. Vamos pôr as cartas na mesa. O que você quer?

— Ouvi dizer que demitiu Bickman. É verdade?

— Sim.

— Por quê?

— Porque não gosto dos métodos que ele usava para monitorar seus funcionários.

— Ótimo. Eu também não. Além do mais, ele é um cretino.

Meus lábios se moveram.

— É, tem isso também.

— Você me seguiu até aquela cafeteria?

— Não. E, para sua informação, não sigo mulheres ou meus funcionários por aí. Fui pegar um café. Meu celular tinha tocado no carro, o sinal estava ruim e a ligação caiu. Eu precisava mandar uma mensagem para a pessoa que tinha ligado não se preocupar.

— Por que não disse quem era quando percebeu quem eu era?

— Já respondi a essa pergunta no outro dia. Foi uma coincidência eu ter me aproximado da sua mesa. E quando percebi... fiquei curioso em relação ao que você poderia dizer.

O garçom trouxe o vinho dela e minha água, e Ireland se dividiu entre olhar para ele e para mim.

— Vamos precisar de alguns minutos — eu disse. — Ainda não olhamos o cardápio.

Ireland voltou a olhar só para mim quando o garçom se afastou. Parecia estar pensando em alguma coisa.

— Mais alguma pergunta?

Ela assentiu.

— Quem era ao telefone?

— Como é?

— Você disse que o telefone tinha tocado no carro, a ligação caiu e você não queria que a pessoa se preocupasse.

Bebi um pouco de água.

— Minha avó, embora não seja da sua conta. Terminamos o interrogatório? Porque estou disposto a esquecer os e-mails que mandou para mim quando estava bêbada. Mas, se quer rever cada interação que tivemos, podemos falar sobre isso também.

Ela me encarou desconfiada e bebeu um pouco de vinho.

— Quero um aumento de vinte por cento e sugiro que Madeline Newton seja considerada para o cargo de Bickman.

Interessante. Cocei o queixo.

— Uma coisa de cada vez. Dou dez por cento.

— Quinze.

— Doze e meio.

Ela sorriu.

— Dezessete.

Dei risada.

— Não é assim que funciona. Quando você reduz seu valor em uma negociação, não volta a aumentá-lo só porque não gosta de como as coisas estão acontecendo.

Ela ficou séria.

— Quem disse?

Balancei a cabeça.

— Vou fazer uma proposta. Eu dou os quinze por cento, mas para isso você vai ter que assinar um documento se abstendo de qualquer processo legal pelo que Bickman possa ter feito enquanto esteve na empresa.

Ela pensou um pouco.

— Aceito. É justo. Para ser bem honesta, eu não ia processar a empresa. Acho que nossa sociedade já é suficientemente litigiosa. Além do mais, não gosto de lidar com advogados.

— E Scott Marcum?

— *Especialmente* Scott Marcum.

Bom saber.

— Tudo certo, então?

— Desde que considere promover Madeline Newton para a vaga de Bickman. Ela é a melhor pessoa para o cargo e já foi preterida duas vezes.

— Se ela se candidatar, garanto que terá a devida consideração.

— Obrigada. — Ela estendeu a mão. — Então acho que está tudo certo.

Eu não devia ter notado como as mãos dela eram pequenas e macias, como a pele parecia seda, mas notei.

Pigarreei depois do aperto de mão.

— Vou avisar Mike Charles que você assumirá o comando imediatamente. Tenho que admitir que fiquei surpreso por não ter se candidatado à vaga de Bickman.

Ela balançou a cabeça.

— Não estou preparada para isso. Mas Madeline vai fazer um ótimo trabalho. Diferentemente de Bickman, ela é inteligente e justa, e as pessoas respeitam o que ela diz. Bem, na verdade, Bickman também é inteligente. Mas não com as mulheres.

Essa mulher sempre me surpreendia.

— Acha que Bickman é inteligente?

Ela assentiu.

— Ele é. Mas todo o resto é horrível.

— Como conseguiram conviver por tanto tempo se ele era tão ruim?

— Ele era grosseiro e desrespeitoso, e eu me contentava com as coisinhas que fazia para deixá-lo irritado. Fingia que assim equilibrava as coisas.

— Que coisinhas? — perguntei, intrigado.

Ela sorriu.

— Bem, ele tinha pontos fracos. Por exemplo, não suportava quando alguém batia os pés no chão. Ficava vermelho como um tomate e tinha que se esforçar para não explodir quando alguém batucava com os pés perto dele.

— Sei...

— Quando ele me irritava, eu batia os pés de leve e via a veia no pescoço dele pulsar.

Arqueei as sobrancelhas.

— Uma vez ele comentou que detestava excesso de perfume ou colônia. Passei a deixar um frasco de perfume na minha gaveta e usava sempre que o via secando a bunda de uma mulher. Passava muito perfume e entrava na sala dele fingindo que precisava de ajuda com uma reportagem.

— Criativo — reconheci.

— Também acho.

Ireland Saint James tinha um lado perverso, sem dúvida. Eu não devia, mas achava isso sexy.

O garçom voltou para pegar o pedido, mas ainda não tínhamos olhado o cardápio.

— Já escolheram?

Ireland entregou seu cardápio para o garçom.

— Na verdade, não vou ficar para almoçar. É só o sr. Lexington.

— Certo. — O garçom olhou para mim. — O que vai querer, senhor?

— Preciso de mais alguns minutos.

O garçom se afastou, e eu a encarei com um sobrancelha arqueada.

— Não está com fome?

— Estou sempre com fome. Mas preciso ir trocar o pneu do carro para poder ir até a oficina. A amiga que mora comigo tem que ir trabalhar às três horas, e ela vai me dar uma carona para casa para eu não ter que esperar lá. Na última vez, eles demoraram horas, e agora que estou novamente empregada... tenho uma tonelada de trabalho para pôr em dia.

Assenti.

— Você tem seguro? — Eu não sabia por que fizera essa pergunta. Se ela não tivesse seguro, eu ia arregaçar as mangas da minha camisa feita sob medida e trocar o pneu para ela?

— Para esse tipo de serviço, não. Mas sei trocar pneu. Já fiz isso antes. — Ela riu. — Uma vez saí com um cara, e o pneu do carro dele furou quando estava me levando para casa. O sujeito nunca tinha trocado um pneu, então eu troquei.

Sorri.

— Aposto que não saiu com ele de novo.

Ela terminou de beber o vinho.

— Não mesmo.

Minha mente criou uma imagem rápida de Ireland trocando um pneu. Mas ela não estava trocando o pneu de um cara qualquer e vestida para um encontro. Em vez disso, usava um shortinho jeans, uma camisa amarrada na cintura que expunha muita pele bronzeada e tinha os cabelos presos em duas tranças e o rosto sujo de graxa. A graxa era excitante.

Balancei a cabeça e pigarreei.

— Vou avisar o pessoal que você volta à redação.

Ireland levantou-se, e eu também fiquei em pé. Ela estendeu a mão.

— Obrigada por ter intercedido. É evidente que não precisava. Especialmente depois dos e-mails horríveis que eu mandei.

Assenti e apertei a mão dela.

— Acho que tudo aconteceu como tinha que ser.

Ela pegou a bolsa e começou a se afastar, mas se virou para trás.

— Ah... e eu te dei meu número para combinarmos um almoço. É claro que agora não posso sair com você.

— É claro. — Sorri. — A propósito, você nem é meu tipo.

Ireland estreitou os olhos.

— E qual é o seu tipo?

— O tipo que não é um pé no saco. Tenha um bom dia, srta. Richardson.

5

Ireland

— Você está parecendo uma maluca, sabia?

Mia olhava para o chapéu na minha cabeça. Estava torto e tinha duas pontas estranhas que se projetavam. Dava um ar de bobo da corte sem-teto. Sem mencionar que hoje a temperatura chegaria aos vinte e quatro graus. Mas, de qualquer maneira, eu o usava no trajeto para o trabalho todos os dias.

— Você está é com inveja porque a tia Opal não faz nada de crochê para você.

— Eu amo a Opal. Mas ei... não invejo quem entrou na lista dos presentes de Natal em crochê da sua tia quase cega.

Abri a porta do passageiro e peguei minha bolsa.

— Obrigada por ter vindo me dar carona a essa hora indecente. Não queria chamar um Uber e correr o risco de chegar atrasada no meu primeiro dia de volta ao trabalho. Fico te devendo uma.

— Você me deve umas mil. Vou acrescentar mais essa à sua conta.

Sorri.

— Obrigada.

— A que horas eu venho te buscar?

— Não precisa vir. Eu pego carona ou vou de Uber até a oficina para pegar meu carro. Vejo você em casa mais tarde.

A oficina tinha ligado para me avisar que o carro precisava desesperadamente de freios novos e um alinhamento. E assim o pneu furado acabou se transformando em dois dias sem carro.

— Tem certeza? Hoje tem mais gente para ajudar no spa. Na verdade, não sei o que vou fazer lá, já que Christian me convenceu a não fazer os tratamentos e só administrar o lugar. Posso vir te buscar. Podemos até almoçar. Melhor ainda, te levo de volta ao salão e fazemos uma massagem em dupla. Por conta da casa!

Mia era proprietária de um bem-sucedido spa e centro de estética, o tipo de lugar que faz intervenções faciais, injeções de botox, massagens e tratamentos com laser. O noivo dela estava tentando treiná-la para ser só a administradora em vez de meter a mão na massa, para que ela pudesse se preparar para abrir uma filial.

— Eu adoraria, mas vou ter que trabalhar até tarde para recuperar o tempo perdido. Podemos jantar quando eu for para casa?

Ela torceu o nariz.

— Não posso. Prometi ao Christian que faria o prato preferido dele para o jantar. Tortellini à la Mia.

— O que é isso?

— Tortellini com molho cremoso. Ele adora o molho. E passa no meu corpo depois que a gente acaba de comer.

— Poupe-me dos detalhes, amiga. — Dei risada. — Sério. Mas pensei que ele só voltaria para casa amanhã.

— Ele adiantou o voo. — Mia sorriu como uma noiva a três semanas da cerimônia de casamento. — Disse que estava com muitas saudades de mim e que ficar lá mais uma noite depois da última reunião era demais. Ele vem no último voo. Acho que vou acabar dormindo na casa dele hoje.

Abri a boca e apontei dentro dela, imitando um barulho de ânsia de vômito. Mas a verdade era que eu invejava o relacionamento dos dois. Duvidava de que a maioria dos homens pensasse em voltar para casa mais cedo só para ver a mulher que namorava havia três anos, mas Christian era tão apaixonado por ela agora quanto no início da relação.

Desci do carro e segurei a porta.

Mia apontou um dedo para mim.

— Seja boazinha enquanto estiver sozinha em casa e não mande e-mails para nenhum CEO dizendo o que pensa dele.

Eu nunca ia superar essa.

— Estou empregada de novo, não estou?

Ela balançou a cabeça.

— Não sei como conseguiu.

É. Nem eu.

— Excelente entrada hoje, Ireland.
— Obrigada, Mike.

Meu primeiro dia no ar depois de duas semanas afastada foi ótimo, e eu já sentia a adrenalina correndo nas veias para começar a preparar a edição do dia seguinte. Sentia um orgulho renovado de meu trabalho.

Siren pôs a cabeça no vão da porta da minha sala. Parecia nervosa.

— Oi. Queria esclarecer as coisas. Espero que saiba que não pedi para o Bickman me dar seu lugar. Fiquei chocada quando ele foi me avisar que estava me promovendo.

Eu podia fingir que acreditava nessa bobagem e voltar ao joguinho de antes, nós duas fingindo ignorância, mas ela era jovem e precisava de alguém para orientá-la.

— Entre, Siren. Feche a porta.

Ela entrou, mas ficou parada perto da porta.

Apontei as cadeiras na frente da minha mesa.

— Por favor, sente-se.

A coitadinha empalideceu. Ela jogara o jogo de Bickman, e eu tinha certeza de que havia ficado eufórica quando ele ofereceu meu lugar em uma bandeja de prata. Mas o principal nisso tudo era que ele abusara da posição que ocupava, e ela não fizera nada de errado... exceto, talvez, desrespeitar um código feminino.

Suspirei.

— Muita gente acha que uma mulher bonita não precisa se esforçar muito para conseguir o que quer. E isso pode ser verdade quando ela está em um bar tentando conseguir uma bebida ou quando está no Home Depot tentando encontrar alguém que a ajude no setor de hidráulica. Mas não vale para o local de trabalho. Uma mulher bonita muitas vezes tem que trabalhar duas vezes mais para ser vista como é em sua profissão. Porque, infelizmente, ainda existem homens por aí que não conseguem enxergar nada além da beleza. Acho que você vai ser uma ótima repórter. Mas ainda não é sua hora. Também não era a minha quando eu tinha sua idade. E, quando você joga com homens como Bickman e assume uma posição que não fez por merecer, desvaloriza a si mesma e a todas as mulheres. Temos que nos unir, não usar a beleza como arma umas contra as outras.

Siren manteve a cabeça baixa por um bom tempo. Quando a levantou, tinha lágrimas nos olhos.

— Você está certa. Não me senti bem quando ele me deu a vaga. Tive a sensação de que não a merecia... porque não fiz por merecer.

— Não vou me fazer de inocente. Você sabe que o pessoal da correspondência não distribui nada depois das três da tarde e fica tudo para o dia seguinte. Já distribuí uma boa quantidade de sorrisos e piscadinhas para o George para conseguir despachar coisas às quatro e meia. Mas tome cuidado com homens em posição de poder que ofereçam alguma coisa que você não merece; eles vão esperar que você faça por merecer depois, e de um jeito que você não vai achar bom.

— Obrigada, Ireland.

— Por nada.

Uma hora depois, o telefone em cima da minha mesa tocou, e o nome no identificador de chamadas me surpreendeu. Falando em homens com poder... "Grant Lexington" iluminava o visor. Fechei o laptop e me encostei na cadeira quando peguei o fone.

— A que devo o prazer?

— Só liguei para saber como vão indo as coisas, se já se acomodou novamente. — A voz profunda era ainda mais rouca pelo telefone. Apesar do sermão que fiz para Siren mais cedo, lá estava eu pensando: *Hummm... adoraria ouvir essa voz no meio da noite quando minhas mãos estivessem embaixo das cobertas.*

Sufoquei o pensamento e decidi me fazer de difícil.

— Você telefonou hoje para algum outro funcionário que não trabalha diretamente sob suas ordens?

— Só para as que beberam e me mandaram e-mails, e cujo emprego cometi a idiotice de devolver.

Sorri.

— *Touché.*

— Como vão as coisas?

— Bem. Ninguém parece desapontado por Bickman ter ido embora, e o jornal foi ao ar hoje de manhã sem nenhum problema.

— E foi bom.

— Você viu?

— Vi.
— Sempre assiste ao jornal das seis?
— Normalmente não.
— E viu hoje porque...

Silêncio do outro lado da linha. Ele não ia completar a frase. *Hummm... interessante.* Ele podia dizer que assistiu ao jornal para ter certeza de que tinha dado tudo certo. Ou porque ele é o chefe e achou que devia ver o jornal. Mas essa falta de justificativa me fazia pensar que ele só quis me ver... e não por razões profissionais.

Ou talvez eu estivesse enxergando coisas onde elas não existiam e isso fosse o que eu *queria*.

— Enfim... — ele disse. — Também liguei para te convidar para fazer parte de um novo comitê que estou presidindo.
— Ah, é? Que tipo de comitê?

Ele pigarreou.

— É... hum... para melhorar o local de trabalho para as mulheres.
— *Você* é o presidente de uma iniciativa voltada ao local de trabalho para as mulheres?
— Sim. Por que a surpresa?
— Bom... porque você não é mulher.
— E esse comentário é bem sexista. Está dizendo que um homem não pode se envolver com algo que promova um local de trabalho melhor para as mulheres?
— Não, mas...
— Se estiver ocupada demais...
— Não, não, não. De jeito nenhum. Adoraria participar disso. O que posso fazer? Quando o comitê se reúne?
— Minha assistente vai entrar em contato com você para dar os detalhes.
— Ah. Ok. Ótimo. Obrigada por pensar em mim.
— Tudo bem. Bom, então... até logo, Ireland.

Ele desligou meio bruscamente. Mas ainda bem, porque eu gostava um pouco demais de falar com ele.

6

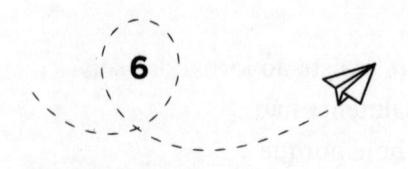

Grant

— Millie! — gritei sem me levantar da minha mesa.

Minha assistente entrou correndo no escritório.

— Pois não, sr. Lexington?

— Preciso criar um novo comitê.

Ela franziu a testa. Eu evitava comitês como o diabo foge da cruz e estava ali dizendo que queria criar um.

— Ok... que tipo de comitê e quem vai participar?

Balancei a cabeça e resmunguei a resposta.

— O foco do grupo é melhorar o local de trabalho para as mulheres.

Millie levantou as sobrancelhas.

É, eu sei. Também estou bem chocado.

— Tudo bem... — ela disse, hesitante, como se esperasse o fim da piada. — Já escolheu membros para esse comitê?

Balancei a mão.

— Arruma um monte de mulheres, não me interessa quem são. E talvez minha irmã Kate. Ela adora fazer reuniões.

— Não se importa com quem vai participar do comitê?

— Não. — Peguei uma pilha de papéis e ajeitei, tentando parecer casual. — Talvez deva convidar Ireland Saint James para participar.

— Ireland? A mulher que mandou flores decapitadas?

Bom, quando ela falava desse jeito, parecia meio maluco criar um comitê do nada e convidar alguém que cortou os botões das flores caras que eu enviara para ela e desistiu do nosso almoço antes mesmo de ter escolhido a comida.

Suspirei.

— É, ela.

— Quando quer que eu...

— Logo.

— Tem uma pauta para a primeira reunião desse comitê?

— Coisas de mulher. Não sei. Você deve saber melhor que eu. Pensa em alguma coisa.

Millie parecia prestes a se aproximar para tocar minha testa e ver se eu estava com febre.

Talvez fosse isso. Talvez eu estivesse doente e não perdendo a sanidade? Era bom que fosse um ou outro. Passei a mão no cabelo. Um comitê para iniciativas pelas mulheres? Eu queria participar disso quase tanto quanto queria que alguém agarrasse e torcesse minhas bolas. E estava ali, aparentemente criando o grupo.

Que merda eu estava fazendo?

Ireland Saint James. Essa era a merda. Em toda minha vida, nunca tive que me esforçar para falar com uma mulher, mas Ireland me fez ligar para ela para saber de seu dia e depois inventar uma merda de comitê quando ela perguntou por que eu tinha ligado. Estresse, trabalho demais... não era inteiramente absurda a possibilidade de eu estar sofrendo um colapso nervoso.

Enquanto eu pensava em fazer uma visita rápida a um terapeuta, minha assistente continuava em pé na minha sala, olhando para mim como se eu tivesse duas cabeças. Peguei uma pasta e olhei diretamente para ela.

— Precisa de mais alguma coisa para começar?

— Hum... Não, acho que não.

— Ótimo. É só isso, então.

Millie parou na porta e olhou para trás.

— A correspondência chegou. Quer a carta de hoje...

— Joga fora — rosnei.

— Vou cuidar disso. E não esqueça a sessão de fotos hoje.

Minha expressão confusa foi suficiente para ela entender que eu nem imaginava o que ela estava falando, então Millie me deu uma explicação.

— Tem uma entrevista e uma sessão de fotos para a revista *Today's Entrepreneur*. Foi marcada há alguns meses, está na sua agenda.

Merda. Sessões de fotos e entrevistas ocupavam o mesmo lugar de comitês sobre mulheres no local de trabalho na minha lista de coisas das quais eu tinha zero interesse em participar.

— Que horas?

— Às quatro e meia. No *Leilani*.
Olhei para o relógio. *Ótimo*. Eu tinha uma hora para terminar seis horas de trabalho.

Já havia uma meia dúzia de pessoas sentadas no deque na frente do *Leilani* quando estacionei na marina. Eram quatro e meia em ponto. Eles deviam ter chegado cedo.

Uma ruiva de aparência familiar sorriu quando me aproximei.

— Sr. Lexington. Amanda Cadet. — Ela estendeu a mão. — É muito bom revê-lo.

Revê-lo. Bom, isso explicava por que ela parecia familiar. Mas eu não tinha a menor ideia de onde nos conhecíamos. Provavelmente de algum evento profissional.

— É recíproco. Pode me chamar de Grant, por favor.

— Certo. E pode me chamar de Amanda.

Olhei para a tonelada de equipamento.

— Vieram morar aqui?

Ela riu.

— Trouxemos muito equipamento de foto e vídeo porque não sabíamos qual seria o cenário. Por garantia, trouxemos até alguns objetos cenográficos e fundos. Mas podemos guardar tudo no caminhão, é claro. — Ela se virou para olhar meu barco. — O veleiro é maravilhoso, e a paisagem é melhor que qualquer cenário de filme.

— Obrigado. Era do meu avô. Primeiro veleiro que ele construiu em 1965.

— Pois eu acreditaria se me dissesse que é novo.

Acenei com a cabeça na direção do *Leilani May*.

— Quer dar uma olhada em tudo para depois decidir onde quer que a equipe monte o equipamento?

Levei Amanda para uma visita rápida. O brigue de sessenta pés era lindo, impressionava até quem não se interessava por náutica. Casco azul-marinho, madeiramento em teca com acabamento acetinado, estofados cor de creme, cozinha em aço inoxidável, aposentos do proprietário mais luxuosos que muitos apartamentos e três suítes de hóspedes o tornavam mais parecido com um anúncio da Vineyard Vines do que com um veleiro de sessenta anos.

— Então, o que acha? Onde deve ser?

— Sinceramente, qualquer lugar daria ótimas fotos. O barco é lindo. — Ela levou uma unha pintada ao lábio inferior, chamando minha atenção para ele. — E o modelo é impecável. Essa capa vai gerar números bem altos.

Amanda Cadet era atraente e sabia disso. Também sabia como usar suas qualidades para conseguir o que queria. Mas comigo, qualquer que fosse o objeto desse seu desejo – uma reportagem com alguma grande revelação ou minha boca entre suas pernas –, não ia dar certo. Não é bom misturar negócios e prazer. Quase ri alto dessa ideia quando me lembrei de como estava me comportando com a srta. Tetas de Aruba.

Estendi a mão para indicar que ela devia sair da cabine primeiro.

— Que tal o deque da popa? Podemos montar o equipamento do lado esquerdo, com a marina ao fundo.

— Parece perfeito.

Passei quase uma hora posando para as fotos, odiando cada momento daquilo, mas escondendo a contrariedade. Quando conseguiram fotos suficientes para forrar as paredes do meu escritório, Amanda disse para todo mundo recolher o equipamento.

— Quer que eu grave a entrevista em vídeo? — o cinegrafista perguntou.

A matéria era para uma revista impressa, mas não era incomum gravar a sessão para a repórter poder retomar o material mais tarde e ouvir detalhes que tinha perdido em suas anotações.

Amanda me olhou da cabeça aos pés.

— Não, tudo bem. Acho que posso cuidar disso sozinha.

Depois que a equipe saiu, ficamos sozinhos sentados no convés da popa.

— Com que frequência vem para cá velejar? Meu irmão é cirurgião ortopedista e tem um iate de cinquenta pés na baía de San Diego. Acho que usou o barco duas vezes no ano passado.

A resposta sincera para essa pergunta era "todo dia", mas eu preferia manter minha vida privada assim, privada. O fato de eu morar no *Leilani May* não era da conta dela, e certamente não era uma informação que eu pretendia dividir com os leitores dela.

Assenti como se me identificasse com seu irmão.

— Não venho o suficiente.

— É encantador que ainda tenha o primeiro barco do seu avô. Acho que as coisas a que um homem se apega dizem muito sobre ele.

Ela não sabia nem a metade da história.

— Este barco construiu a empresa da minha família.

— Como assim?

— Esse foi o primeiro modelo do meu avô, e ele o usou para aceitar os pedidos iniciais da Lexington Craft Yachts. Trinta anos depois, a Lexington Craft abriu o capital na bolsa, e minha família usou a renda dessa abertura para expandir os negócios em diferentes empreendimentos relacionados ao entretenimento. Meu pai fundou uma revista de esportes, e meu avô comprou mais algumas publicações. Com o tempo, isso levou à compra de um canal de notícias e de uma cadeia de cinemas. Portanto, sem este barco, hoje você não estaria interessada em me entrevistar.

Ela deu um sorriso sedutor.

— Algo me diz que eu estaria interessada em entrevistar você de qualquer jeito, como CEO de uma das cem companhias que mais crescem nos Estados Unidos ou como faxineiro deste barco.

— Não sou tão interessante assim.

— Também é modesto? — Ela piscou. — Fale um pouco sobre a fundação da sua família. Sua mãe que a criou, certo?

— Isso mesmo. O nome é Pia's Place. Minha mãe ingressou no sistema de lares temporários aos cinco anos por causa de abuso. Ela se mudava muito, por isso não conseguia continuar com a mesma terapeuta por muito tempo. Tinha um orientador diferente todo ano no Serviço de Proteção à Criança, porque aquelas pessoas são mal remuneradas e sobrecarregadas de trabalho, o que acaba criando uma alta rotatividade. Ela sempre se sentiu diferente das outras crianças na escola, pois a maioria delas nem sabia o que era um lar temporário. Por isso foi difícil se conectar com alguém que entendesse o que ela estava passando. Pia's Place é mais ou menos como um programa tutelar para crianças adotadas temporariamente, mas todos os participantes já viveram essa experiência e assim podem se conectar de verdade com as crianças a que são designados. A fundação treina os voluntários e cobre os custos de todas as saídas, refeições e atividades de lazer quando eles passam um tempo com o Irmão Mais Novo. Ela também paga uma boa parte de qualquer empréstimo estudantil que os voluntários tenham ou ajuda a pagar seus estudos na faculdade.

— Isso é incrível.

Era incrível, e tudo porque minha mãe era uma pessoa muito especial. Mas toda essa porcaria já estava disponível na internet. Então, se era novidade para Amanda, ela não havia pesquisado nada.

Sorri.

— Minha mãe nunca esqueceu suas origens.

— E você e suas duas irmãs foram adotados em abrigos, certo?

Assenti. Mais porcaria que qualquer um com acesso ao Google poderia descobrir em dois minutos.

— Isso mesmo. Meus pais se tornaram pais adotivos temporários quando eu tinha cinco anos. Eu fui o primeiro, depois chegou minha irmã Kate, depois Jillian. A princípio, éramos todos adotados temporários. Minha mãe continuou acolhendo crianças até adoecer.

— Sinto muito por sua perda.

— Obrigado.

— E você tem um irmão mais novo? No programa, quero dizer. Sei que não tem um irmão de verdade.

— Tenho. Ele vai fazer onze anos no dia vinte. Minhas irmãs também têm os delas.

Ela sorriu.

— Como ele se chama?

Finalmente uma questão invasiva. Eu não ia revelar o nome de Leo. A relação entre um Irmão Mais Velho e o Mais Novo era privada, especialmente a minha com Leo, já tão complicada.

— Prefiro não divulgar nada sobre as crianças que fazem parte do programa.

— Ah. É claro. Sim. Eu entendo. São menores de idade. Não tinha pensado nisso.

Durante a meia hora seguinte, falamos sobre mais coisas que seriam publicadas na matéria fofa que ela ia escrever – quem comanda o que na Lexington Industries, quanto a companhia está progredindo e que direção eu gostaria de dar às coisas nos próximos anos. Depois disso, ela tentou encaixar algumas perguntas pessoais.

— Você está solteiro?

— Sim, estou.

— Ninguém especial para levar para velejar no fim de semana neste lindo barco?

— No momento, não.

Ela inclinou a cabeça.

— Que pena.

Meu telefone começou a vibrar. Olhei para a tela.

— É do escritório. Com licença, é só um momento.

— É claro.

Deslizei o dedo na tela para atender, sabendo muito bem quem estava do outro lado, e me afastei alguns passos de Amanda.

— Oi, sr. Lexington. É a Millie. Estou encerrando o expediente. São quase seis horas. Você pediu para eu ligar e avisar quando fossem seis.

— Sim, ótimo. Obrigado.

Segurei o aparelho junto da orelha por um minuto depois que minha assistente desligou, depois voltei para perto de minha entrevistadora.

— Desculpe. Vou receber uma ligação internacional em alguns minutos e vou ter que atender. Acha que podemos encerrar?

— Ah. É claro. Nenhum problema. — Ela levantou-se. — Acho que já tenho tudo de que preciso, por enquanto.

Vai ser um artigo muito sem graça.

— Ótimo. Obrigado.

Amanda pegou o bloco de notas e tirou um cartão da bolsa. Escreveu alguma coisa no verso, depois me entregou o cartão com a cabeça um pouco inclinada de lado.

— Anotei o número de casa no cartão. — Ela sorriu. — Adoro velejar.

Sorri de volta como se estivesse lisonjeado.

— Vou me lembrar disso na próxima vez que sair. — *O que não vai acontecer tão cedo... considerando que o barco não deixa o porto há quase uma década.*

Estendi a mão e ajudei Amanda a se dirigir à saída.

Ela pendurou a bolsa no ombro e olhou para o nome pintado em dourado no casco azul-marinho.

— *Leilani May* — disse. — De quem é o nome escolhido para o barco?

Eu pisquei.

— Desculpe. A entrevista acabou.

Grant

Quinze anos atrás

Eu não conseguia parar de olhar.

A neve caía pesada e a menina nova estava lá fora de boca aberta, mostrando a língua e descalça, girando de olhos fechados. Ela ria quando flocos de neve caíam em sua boca.

Lily.

Lírio. Eu precisava encontrar essas flores para descobrir que cheiro tinham. Não que eu fosse idiota a ponto de pensar que Lily teria cheiro de lírios, mas sabia, de algum jeito, que o cheiro seria o melhor que já sentira.

Eu tinha uma terrível dor no peito enquanto a espiava pela janela. A razão lógica para isso era o queijo quente e a sopa de tomate que minha mãe tinha feito mais cedo para o almoço. Mas eu sabia que não era isso. Mesmo aos catorze anos, sabia como era a sensação de amar. Bem, não tinha conhecido essa sensação até uma hora antes, quando ouvi a campainha. Mas agora estava absolutamente certo disso.

Lily.

Lírio.

Lily do Grant.

Até o som é bonito, não é?

Grant e Lily.

Lily e Grant.

Se tivermos filhos, talvez eles também tenham nomes de flores – Violet, Poppy, Ivy. Espera. Ivy não é uma flor. É uma erva daninha. Acho que é.

Tanto faz.

Não tem importância.

Cheguei mais perto da janela do escritório de meu pai, e meu hálito embaçou a vidraça. Levantei a mão e a limpei com o punho da blusa de moletom. O movimento atraiu a atenção de Lily lá embaixo. Ela parou de girar, uniu as mãos em torno dos olhos para protegê-los da neve e tentou me enxergar. Eu devia me abaixar para não ser visto, mas estava paralisado – completamente e totalmente hipnotizado por essa menina.

Ela gritou alguma coisa. Não consegui ouvir com a janela fechada. Por isso a destranquei e abri.

Tive que pigarrear para conseguir pronunciar as palavras.

— Você disse alguma coisa?

— Sim. Perguntei se você é algum tipo de espião esquisito.

Merda. Agora ela me acha esquisito. Primeiro eu praticamente fugi da sala quando minha mãe nos apresentou, e agora ela me pegou espiando como se fosse um stalker. Eu precisava ir com calma.

— Não — gritei. — Só estava olhando para ver se algum dedo seu vai ficar preto e cair do seu pé congelado. Não viu *O dia depois de amanhã*?

Ela balançou a cabeça.

— Nunca fui ao cinema.

Arregalei os olhos.

— Você nunca foi ao cinema?

— Não. Minha mãe não gosta de televisão e cinema. Ela acha que a TV faz a gente acreditar em coisas idiotas.

— Mas, se tivesse visto *O dia depois de amanhã*, você estaria de sapatos.

Ela sorriu e meu coração parou, literalmente, por um segundo. Tive a sensação de que ele deu uma cambalhota rápida no momento em que ela mostrou os dentes brancos. Massageei o local dessa sensação em meu peito, embora não sentisse dor.

Olhei para Lily outra vez e gritei:

— Ei, faz isso de novo?

— Isso o quê?

— Sorrir.

E lá estava... uma inconfundível batida pulada em meu peito.

Lily se virou e olhou em volta.

— Você ouviu isso?
— O quê?
— Sinos tocando?
Talvez nós dois estivéssemos imaginando coisas.
— Não. Nenhum sino.
Ela deu de ombros.
— Talvez seja o Papai Noel. Ouvi dizer que vocês, pessoas ricas, acreditam nisso até uns trinta anos porque ganham presentes todo ano.
De repente, a luz com detector de presença acendeu lá fora e ouvi a voz de minha mãe.
— Lily? O que está fazendo aí fora? Entre antes que fique resfriada.
— Sim, sra. Lexington. Só estava olhando os flocos de neve. Nunca tinha visto neve antes.
— Minha nossa. Ok. Bom, entre e providenciarei roupas apropriadas para você. Kate tem um macacão e botas para neve que devem servir em você... e um chapéu.
Lily olhou para cima, para mim, e sorriu mais uma vez.
Meu coração se contraiu dentro do peito. *De novo.*
Droga... quem ia adivinhar que o amor podia ser tão doloroso?

Na manhã seguinte, não consegui encontrar Lily em lugar nenhum. Normalmente, minha mãe fazia as crianças novas pegarem o ônibus para a escola comigo no primeiro dia, e eu as levava à secretaria, onde ela já estaria matriculando todo mundo e conversando com o orientador.

Despejei cereal em uma tigela e peguei o leite na geladeira, mas, quando ia devolver o recipiente ao lugar dele, ouvi um barulho alto na porta que dava para a garagem. Enchi a boca de cereal, peguei a tigela e fui ver o que estava acontecendo.

Quando abri a porta, parei de mastigar.

— O que você está fazendo?

Lily me encarou com a testa franzida. Parecia honestamente confusa com minha pergunta.

— Pintando. O que parece que estou fazendo?

— Parece mais que se pintou.

Lily estava na frente de um cavalete, com braços e pernas cobertos por uma dúzia de cores diferentes de tinta. Ela vestia uma camiseta comprida que mal cobria a bunda. Meus olhos desceram até as pernas, que tinham menos tinta que a metade superior dela, mas eram longas e lisas. Nunca tinha visto uma garota com pernas tão compridas. Senti um impulso muito forte de pegá-la no colo e ver se ela conseguia cruzar os tornozelos atrás das minhas costas.

Não percebi há quanto tempo estava olhando, até ela falar novamente.

— Está pingando.

Meus olhos encontraram os dela.

— Hã?

Ela sorriu e projetou o queixo na direção da minha tigela de cereal. Eu a segurava torta, e o leite estava pingando nos meus sapatos.

— Merda. — Endireitei a tigela.

Lily deu risada. Como essa garota era linda. Cabelo comprido e preto, pele naturalmente bronzeada no auge do inverno e os maiores olhos castanhos que já tinha visto. E ela era alta – só alguns centímetros mais baixa que eu. Desde o verão do oitavo ano, quando cresci dez centímetros em poucos meses, a maioria das garotas não alcançava a altura dos meus ombros. Mas Lily alcançava. E eu tinha a sensação de que sua altura era perfeita – como se ela tivesse nascido para se destacar entre todas as outras garotas.

Balancei a cabeça e interrompi a reflexão.

— Minha mãe sabe que você está aqui pintando? O ônibus chega em uns quinze minutos.

Ela franziu o nariz.

— Ônibus?

— É, sabe... escola. São sete horas.

— Da manhã?

Agora eu que estava confuso.

— Sim, da manhã. Achou que ainda era noite?

— Sim. Acho que pintei a noite toda. Devo ter perdido a noção do tempo. — Ela deu de ombros. — Isso acontece às vezes.

Eu me aproximei e olhei para a tela.

— Você pintou isso?

— Sim. Não ficou tão bom.

Levantei as sobrancelhas. A pintura, uma espécie de abstração de um ramalhete de flores entrelaçadas, podia estar em um museu, na minha opinião.

— Hum... se isso não é bom, espero que não veja a porcaria que eu faço na aula de artes.

Ela sorriu. E, novamente, meu peito ficou apertado.

— Minha mãe me levou ao Havaí uma vez. As flores lá eram muito bonitas. É a única coisa que gosto de pintar. — Lily deu de ombros. — Sou meio obcecada por isso. Dou nome a todas as pinturas. Esta se chama *Leilani*. Significa flor celestial e criança de Deus em havaiano. É um nome popular por lá. Minha avó era Willow. Minha mãe é Rose, e eu sou Lily. Todas temos nomes de flores e plantas. Um dia, quando eu tiver minha filha, talvez dê a ela o nome de Leilani.

Uau. *Isso é muito maluco.* Tive o mesmo pensamento sobre dar nomes de flores a filhas. Só que não pensei nas filhas de Lily, mas sim em *nossas* filhas.

— Leilani — repeti. — Bonito nome.

Lily fechou os olhos e respirou fundo.

— Lei-la-ni. É bonito, não é?

— Você também é bonita. — Não sabia de onde isso tinha saído. Bem, obviamente, sabia o que era. A verdade. Mas não esperava que saísse da minha boca.

Lily deixou o pincel no apoio do cavalete e limpou as mãos na camiseta. Depois se aproximou de mim e parou bem na minha frente – invadindo meu espaço. Cada fio de cabelo do meu corpo ficou em pé, e minhas mãos começaram imediatamente a suar. *Qual é o meu problema?* Eu já tinha ficado com garotas antes, mas essa menina me deixava nervoso só por estar perto dela.

Lily se ergueu na ponta dos pés e beijou meu rosto.

— Acho que este deve ser o primeiro lar temporário onde gosto de morar.

É, acho que também vou gostar de você morando aqui.

8

Ireland

— Ah, ótimo. Ainda não começou. — Uma mulher de tailleur cinza sentou-se na cadeira ao meu lado na mesa de reuniões. Ela parecia agitada. — Ouvi dizer que ele é obcecado por pontualidade.

— Grant? — perguntei.

Ela franziu a testa.

— Sr. Lexington, sim.

Ah, é verdade. Sr. Lexington. Acho que ele era Grant quando era o cara com quem eu ia sair, mas agora voltava a ser sr. Lexington.

— A assistente dele acabou de passar por aqui — falei. — Ele vai se atrasar uns minutos.

A mulher sorriu.

— Que bom. Minhas filhas telefonaram e tive que decidir uma disputa pela escova de cabelos. — Ela estendeu a mão. — Ellen Passman. Sou gerente de contabilidade, no financeiro.

Apertei a mão dela.

— Ireland Saint James ou Richardson. Trabalho na divisão de notícias da Broadcast Media. Richardson é meu nome quando estou no ar.

— Ah, eu sei quem você é. Adoro seu programa.

Sorri.

— Obrigada.

— Estou muito empolgada com este novo comitê. Mas queria que tivessem avisado com um pouco mais de antecedência. É fim de mês, o momento mais agitado no meu departamento.

Eu estava curiosa sobre a formação desse comitê desde a ligação de Grant. Não conseguia ignorar um pensamento maluco, o de que ele havia inventado tudo enquanto falava comigo pelo telefone. Isso era ridículo, é claro, sem mencionar que era egocêntrico e arrogante, mas a ideia continuava me atormentando.

— Quando foi convidada? — perguntei.

— Hoje de manhã. E você?
— Há alguns dias. Recebeu a pauta dessa reunião ou algo do gênero?
— Não. Nada.

O ar na sala mudou e eu soube quem havia entrado antes mesmo de virar a cabeça. Grant Lexington estava perto da porta com a VP da divisão de notícias, Kate Benton, chefe da minha chefe, que também era irmã dele. Ele examinou a sala, e seus olhos pararam em mim – como se tivessem encontrado o que procuravam, o que era loucura.

Era um olhar tão intenso que senti o impulso de me remexer na cadeira.

— Peço desculpas pelo atraso — ele disse. — Obrigado a todas por terem vindo. — E olhou para a irmã. — Tenho certeza de que todas vocês conhecem a Kate. Ela é vice-presidente da Broadcast Media.

As pessoas agradeceram o convite, mas eu fiquei quieta, observando tudo.

Havia algumas cadeiras vazias: a da ponta da mesa, outra perto dela, do lado em que eu estava, uma na minha frente e uma à minha esquerda. Sem falar nada, a irmã dele foi se sentar na cadeira mais próxima da outra, na ponta da mesa. Tive a sensação de que esse homem ocupava a posição de comando em todas as salas em que entrava.

Mas então ele me surpreendeu. Puxou a cadeira na ponta da mesa e disse:

— Kate.

A irmã dele parecia igualmente surpresa, mas trocou de lugar e ocupou a cadeira oferecida. Grant desabotoou o paletó e sentou-se na cadeira ao meu lado. Inclinou-se na minha direção e sussurrou:

— Bom te ver, Ireland.

Assenti.

Ninguém ali parecia ter notado nada de estranho, nem que ele escolhera a cadeira ao meu lado, nem que a puxara para mais perto de mim do que estava antes e, felizmente, nem que minha cabeça rodava com o cheiro dele: limpo, mas com um toque masculino, amadeirado.

Durante a meia hora seguinte, tentei ignorar o homem sentado ao meu lado e não ficar me mexendo. Mas tinha que olhar para Kate enquanto ela falava, o que significava que o perfil de Grant estava diretamente em minha linha de visão. Também significava notar que sua pele era bronzeada, e que havia uma linha branca e fina na lateral da cabeça deixada pelos óculos escuros. Eu não teria imaginado que ele era o tipo que gostava de viver ao ar livre. Mas, pelo jeito, o homem passava muito tempo no sol. A pele era bronzeada, o cabelo estava penteado para trás e precisava de um corte, porque as pontas cobriam o começo do colarinho. Notei o começo daquela barba de fim de dia em seu rosto, embora fossem apenas dez horas da manhã. Talvez ele se barbeasse à noite ou tivesse tanta testosterona que a barba começava a crescer duas horas depois de ter sido cortada.

Minha intuição me dizia que a segunda opção era a correta.

Provavelmente sentindo meu olhar, Grant se virou e olhou para mim. Imediatamente, aquele olhar encontrou minha boca, e eu perdi a batalha contra o impulso de me mexer na cadeira. Fiz um esforço para olhar outra vez para Kate, mas notei o leve tremor na boca do homem ao meu lado, antes de ele se concentrar novamente na irmã.

— Acho que podemos agora recolher sugestões de pauta para a próxima reunião — disse Kate. — Quero ouvir o que todas vocês têm a dizer sobre os problemas mais prementes para as mulheres aqui na Lexington Industries.

— Ótima ideia — Grant aprovou.

Algumas mulheres estavam mais entusiasmadas que outras. Uma delas mencionou a necessidade de uma sala de amamentação. Outra falou sobre misturar responsabilidades familiares e trabalho, e como horários flexíveis no escritório poderiam ser uma grande conquista para funcionários com filhos, homens e mulheres. Uma mulher mais velha defendeu salários iguais para as mulheres, um tópico que eu pretendia abordar, já que tinha experiência pessoal no assunto. Duas mulheres não quiseram falar, alegando que precisavam pensar um pouco no que sugerir, e então chegou minha vez. Eu me preparava para apoiar a sugestão da outra mulher sobre equidade de pagamento quando senti que Grant olhava para mim. No último segundo, decidi provocá-lo.

— Acho que precisamos abordar assédio sexual. Coisas como um chefe ou o chefe do chefe do chefe convidar uma mulher para almoçar.

Grant se manteve sério, mas notei a leve contração do músculo em sua mandíbula.

— Com toda certeza — disse Kate. — Esse tipo de coisa não pode acontecer.

Grant pigarreou.

— Eu resolvo muitos assuntos de trabalho durante as refeições. Em parte, é uma necessidade, porque o dia é curto. Está dizendo que devemos pôr fim à prática de almoçar com outras pessoas?

Falei diretamente a ele:

— De jeito nenhum. Mas é um terreno perigoso, e muitas vezes é difícil para a mulher saber se o convite para almoçar é profissional ou se tem segundas intenções.

Grant me encarou por alguns instantes, depois assentiu.

— Muito bem. Que o tema seja acrescentado à pauta da próxima reunião. — Ele levantou-se de repente. — Acho que foi um bom começo. Minha assistente vai redigir a ata e agendar a próxima reunião.

Kate parecia tão confusa quanto a maioria das pessoas à mesa. Mas tive a sensação de que ela estava acostumada com a imprevisibilidade do irmão. Kate amenizou o impacto da atitude dele.

— Sim, agradecemos a todas por terem comparecido a essa primeira conversa, e estamos ansiosos para tratar das muitas necessidades singulares às mulheres no local de trabalho. Acho que este comitê vai fazer coisas muito boas pela Lexington Industries. Obrigada por seu tempo, pessoal.

Continuei sentada enquanto as pessoas se levantavam e ouvi uma conversa entre Grant e Kate.

— Você decidiu criar esse comitê, inventou uma pauta vazia três horas atrás e me obrigou a assumir a ponta da mesa de surpresa. — Kate balançou a cabeça. — Finalmente consigo fazer as coisas acontecerem, e você fica entediado. Por favor, não se interesse mais por nenhum comitê. — Ela recolheu os papéis diante dela na mesa e se virou para sair.

Levantei-me e me dirigi à porta. Mas senti Grant me seguir. Discretamente, ele segurou meu cotovelo e me puxou para a direita quando saímos da sala de reuniões.

— Podemos conversar por um momento? — sussurrou.

— É claro. Quer saber mais sobre o que eu penso a respeito de assédio sexual? — Sorri, arrogante.

Ele contraiu a mandíbula e continuei andando ao seu lado pelo corredor até o escritório dele. Quando chegamos, ele estendeu a mão para me convidar a entrar primeiro.

— Este sou eu sendo cavalheiro. Espero que não seja uma forma de assédio.

Enquanto eu dava uma olhada no lugar, Grant falou com a assistente da porta da sala. A sala era grande, o típico escritório de canto com janelas do teto ao chão cobrindo duas paredes, uma mesa de madeira escura e aparência masculina no centro, e uma área de estar separada em um lado do espaço. Um porta-retratos sobre um aparador chamou minha atenção – Grant e as duas irmãs com uma senhora, que presumi ser a mãe dele. Mas não perguntei nada quando ele entrou.

Grant apontou a área de estar.

— Por favor, sente-se.

Ele ocupou a cadeira à minha frente, soltou uma abotoadura e começou a dobrar a manga da camisa.

— Então... o chefe do chefe do seu chefe te convidar para sair é assédio sexual?

Meus olhos estavam cravados em seus antebraços musculosos. Pisquei algumas vezes e levantei a cabeça. Eu estava brincando quando disse isso na sala de reuniões, mas a expressão dele não era nada brincalhona.

— Foi só uma piada, queria te provocar.

— Então não se sentiu assediada quando a convidei para almoçar e discutir sua volta?

Na verdade, eu me referia ao convite feito antes de eu saber quem ele era. Mas Grant parecia realmente preocupado com a possibilidade de ter me incomodado. Senti que devia pôr fim à inquietação dele.

Balancei a cabeça.

— De maneira nenhuma. Assédio sexual é um avanço sexual indesejado. Você nunca tentou nenhuma aproximação depois de eu saber quem você era e, para ser bem honesta, a aproximação na cafeteria não foi inconveniente.

Seus ombros relaxaram visivelmente.

— Peço desculpas se a coloquei em uma posição delicada na cafeteria.

Fui franca.

— Tudo bem. Como eu disse, não foi inconveniente.

Grant parecia evitar me encarar. Ele assentiu e terminou de dobrar a outra manga antes de ficar em pé.

— Obrigado pela honestidade.

Também me levantei.

— Por nada.

Então houve um momento de desconforto entre nós. Tive plena consciência de como meu corpo gostava de estar perto do dele. O ar ficava carregado de eletricidade sempre que ele estava perto, e eu não acreditava que era a única a sentir essa mudança – provavelmente, não era a melhor coisa para pensar logo depois da reunião que tivemos.

— Ok... bem... vejo você na próxima reunião, acho.

Grant assentiu. Ele parecia querer que eu saísse tanto quanto eu queria sair... e eu não queria. Mesmo assim, dei alguns passos em direção à porta. Depois mudei de ideia. Se podia ser sincera, então seria.

— Posso perguntar uma coisa?

— O quê?

— Você criou o comitê de mulheres enquanto estava falando comigo pelo telefone? Ou isso já existia antes?

Grant levantou uma sobrancelha.

— Você é muito convencida, não é? O presidente de uma multinacional cria uma iniciativa só para ter a chance de passar mais tempo com você?

Senti o rosto esquentar. Sabia que a pergunta soava egocêntrica. Ri de nervoso.

— Acho que é um pouco insano.

Grant se aproximou de mim.

— Também seria muito impróprio, não seria?

Eu poderia jurar que havia um brilho de humor nos olhos dele. Caramba, minha imaginação estava vivendo um dia de glória. Eu precisava sair dali.

— Sim. Sim, acho que seria. — Balancei a cabeça. — Preciso voltar ao trabalho.

De repente, tive um impulso de fugir e me dirigi à porta.

Quando estava quase saindo, Grant me chamou.

— Ireland?

Olhei para trás. Meu Deus, que homem lindo. O tipo de beleza que atrai o olhar quando passa e faz você tropeçar nos próprios pés... Basicamente, o tipo perigoso de que as mulheres devem se manter longe, sobretudo com o sorrisinho de lado que ele exibia agora.

— Fico feliz por termos esclarecido que qualquer aproximação minha não foi inconveniente. Nos vemos por aí... logo.

Meu cérebro parecia estar falhando quando saí do escritório dele. Que diabo tinha acabado de acontecer? Admiti que não me incomodava com seus avanços, e ele admitiu... o quê?

Revivi a conversa mentalmente a caminho do elevador. Embora eu tivesse sido franca, Grant não admitiu nada. Na verdade, quando perguntei se ele havia criado o comitê só por minha causa, ele virou a pergunta contra mim. E não me deu uma resposta direta, deu?

9

Grant

— Um comitê para iniciativas pelas mulheres? Sério?
Suspirei quando minha irmã Kate entrou no meu escritório.
— Já falamos sobre isso depois da reunião, lembra?
— Eu ainda não encerrei essa discussão.
— É claro que não — resmunguei.
— Por que criou esse comitê? Deve haver uma razão.
Arrumei os papéis em cima da mesa.
— É uma iniciativa na qual penso há muito tempo. Acho que já falei sobre isso.
— Há quanto tempo?
— Quanto tempo o quê?
— Há quanto tempo está pensando nessa iniciativa?
— Muito tempo. — Juntei os papéis em uma pilha no centro da mesa e a endireitei. Minha irmã continuava em silêncio, esperando que eu a encarasse. Respirei fundo e levantei a cabeça para olhar nos olhos dela.
Ela estudou meu rosto antes de voltar a falar.
— Por que não acredito em você?
Revirei os olhos.
— Porque é uma narcisista que odeia os homens.
— É verdade. Mas não é por isso.
Eu conhecia todos os tons da minha irmã. Tinha o furioso, quando ela achava que eu era um babaca e estava começando a perder a paciência, e tinha o carinhoso e atento, que ela usava quando discutia assuntos como nossos pais. O mais comum era o tom sarcástico, que eu geralmente merecia. Mas esse tom de agora? Esse era o tom do cão farejador, de quando ela cravava os dentes em cada palavra que eu dizia para procurar significados subjacentes. Ela sabia que eu estava mentindo sobre meu interesse nas iniciativas pelas mulheres, e queria saber qual era o verdadeiro motivo para eu ter feito o que fiz.

Abri a gaveta e peguei uma pasta. Joguei-a em cima da mesa e disse:

— Tenho uma reunião em cinco minutos, vai brincar de detetive no seu escritório. Se encontrar mais pistas, peça para sua assistente mandar um memorando para a minha.

Minha irmã olhou para mim de cara feia.

— Você é um babaca, sabia?

Meus lábios se distenderam em um sorriso sincero.

— Também te amo, mana.

Kate revirou os olhos.

— Não esquece o evento beneficente do One World Broadcasting na sexta à noite. Vai levar a Arlia?

— Não estamos mais juntos. — E alertei a mim mesmo que precisava comunicar isso a Arlia.

— Ah. Quem vai levar?

— Não preciso levar alguém a todos os eventos.

— Mas sempre leva... — Ela se dirigiu à porta. — Ah, quase esqueci. A mulher que você recomendou para substituir Bickman, a Madeline Newton, foi aprovada na nossa verificação de antecedentes. Fiz uma entrevista com ela depois que nosso diretor a aprovou. Estamos de acordo, ela se encaixa bem na vaga. Vou fazer a oferta no fim da semana. Mas podemos convidá-la para o evento beneficente se você quiser. Bickman sempre comparecia, e temos um lugar vago em nossa mesa.

— Sim, boa ideia.

Kate se virou para sair.

— Espera — pedi. — Se não há um chefe de departamento, quem é convidado para esse tipo de coisa?

Ela deu de ombros.

— Ninguém. Ou quem faz as funções de chefe de departamento, às vezes.

— Pensando bem, vamos adiar em uma ou duas semanas a oferta da vaga para Madeline. — Inventei uma mentira. Era tão plausível que, quando a contei, me perguntei se não podia ser verdade. — Ouvi dizer que ela se candidatou a uma vaga na Eastern Broadcasting. Quero ver se ela vai aceitar esse outro emprego se não fizermos a oferta imediatamente. Vamos ver até onde vai sua lealdade e o que está disposta a arriscar para continuar conosco.

Minha irmã parecia surpresa, mas acreditou na história.

— Ah. Ok — disse. — Boa ideia. Vou segurar a oferta e não vou convidá-la para o evento beneficente porque isso daria a entender que ela vai ficar com a vaga. Vou ver se a chefe interina se interessa em comparecer.

Boa, Kate. Foi *você* quem teve a ideia de convidar Ireland. Acenei para ela como se não desse a mínima importância para a possibilidade de a chefe interina do departamento comparecer ao evento usando um vestido sexy.

— Tudo bem. Faça como achar melhor.

Kate se virou para sair, e eu a chamei novamente.

— Ah, e como o tópico do assédio sexual foi abordado na nossa reunião do comitê, gostaria de ler nosso regulamento, me informar sobre como lidamos com isso. E também quero conhecer todas as diretrizes que adotamos sobre relacionamentos no local de trabalho.

Talvez eu tivesse ido longe demais. Minha irmã reagiu, chocada.

— Sério? Você quer ler o nosso *regulamento*?

— Quero.

— Bom, acho que tem uma primeira vez para tudo. É claro que temos uma diretriz para assédio sexual. Mas não adotamos nenhuma política corporativa proibindo relacionamentos e namoro no escritório. Oitenta por cento das pessoas já testemunharam ou estiveram envolvidas em um relacionamento no escritório. Quem somos nós para dizer a pessoas que trabalham noventa horas por semana que elas não podem namorar um colega de trabalho?

Cocei o queixo.

— Então o que a srta. Saint James mencionou em nossa reunião, um chefe convidar uma subordinada para sair, é admissível?

— Bom, aí a coisa fica complicada. Não é ilegal ou proibido pelas regras da empresa um supervisor convidar uma subordinada para sair. Mas assédio sexual é ilegal, é crime previsto no Código Civil, e as leis do nosso estado e da empresa também preveem punição para isso, e nossa política corporativa proíbe a criação de um ambiente de trabalho hostil com base no sexo da pessoa. Um supervisor e uma subordinada tornam-se amigos, um interpreta mal os sinais do outro, e de repente um convite recusado cria um ambiente de trabalho complicado.

Assenti.

— É bom saber. Obrigado.

Depois que Kate saiu, encostei na cadeira e olhei pela janela. Nunca tinha mergulhado minha caneta na tinta da empresa. Na verdade, nunca me envolvera com ninguém da área. Gostava de manter meus assuntos privados assim, privados. Mas lá estava eu pesquisando políticas e procedimentos, pronto para reescrever as normas, se precisasse, só para manter viva minha fantasia de transar com Ireland Saint James.

Merda. Passei a mão na cabeça.

Pensar nisso podia me meter em uma tremenda encrenca. Mas, como disse minha irmã, as leis estaduais e federais tratavam apenas de avanços *indesejados*. E Ireland tinha deixado claro que minha investida – antes de ela saber quem eu era – não foi inconveniente. Agora, eu só precisava convencer minha funcionária a receber bem novas investidas, por exemplo, dizer a ela que eu não conseguia parar de pensar naquela boca safada no meu pau.

Dois dias depois, consegui me concentrar no que era importante e trabalhar – trabalho que não envolvia Ireland Saint James. Tinha acabado de encerrar uma reunião virtual com nossos advogados em Londres quando Millie bateu à porta do meu escritório e entrou.

— Lamento interromper, mas tem visita para você.

Olhei para o relógio.

— A reunião com Jim Hanson não é só daqui a uma hora?

— Não é ele. É Arlia.

Joguei a caneta em cima da mesa e encostei na cadeira com um suspiro. Devia ter respondido à mensagem dela mais cedo. Melhor ainda, devia ter levado Arlia para jantar e terminado tudo. A última coisa que eu queria era uma cena no escritório.

Millie viu minha cara.

— Eu disse a ela que você estava em reunião. Posso dizer que vai demorar, se quiser.

Pensei seriamente em aceitar a sugestão, mas gostava de coisas inacabadas ainda menos do que de confrontos, então era melhor resolver isso de uma vez.

Fiz que não com a cabeça.

— Tudo bem. Só preciso de um minuto para limpar a mesa.

Millie assentiu e, alguns minutos depois, trouxe Arlia à minha sala. Arlia usava um vestido curto, preto e colado ao corpo, exibindo um quilômetro de pernas bronzeadas. Fiquei atrás da mesa para evitar um cumprimento íntimo.

— Estava começando a pensar que estava me evitando.

Sorri.

— Ando ocupado, só isso. — Apontei a cadeira do outro lado da mesa. — O que faz aqui?

Arlia François era uma mulher bonita. Modelo profissional, sabia exatamente como realçar seus belos traços. Com pernas longas e olhos de cores diferentes – um azul, o outro castanho –, ela chamava a atenção por onde passava. Mas, quando ela sentou-se e, muito lenta e deliberadamente, cruzou as pernas torneadas, eu e meu pau não ficamos muito excitados.

— Tenho que ir a Paris no fim de semana e vou passar duas semanas fora. Achei que podíamos nos encontrar antes disso. Estou livre na quinta-feira à noite.

Quinta-feira à noite era a data do evento beneficente.

— Tenho um compromisso de trabalho na quinta à noite.

Ela fez biquinho.

— Eu trabalho na sexta, mas quem sabe um jantar mais tarde?

Eu não era o tipo de homem que ignorava as mulheres e recusava convites para terminar relações. Preferia ser direto e, no fim, as mulheres também prefeririam que fosse assim. Mas, às vezes, quando acontecia, elas se ressentiam por serem dispensadas.

Eu me inclinei para a frente.

— Você é uma mulher maravilhosa, Arlia. Mas estamos em frequências diferentes, e acho melhor pararmos por aqui.

O biquinho sedutor deu lugar a uma expressão furiosa.

— O quê?

— Fui bem honesto quando começamos a sair uns meses atrás. Não estou interessado em um relacionamento, não agora. As coisas eram casuais no começo, mas acho que não estamos mais interessados na mesma coisa.

Ela ergueu a voz.

— Então só queria transar comigo?

Eu achava que explicar que não queria um relacionamento *antes* de sairmos pela primeira vez fosse suficiente para esclarecer que o que teríamos seria apenas físico, com um pouco de convivência. Mas, pelo jeito, eu teria que soletrar no futuro.

— Por favor, fale baixo. Eu fui claro sobre minhas intenções desde o início.

Os olhos dela se encheram de lágrimas. *Merda*. Eu devia ter aceitado a oferta de Millie para fingir que continuava em reunião. Devia ter feito isso em local público, onde teria uma rota de fuga.

— Mas eu pensei que tivéssemos evoluído para algo mais...

E aí estava o problema. Algumas mulheres dizem se contentar com algo casual, mas não se contentam. Acham que podem mudar o que quero e depois ficam furiosas comigo por querer exatamente o que eu disse que queria desde o início.

— Lamento se entendeu mal.

Aparentemente, eu não devia ter dito isso.

Todo o seu rosto se contorceu.

— Eu não entendi mal. Você me iludiu.

Eu não tinha iludido ninguém. Mas sabia quando era melhor não discutir.

— Lamento se fiz isso.

Seu rosto suavizou-se e ela fungou.

— Tudo bem. Podemos manter tudo como era quando começamos. Sem compromisso.

Eu poderia ter encerrado essa história com mais facilidade se concordasse com isso e a evitasse no futuro. Mas aceitar o "sem compromisso" era manter uma porta aberta entre nós. E eu não queria mais nada com ela.

— Acho melhor pararmos com tudo agora.

Ela arregalou os olhos. Não estava acostumada com rejeição.

— Mas...

— Lamento, Arlia.

Ela se recuperou passando de aborrecida e chocada a furiosa outra vez. E se levantou de repente.

Também fiquei em pé.

Arlia me surpreendeu alisando o vestido. Tudo indicava que ia sair sem causar uma cena, afinal. Pensando que o assunto estava encerrado, cometi o erro de sair de trás da mesa para acompanhá-la até a porta.

Aparentemente, sua compostura era só o olho do furacão. Assim que me aproximei, a fúria voltou.

— *Você me usou.*

— Lamento que ache isso.

Ela subiu o tom novamente.

— Seu apartamento é tão sem graça quanto você. A única coisa interessante em você é seu pau.

Já chega. Coloquei a mão atrás de suas costas, tomando o cuidado para não a tocar, mas *guiá-la* até a porta.

Ela praticamente cuspiu em mim.

— Não me toque.

Retirei a mão e levantei as duas.

— Só queria acompanhá-la até a porta.

Ela recuou e me deu um tapa no rosto. O impacto foi tão inesperado e forte que conseguiu mover minha cabeça.

— Eu saio sozinha.

Fiquei onde estava até ela abrir a porta, sair e batê-la com força. Fazia muito tempo que eu não levava uma bofetada. *Muito tempo.* Mas agora eu era mais esperto e me manteria afastado.

10

Grant

Catorze anos atrás

— Não quero voltar.

Massageei os ombros de Lily.

— Também não quero que você vá.

Os olhos dela ficaram cheios de lágrimas.

— Vai acontecer tudo de novo. Minha mãe fica bem por um tempo, depois para de tomar os remédios e desaparece. Depois de um tempo, alguém percebe que estou morando sozinha e chama a polícia, que chama o conselho tutelar.

Lily estava em nossa casa havia mais de nove meses. Tinha me contado que, quando a mãe desaparecia, precisava roubar comida do mercado e vender porcarias de seu apartamento só para comer. Ela não ia mais às cozinhas comunitárias porque lá as pessoas faziam muitas perguntas sobre o paradeiro de seus pais.

— Escuta, quero que fique com isso. — Dei a ela um envelope com quinhentos dólares. — Caso ela desapareça de novo.

As lágrimas agora corriam por seu rosto.

— Não preciso disso. Você vai me visitar sempre, não vai? Eu aviso se ela desaparecer, e aí você leva alguma coisa para mim.

— E se ela fizer você mudar de casa de novo, Lily? — Elas tinham se mudado dezenas de vezes nos últimos quinze anos. Não era impossível que um dia eu fosse vê-la e encontrasse o apartamento vazio.

— Eu não vou. Como você ia conseguir me encontrar?

— Se você mudar de casa, escreve para mim. Tem o endereço daqui?

Lily assentiu e recitou o endereço de casa.

Eu sorri.

— Muito bom. Se algum dia tiver que se mudar, você me conta em uma carta. E eu vou te ver todas as semanas no domingo, mesmo que se mude para Nova York. Prometo. — Aquilo devia parecer maluco, mas eu sabia que encontraria um jeito de cumprir a promessa. Lily e eu tínhamos nascido um para o outro. — Leva o envelope. Não é muito. Mas você pode precisar do dinheiro para os selos. Ou para coisas da escola.

Ela hesitou, mas pegou o envelope. Quando descobrisse quanto eu tinha posto lá dentro, não ficaria feliz. Mas aí ela estaria na casa da mãe, e nenhum de nós estaria feliz de qualquer jeito.

Minha mãe bateu à porta do quarto de Lily.

— Lily, meu bem? Está pronta? A assistente social chegou.

A expressão de terror no rosto dela acabou comigo. Simplesmente acabou comigo. Eu sabia por experiência própria que voltar para casa depois de ter sido tirado de lá raramente dava certo. Mas os cretinos dos juízes sempre queriam mandar a gente de volta – como se mães e pais tivessem direito aos filhos e precisassem provar ao homem de túnica preta por que eram incompetentes. Pais biológicos normalmente tinham que errar feio meia dúzia de vezes antes de pararem de mandar a gente de volta. O sistema era uma droga.

Acenei com a cabeça na direção da porta e sussurrei:

— Diga a ela que está se vestindo e vai descer daqui a pouco.

Lily fez o que pedi, mas sua voz falhou. Minha mãe respondeu que estaria esperando lá embaixo.

Era só uma questão de tempo até minha mãe perceber que eu não estava em lugar nenhum. Lily e eu mantínhamos nosso relacionamento em segredo. Tínhamos medo de que meus pais decidissem que não era uma boa ideia manter na mesma casa dois adolescentes de quinze anos e apaixonados. Quero dizer, não era... mas eles não precisavam saber disso. Também não precisavam saber que eu ia para a cama dela todas as noites depois que todo mundo ia dormir. Isso certamente faria minha mãe surtar.

— Não quero te perder — Lily soluçou baixinho.

Segurei seu rosto e enxuguei as lágrimas com os polegares.

— Não chore. Não vai me perder nunca, Lily. Nunca. Eu te amo.

— Também te amo.

Ficamos abraçados por muito tempo. No fim, porém, tivemos que nos separar.

— Vou escrever para você todos os dias em que não pudermos estar juntos.

Sorri.

— Ok.

— Não precisa responder. Sei que não gosta de escrever. Só me promete uma coisa.

— O quê?

— Que vai escrever para mim se você se apaixonar por outra pessoa e vai me contar sobre ela para eu saber que está feliz e que tenho que parar de escrever. Senão nunca vou desistir de nós dois.

Sorri e beijei o nariz dela.

— Combinado. Por mim, acordo feito. Vai ser fácil porque nunca terei que escrever uma porcaria de carta sequer.

Eu nunca tinha conhecido ninguém que tivesse alucinações. Minha mãe biológica era dependente química e dormia por horas a fio, às vezes dias, quando se entregava à droga. Porém, mesmo em seus piores momentos, ela nunca ouviu vozes.

Era o segundo domingo que eu visitava Lily desde que ela tinha voltado para casa, mas o primeiro em que a mãe dela estava em casa. Rose trabalhava de garçonete nos fins de semana, tinha trabalhado na semana anterior, mas esta semana, aparentemente, estava incapacitada. Agora eu entendia por quê. Deitada no sofá, Rose fumava um cigarro tão pequeno que eu não conseguia entender como não queimava seus dedos. Ela movia a boca e falava sozinha, mas eu não conseguia ouvir o que dizia.

Lily me puxou pela mão quando percebeu que eu estava olhando e me convidou para ir ao quarto dela.

— Mas... — Cheguei mais perto dela e cochichei: — E o cigarro?

Lily suspirou, se aproximou do sofá, pegou o cigarro entre os dedos da mãe e o jogou em um copo com um pouco de água em cima da mesinha de centro, onde já havia mais uma dúzia de bitucas. A mãe dela nem percebeu.

Sentei-me na cama de Lily, e ela pulou no meu colo.

— Ela parou de tomar remédio?

— Acabou há uma semana e ela não foi comprar mais. Eu não estava prestando atenção, por isso não percebi logo. Mas já liguei para a farmácia e vou buscar a nova remessa mais tarde.

— Por quanto tempo ela vai ficar daquele jeito?

Lily suspirou.

— Não sei. Mas ela estava muito bem.

Minha vida mantinha-se normal havia mais de dez anos, mas eu ainda me lembrava da decepção constante de ver minha mãe dormindo o tempo todo – sem mencionar todos os caras assustadores que frequentavam nosso apartamento. Era fácil esquecer que um dia minha vida foi como a de Lily.

— Talvez a gente deva chamar alguém. O Serviço de Proteção à Criança?

Lily arregalou os olhos.

— Não!

— Pensei que quisesse ficar com a gente. Se eles virem sua mãe daquele jeito, vão tirar você daqui de novo, e provavelmente você vai poder voltar para minha casa.

Lily franziu a testa.

— É o que eu *quero*, mas, agora que estou novamente com ela, não posso deixá-la assim. Ela precisa de mim. Eles a entopem de remédios no hospital.

— Eu sei. Mas ela não parece muito bem.

— Vai ficar melhor com o remédio. Prometo.

Eu não gostava disso, mas entendia que ela quisesse cuidar da mãe, mesmo que o correto fosse o contrário. Suspirei.

— Tudo bem.

Lily passou os braços em torno do meu pescoço.

— Recebeu minhas cartas?

— Recebi. Não quer mesmo que eu responda? Não consigo escrever todo dia como você. Eu nem saberia o que dizer. Mas talvez possa escrever uma ou duas vezes por semana.

— Não. Se algum dia eu encontrar uma carta sua na minha caixa de correio, meu coração vai se partir porque vai ser sua carta de adeus.

Eu não ia discutir, já que odiava escrever qualquer coisa, especialmente cartas. Além do mais, tinha coisas melhores para fazer. Afastei o cabelo de Lily de cima de seu ombro e me aproximei para um beijo.

— Senti sua falta esta semana.

— Eu sinto falta de dormir com você. Não tenho dormido bem sem você. Eu me acostumei com o som das batidas do seu coração me fazendo pegar no sono.

— Bom, você não pode ouvir mais meu coração batendo à noite, mas ele ainda é seu.

Lily e eu ficamos no quarto dela até eu ter que ir embora. Minha mãe ia me buscar, e eu queria esperar lá embaixo para ela não subir e ver as condições da mãe de Lily. Relutantes, desgrudamos um do outro, ajeitamos as roupas e fomos para a sala. Lily tinha saído do quarto algumas vezes nas últimas horas para ver se a mãe estava bem, mas eu não a tinha visto desde que havia entrado, algumas horas atrás.

Rose não estava mais largada no sofá. Agora andava de um lado para o outro da sala. Quando você passa boa parte da infância no meio de drogados, aprende a ler os olhos de uma pessoa e saber se ela está estável ou não. E a mãe de Lily parecia o oposto de estável agora. Ao perceber que eu a estava encarando, ela parou de andar e olhou para mim. Seu rosto se contorceu de raiva, e ela caminhou determinada em minha direção. Parei na frente de Lily.

Os olhos de Rose estavam transtornados.

— Sei que contou para eles.

Franzi a testa.

— Quem?

— Os médicos. A culpa é sua.

— Lamento, sra. Harrison. Não sei do que está falando.

Antes que eu pudesse perceber o que estava acontecendo, ela me deu uma bofetada no rosto.

— Mentiroso!

Lily pulou entre nós e empurrou a mãe para trás.

— Mãe! Que droga. O que você está fazendo?

— Ele fala para os médicos. — A mulher apontou para mim. — Conta tudo para eles.

— Mãe. — Lily abraçou a mãe e a levou para o sofá. — Você está confusa. Parou de tomar o remédio e ficou doente de novo. — Elas sentaram-se. — Vou buscar o remédio na farmácia.

Rose começou a chorar. Toda a raiva foi substituída por tristeza. Foi a transformação mais louca que eu já vi. Lily levou alguns minutos para acalmá-la, mas, depois de um tempo, conseguiu devolvê-la à posição em que estava quando eu entrei: deitada no sofá, fumando um cigarro em estado quase catatônico e falando sozinha, cochichando. Lily me levou até a porta e esperou estar no corredor para falar.

Ela tocou meu rosto.

— Desculpa. Você está bem? Ela... tem alucinações às vezes, e elas sempre têm a ver com os médicos.

Minha nossa.

— Eu estou bem. Mas acho que você não devia ficar aqui.

— Não. Não posso deixar minha mãe desse jeito. Ela precisa de mim.

Balancei a cabeça.

— Não sei, Lily. Isso foi bem complicado. Como sabe que ela não vai te machucar?

— Não vai. Prometo. Por favor, não conte nada para ninguém.

Eu odiava deixá-la, mas uma parte de mim entendia a necessidade de ajudar uma mãe ou um pai desequilibrado, fosse isso certo ou errado. Eu cozinhava o jantar da minha mãe aos cinco anos de idade.

— Tudo bem. Mas ela tem que voltar a tomar os remédios hoje. E, se ela não estiver um pouco melhor na semana que vem, você vai ter que sair daqui.

Ireland

Queria saber se ele viria.

Eu estava no meio de uma conversa com alguns ex-colegas que não encontrava havia alguns anos quando tive a resposta. Vê-lo me fez perder a linha de raciocínio.

Grant Lexington estava em pé do outro lado do salão, vestido com um smoking preto. Ele conversava com um senhor idoso, o que me deu uma oportunidade para realmente avaliar sua aparência. Alto, ombros largos, mas não exageradamente grandes, cintura fina, uma das mãos descansando casualmente no bolso da calça. Mesmo de longe, dava para perceber sua confiança. Tem alguma coisa em como certos homens se comportam que mostra que eles estão no comando, e isso funciona comigo. Pode levar um nota sete a uma nota onze no meu caderninho. Por outro lado, um bonitão nota dez com uma personalidade mansa pode cair para um cinco.

O sr. Confiante segurava um copo na mão esquerda e o levou à boca, mas parou antes de beber. Parecia sentir alguma coisa e olhou em volta. Quando seus olhos encontraram os meus, um sorriso lento e safado dominou seu rosto. Ele pediu licença, se retirou da conversa e caminhou em minha direção.

Meu corpo formigava enquanto eu o via se aproximar com passos largos, e me afastei do grupo com quem conversava.

— Que surpresa agradável — ele disse.

Tentei parecer casual e bebi um gole de champanhe.

— Vim no lugar de Bickman.

Ele assentiu.

— É claro.

Grant olhou para o grupo ao meu lado.

— Veio acompanhada?

— Não. E você?

Ele sorriu e balançou a cabeça.

— Um elogio seria inconveniente? Não quero te assediar sexualmente.

— Elogios são sempre bem-vindos, sr. Lexington.

Os olhos dele brilharam. Segurando meu cotovelo, ele me levou alguns passos mais longe do grupo.

— Essa é uma coisa perigosa para dizer a um homem como eu.

— Qual era o elogio?

Os olhos de Grant passearam por meu corpo.

— Você está muito bonita.

Fiquei vermelha.

— Obrigada.

Grant parou um garçom que passava por nós. Bebeu o restante de líquido cor de âmbar de seu copo e tirou a taça de champanhe da minha mão, deixando copo e taça na bandeja.

— Eu estava bebendo.

Ele dispensou o garçom com um gesto e olhou para mim.

— Eu pego outra taça para você quando terminarmos.

— Terminarmos o quê?

Ele estendeu a mão.

— Quer dançar comigo?

Balancei a cabeça.

— Não sei se é uma boa ideia.

Ele sorriu.

— Tenho certeza de que não é.

Grant segurou minha mão e me levou para a pista de dança. Pensei em protestar, mas, quando ele me puxou para perto e senti a firmeza de seu peito e o delicioso aroma masculino, esqueci até contra o que ia protestar. Ele me conduzia com o mesmo tipo de confiança que exalava – um domínio discreto misturado com elegância natural.

— Por que veio sozinha, Ireland? — Ele olhou para mim enquanto deslizávamos pela pista de dança.

— Acho que não encontrei nenhuma companhia adequada.

— É claro que deve haver ao menos um solteiro interessante em toda a cidade de Los Angeles.

— Eu ainda não achei nenhum.

Grant sorriu.

Sem dúvida tínhamos uma interação boa. Até naquele primeiro e-mail enlouquecido.

— E você, por que veio sozinho? — perguntei.

— Acho que também não encontrei ninguém.

Nós dois rimos.

— Como vão as coisas sem Bickman?

— Francamente, vão bem. Ele não faz falta.

Grant assentiu.

— É bom saber. E não esperava menos que isso.

Um minuto depois, a música acabou e o mestre de cerimônias pediu que todos procurassem seus lugares no salão de jantar. Assim que nos separamos um do outro, um homem se aproximou de Grant e pediu para falar com ele.

Ele parecia não querer sair de perto de mim.

— Onde está sentada? — perguntou.

— Mesa nove. E você?

— Mesa um. Eu falo com você mais tarde. Obrigado pela dança.

Fiz uma careta.

— Não tive opção. Aproveite a noite, sr. Lexington.

Grant e eu não voltamos a nos encontrar pelo resto da noite. Mas nem por isso meus olhos deixavam de segui-lo. Ele estava ocupado; todos no salão queriam sua atenção. E provavelmente era melhor assim, já que o tipo de atenção que eu queria dele não seria das decisões profissionais mais sensatas. Mesmo assim, nossos olhares se encontraram algumas vezes e trocamos sorrisos que eu considerava íntimos, quase um flerte.

Quando o café foi servido, decidi que era hora de ir embora. Logo seriam três e meia. Olhei em volta procurando Grant, pensando em me despedir com um aceno, mas ele estava conversando com um grupo de homens que pareciam ter idade para ser pai dele. Pensei em qual seria a etiqueta profissional correta. Devia me aproximar e interromper a conversa para me despedir ou simplesmente ir embora? Indecisa, peguei a bolsa e me despedi das pessoas sentadas à mesa. Quando terminei, olhei para onde Grant conversava com o grupo, e ele não estava mais lá.

Decidi que o destino tinha resolvido o dilema por mim.

Porém, quando me virei para sair, dei de cara com um corpo forte. Recuei.

— Desculpe. Ah, é você...

— Parece desapontada. Queria ter tropeçado em outra pessoa?

Dei risada.

— Não. Eu ia me despedir, mas você desapareceu.

— Acho que fui mais rápido que você. Eu te acompanho. Também estou indo embora.

Não era o que parecia alguns minutos antes. Mesmo assim, Grant pôs a mão na parte inferior das minhas costas e me acompanhou até a saída do salão.

Quando saímos, peguei meu celular.

— Veio de carro? — ele perguntou.

— Não, de Uber. Queria tomar uma taça de vinho.

— Estou de carro. Eu deixo você em casa.

— Não é necessário.

— Eu faço questão.

Um minuto depois, a limusine se aproximou de onde estávamos. Aparentemente, estar de carro significava ter um motorista à disposição. O motorista uniformizado desceu do automóvel para abrir a porta, mas Grant acenou para dispensar a cortesia e ele mesmo a abriu.

— Obrigada — eu disse.

Deslizei no banco para deixar espaço para Grant. O banco de trás era suficientemente espaçoso para acomodar dez pessoas. Mas, quando ele entrou no carro, de repente tive a sensação de que o espaço era muito pequeno. Sentia perfeitamente sua coxa encostando na minha.

Quando partimos, continuei olhando para a frente, mas sentia os olhos de Grant em mim.

— Que foi? — perguntei.

— Nada.

— Está me encarando.

Ele olhou dentro dos meus olhos.

— Seu endereço?

Por algum motivo maluco, hesitei antes de responder.

Grant deve ter sentido o momento de dúvida e riu.

— O motorista precisa saber onde fica sua casa, Ireland. Não estava pensando em me convidar para entrar.

— Ah, sim. É claro.

Recitei o endereço me sentindo uma idiota. Grant se inclinou para a frente e deu a informação ao motorista. Quando se acomodou novamente no banco, sua perna pressionou a minha com firmeza.

— Conte alguma coisa sobre você, Ireland Saint James.

— O que quer saber?

— Qualquer coisa.

— Ok... — Pensei um pouco. — Fui promovida quatro vezes na Lexington Industries nos últimos nove anos.

— Alguma coisa que eu não saiba.

Arqueei uma sobrancelha.

— Você olhou minha ficha.

— De que outra forma eu poderia ter decidido devolver seu emprego?

Mudei de posição no banco para ficar de frente para ele.

— Tenho uma ideia. Eu conto alguma coisa sobre mim que você não sabe se prometer responder a uma pergunta com honestidade.

Ele assentiu.

— Pode ser.

Não é fácil apresentar um fato engraçado e pouco conhecido sobre si mesma estando sob pressão, mas fiz o melhor possível.

— Consigo dar um mortal para trás sem impulso.

Grant sorriu.

— Interessante.

— Obrigada. Minha vez. Decidiu me contratar de novo por causa da minha aparência?

— Quer a verdade?

— Seria bom.

Vi as engrenagens girando na cabeça dele.

— Se eu disser que sim, isso seria sexista e impróprio, baseado em nosso relacionamento profissional.

Eu me inclinei na direção dele e baixei a voz.

— Vai ser nosso segredinho.

Ele riu e balançou a cabeça.

— Decidi contratar você novamente porque vi que é corajosa e não aceita as palhaçadas de gente como Bickman. E eu respeito isso.

— Ah. Ok. — Por mais esquisito que fosse, meus ombros caíram um pouco.

Grant se inclinou na minha direção e sussurrou:

— O fato de você ser maravilhosa é só um bônus.

Se eu fosse um pavão, minhas penas estariam abertas. Sorri.

— Obrigada. Agora conta alguma coisa sobre você que eu não sei.

Gostei de ver que ele parecia pensar um pouco, quando podia ter apenas relatado alguma conquista profissional.

— Sou um de três filhos. Fomos todos adotados de diferentes famílias, depois de termos sido acolhidos em lares temporários.

— Uau. Isso é bem pessoal. Sinto que agora tenho que oferecer mais que um mortal para trás.

Os olhos de Grant desceram até meus lábios antes de voltarem aos meus olhos.

— Aceito tudo que você quiser me dar.

Eu podia contar um milhão de coisas. Que tinha uma cicatriz no tronco deixada por um acidente de bicicleta que sofri aos sete anos, que dormia com a luz acesa porque não gostava de ficar sozinha no escuro... Caramba, eu podia contar que número de sutiã eu usava. Mas fui contar a coisa mais desgraçada sobre mim.

— Meu pai está preso. Ele matou minha mãe.

O sorriso de Grant desapareceu. Mas não havia nenhum sinal de surpresa, apesar de a revelação tê-lo deixado impressionado e mudado o clima.

Soprei o ar lentamente e fechei os olhos.

— Já sabia disso, não é?

Ele confirmou com um movimento de cabeça.

— Vi seu prontuário. Fazemos uma profunda pesquisa de antecedentes com nossos funcionários...

Forcei um sorriso conciliador.

— É claro.

Grant bateu o ombro no meu.

— Mas ainda é importante. Obrigado por ter me contado isso.

Graças à minha boca enorme, o clima divertido ficou triste. Mas pensei em uma coisa que podia mudar isso.

— Se olhou minha ficha, talvez tenha visto o "vídeo ofensivo"?

Grant pigarreou e olhou para a frente.

— Eu tinha que saber com o que estava lidando.

Olhei para ele por um segundo. Grant parecia pouco à vontade com a direção que eu dava à conversa, o que só me fez querer insistir nesse caminho.

Inclinando um pouco o corpo na direção dele, baixei a voz.

— Viu mais de uma vez?

Grant hesitou por um momento. Parecia aliviado quando o celular tocou.

Ele tirou o aparelho do bolso e leu o nome na tela.

— Com licença. Preciso atender.

Ele deslizou o dedo na tela.

— Que foi?

Ouvi uma voz de mulher do outro lado, mas não consegui entender o que ela dizia.

— Há quanto tempo ele saiu?

A mulher falou mais alto. Parecia aborrecida com algo.

— Tudo bem. Estou perto. Não saia de casa. Vou encontrá-lo.

Ele desligou o celular e se inclinou para a frente para falar com o motorista.

— Pegue a próxima saída, vire à direita na Cross Bay e à esquerda na Singleton.

— Sim, senhor.

Grant respirou fundo e franziu a testa.

— Desculpe. Vamos ter que fazer uma parada antes.

— Está tudo bem?

Ele balançou a cabeça.

— Meu avô sofre de demência. Ainda está no estágio inicial, mas às vezes ele some. Minha avó não consegue mais cuidar dele sozinha, mas eles não querem aceitar ajuda até ser inevitável. Essa é a terceira vez que ele desaparece nos últimos dois meses.

— Sinto muito. Deve ser difícil lidar com isso.

— Não teria acontecido se eles tivessem deixado a empresa que contratei instalar o alarme há alguns dias, quando o instalador esteve lá. Mas eles não me deixam nem instalar um monitor para minha avó ser alertada quando alguma porta abre enquanto ela está dormindo.

O motorista pegou a saída indicada e seguiu as orientações. Depois, Grant o guiou por algumas ruas secundárias de um bairro muito elegante. Todas as casas eram recuadas, separadas da rua por gramados amplos, e muito grandes. Ele pediu ao motorista que fosse bem devagar e ligasse o farol alto.

— Essa é a casa deles. Normalmente ele faz o mesmo caminho. Vá até o fim da rua e vire à esquerda e à direita logo em seguida. Siga pela ruazinha sinuosa até a água.

— Parece que você sabe para onde ele está indo — comentei.

Grant olhava pelas janelas e continuava procurando enquanto respondia.

— Ele sempre vai para o mesmo lugar.

Alguns minutos depois, vi alguém andando pela calçada.

— Ali! — Apontei. — Tem alguém ali!

Grant suspirou profundamente.

— É ele. — E instruiu o motorista para parar atrás dele bem devagar. Ele desceu do carro antes mesmo de termos parado completamente.

Vi a interação entre os dois homens pelo para-brisa da limusine. O avô de Grant vestia um roupão de banho marrom e calçava chinelos. Estava despenteado e se virou com uma expressão confusa quando as luzes chamaram sua atenção. Mas todo o seu rosto se iluminou quando ele protegeu os olhos com a mão e viu o homem caminhando em sua direção. Definitivamente, reconhecia o neto. Ele abriu os braços e esperou, enquanto Grant, de smoking e evidentemente frustrado, se aproximava.

Não consegui evitar um sorriso quando Grant cedeu e se deixou abraçar. Os dois conversaram por um minuto, depois Grant o levou para a limusine.

Ele ajudou o avô a entrar.

O homem sorriu para mim com simpatia ao sentar-se.

— Que bonita você é.

Grant entrou e fechou a porta. Balançou a cabeça.

— Não se deixe enganar pelo charme. Ele é um velho sem-vergonha.

O avô de Grant riu e piscou para mim.

— É exagero dele. Não sou tão velho.

— Tem que parar de sumir, vô. É quase meia-noite.

— Eu precisava ver *Leilani*.

— A esta hora?

— Um homem não se importa com a hora quando precisa ver sua garota.

Grant suspirou.

— Tenho uma ideia. Eu te levo até *Leilani*, mas vai ter que me deixar instalar um alarme na casa amanhã. A vó fica preocupada quando você desaparece.

O avô de Grant cruzou os braços. Parecia um garotinho informado de que não teria sobremesa se não comesse todos os vegetais.

— Certo.

Grant passou a mão na cabeça e olhou para mim.

— Você se incomoda se fizermos outra parada? É perto, ali no fim da rua.

— É claro que não. Faça o que tem que fazer.

— Obrigado. — Ele se inclinou para falar com o motorista.

— Vamos para a Marina Castaway, por favor.

12

Ireland

Leilani não era uma mulher. Era um barco.

Um lindo veleiro.

Grant ajudou o avô a embarcar, depois estendeu a mão para mim.

— Obrigada — falei ao pisar no deque da popa.

O avô dele desapareceu imediatamente na cabine.

— Ele vai ouvir Frank Sinatra. Às vezes esquece a esposa. Às vezes desliga de tudo e fica à deriva. Mas ele nunca esquece este barco ou Frank.

Olhei em volta estudando a ampla área de estar.

— Dá para entender por quê. Este barco é incrível.

— Obrigado. Meu avô o construiu há quase sessenta anos. Ele me deu o veleiro de presente quando fiz vinte e um anos.

— Ah, que presente especial.

— Ele construiu o veleiro para ser uma amostra para vender barcos e conseguir encomendas quando fundou a fábrica. Pegou o dinheiro emprestado com um agiota que ameaçou quebrar suas pernas se ele não devolvesse tudo. Mas vendeu mais do que poderia construir na primeira vez que exibiu o barco em uma feira especializada. — Grant riu. — O neto do agiota tem o modelo mais novo, e meu avô joga baralho com o agiota, que hoje mora em uma clínica de repouso.

Olhei para o logotipo na lateral do veleiro.

— Não sabia que sua família era dona da Lexington Craft. Não sei muito sobre barcos, mas os deles são realmente lindos. Vejo em filmes de vez em quando.

Grant balançou a cabeça.

— A empresa não é mais da minha família. Temos ações da companhia desde que abrimos o capital na bolsa, mas ela é pública há algum tempo. Meu avô continuou no comando depois da venda, mas se aposentou há dez anos, depois de se convencer de que o novo administrador era tão apaixonado pela construção de barcos quanto ele. Ele e minha avó mantinham um barco grande na marina, mas o mandaram para o estaleiro alguns anos atrás, quando ele recebeu o diagnóstico. Este aqui é especial para ele, por isso ele gosta de vir visitá-lo.

Sorri.

— É compreensível.

Frank Sinatra começou a cantar no sistema de som, e um minuto depois o avô de Grant saiu da cabine. Ele segurava uma caixa de charutos em uma das mãos e um charuto aceso na outra. O roupão estava aberto, revelando camiseta e cueca boxer brancas.

— Vô, por que não fecha o roupão?

O homem entregou a caixa a Grant e apontou para mim com o charuto.

— Você parece aquela atriz... — Ele estalou os dedos algumas vezes, tentando lembrar. — Como ela chama... sabe quem é? — Estalou e estalou. — Aquela com grandes...

Eu achava que sabia aonde ele queria chegar. Porém, depois de estalar os dedos mais algumas vezes, o homem gritou:

— Aquela com grandes *bolas*!

Grant e o avô quase morreram de rir. Eu não entendia o que eles tinham achado tão engraçado, mas vê-los assim me fez sorrir. Também notei quanto Grant ficava diferente quando estava relaxado e sorria de verdade. Parecia muito mais jovem, menos intimidante.

Grant ainda ria quando explicou o que era tão engraçado.

— Há alguns anos, levei meu avô para comprar sapatos. Ele estava começando a ter problemas de memória e queria sapatos com palmilhas de sustentação, mas não conseguia lembrar as palavras "palmilhas de sustentação". Por alguma estranha razão, ele achou que a palavra que procurava era "bolas" e acabou gritando que queria "bolas".

Ele enxugou as lágrimas dos olhos.

— O vendedor riu muito e desde então meu avô passou a substituir as palavras que esquece por *bolas*. É interessante porque ele sempre consegue se lembrar de "bolas", mas não da palavra que procura. Enfim, sempre acabamos morrendo de rir com isso.

Eu achava que ficar muito perto do arrogante, confiante e lindo Grant era perigoso, mas ver como ele era carinhoso com o avô e quanto guardava com ternura os bons momentos dos dois fazia meu coração crescer dentro do peito.

O avô estalou os dedos mais algumas vezes. Parecia emperrar em certas coisas.

— Com quem ela parece? É alta... não consigo lembrar o nome.

— Ela parece a Charlize Theron mais nova, vô. — Grant estudou meu rosto e piscou. — Mas ela não é tão alta, e Ireland é mais bonita.

— É, tem razão. — Ele assentiu e sorriu. — Aquela tem grandes *bolas*.

Eu tinha ouvido dizer que parecia essa atriz algumas vezes ao longo dos anos, mas nunca antes ficara vermelha por causa disso.

Nós três sentamos na parte de trás do barco, onde passamos algum tempo. O avô de Grant nos entretinha com histórias de quando começou a construir barcos e todas as experiências de tentativa e erro que fizeram parte desse período. Era impressionante quanta coisa ele conseguia lembrar, mas às vezes esquecia quem eram os membros da família ou onde estava. Em um dado momento, ele se levantou e anunciou que ia ouvir sua gatinha ronronar.

— Ele gosta de ouvir o som do motor — Grant explicou. Ele soprou um anel de fumaça do charuto que acendera pouco antes e o segurou com a mão levantada. — Acho que é mais por causa disso que ele tem vindo aqui. Minha avó não deixa mais meu avô fumar... desde que ele abandonou um charuto aceso e o tapete pegou fogo.

— Melhor assim. Essas coisas fazem mal. E nunca entendi qual é graça. Não dá nem para tragar. Sempre achei que charuto é uma espécie de símbolo fálico que os homens gostam de exibir.

Grant examinou seu charuto e sorriu.

— Ainda bem que este aqui é um Cohiba extragrosso.

— Sério, que graça tem um charuto?

— Tem mais a ver com ele te forçar a viver o momento. Se estivesse aqui sentado sem o charuto, provavelmente eu pegaria o celular e navegaria por alguns minutos ou faria alguma coisa no barco. Mas um bom charuto me faz sentar e parar por um minuto, refletir sobre o meu dia ou sobre a beleza à minha volta. — Seus olhos passearam por meu rosto e ganharam um novo brilho. — E tenho muito o que apreciar no momento.

Em vez de me acanhar com aquele olhar, decidi retomar o controle. Ele segurava o charuto com a mão mais afastada de mim, então me debrucei para pegá-lo entre seus dedos.

— Como é que se faz isso? — Levei o bastão canceroso e fumegante aos lábios.

Grant arqueou uma sobrancelha.

— Vai fumar meu charuto?

— Isso te incomoda?

Um sorriso malicioso levantou um canto de sua boca.

— É claro que não. Pode cair de boca no meu Cohiba.

Revirei os olhos, mas senti um arrepio, apesar de não ter nenhuma brisa.

— Encaixe entre os lábios.

— Ok.

— Finge que está bebendo alguma coisa de canudinho. Mas não trague. Só segura a fumaça na boca e solta. Não puxe o ar com força.

Fiz como ele dizia – ou pensei que fiz, pelo menos. Mas, depois de puxar a fumaça, engoli um pouco sem querer e comecei a tossir.

Grant riu.

— Eu falei para você não tragar.

Falei meio engasgada:

— Pelo jeito é mais fácil falar do que fazer.

Devolvi o charuto.

Ficamos sentados em silêncio por alguns minutos. Grant estava atento ao avô, que continuava debruçado sobre o motor do outro lado do barco, como se o consertasse. Olhei para os outros barcos na marina.

— O pôr do sol deve ser lindo aqui.

— É.

— E romântico, provavelmente. Você traz mulheres aqui para criar um clima?

Grant levou o charuto à boca. A imagem era um pouco excitante, especialmente quando pensei que meus lábios tinham estado no mesmo lugar antes. Ele puxou a fumaça quatro ou cinco vezes, depois a soltou em uma nuvem espessa e branca.

— Se está falando de mulheres com quem eu *saio*, a resposta é não. Não as trago aqui para criar *clima nenhum*.

— Por que não?

Ele deu de ombros.

— Porque não.

Um barulho alto chamou nossa atenção. Grant deu um pulo, mas era só a porta do motor que o avô dele tinha fechado.

Ele limpou as mãos batendo uma na outra.

— Ainda é tão sexy quanto no dia em que ronronou pela primeira vez. Mas o carburador pode precisar de alguns ajustes. Vai ter mais eficiência no consumo de combustível.

— Vou cuidar disso. Obrigado, vô.

— Podemos ir? Preciso do meu sono da beleza.

— Quando quiser. — Grant se levantou e tentou ajudar o avô a descer a rampa para o deque, mas sua oferta foi recusada. O avô afastou a mão de Grant e saiu do barco sozinho.

Grant e eu sorrimos um para o outro, e eu aceitei a ajuda dele para desembarcar. Nós três voltamos juntos ao carro.

O trajeto de volta à casa dos avós de Grant foi rápido, e o avô dele desceu do automóvel assim que paramos. Grant desceu atrás dele.

Quando chegou à porta da frente da casa, o avô olhou para trás e gritou:

— Tchau, Charlize!

Coloquei a cabeça para fora do carro.

— A gente se vê, Bolas!

Ele disse alguma coisa ao Grant, mas não consegui ouvi-lo.

— Rapaz, ela é de parar o trânsito, não é?

Grant sorriu.

— Sem dúvida, vô. Sem dúvida.

Os dois homens entraram e alguns minutos depois uma mulher que imaginei ser a avó de Grant abriu a porta novamente. Ela abraçou Grant, e ele esperou a porta estar fechada e trancada, o que verificou duas vezes, antes de voltar ao carro.

Grant entrou e bateu a porta.

— Desculpe.

— Ah, não. Não se desculpe. Seu avô é demais. Foi muito divertido e seu barco é lindo.

— Obrigado.

— Costuma usá-lo sempre?
Grant hesitou antes de responder.
— Todos os dias. Eu moro nele.
— Sério? Isso é muito legal. — Levantei uma sobrancelha. — Mas você disse que não leva as mulheres com quem sai ao barco.
— Não levo. Também tenho um apartamento no centro, em Marina Del Rey. Tem gente que usa a casa como residência e o barco para o lazer. Eu faço o contrário.

Hum... interessante.

Conversamos no curto trajeto até minha casa. Era uma conversa casual, mas eu não conseguia relaxar completamente perto de Grant. Ele ocupava muito espaço – tanto no assento, ao meu lado, quanto na minha cabeça. O motorista reduziu a velocidade quando entramos na minha rua.

Apontei para o pequeno prédio residencial, inesperadamente feliz por morar em um bairro bom.

— É ali.

A limusine estacionou junto à calçada, e o clima casual e relaxado acabou abruptamente. Eu me sentia como se estivesse ao final de um encontro e a despedida fosse tensa, não como se só precisasse dar boa-noite ao CEO da empresa para a qual trabalhava.

Toquei a maçaneta da porta e falei bem depressa:

— Obrigada pela carona.

Grant se inclinou para o motorista.

— Preciso de uns minutos, Ben. Vou acompanhar a srta. Saint James até a porta.

— Não é necessário — eu disse.

Grant pôs a mão sobre a minha, ainda na maçaneta, e abriu a porta do carro. Ele desceu primeiro e estendeu a mão.

— É necessário.

Tocando a parte inferior das minhas costas, Grant me conduziu pela calçada estreita. Eu sentia o calor da palma de sua mão escaldando minha pele e tentava entender se era meu corpo ou o dele que estava pegando fogo. Talvez fosse a conexão entre nós.

Meu apartamento ficava no terceiro andar, e ele insistiu em subir comigo pelo elevador. Na porta do apartamento, ele pôs as mãos nos bolsos da calça.

— Mais uma vez, obrigada pela carona — falei.
— Disponha.
— Bem... tenha uma boa noite. — Acenei depressa, meio desajeitada, e abri a porta. Lá dentro, olhei para trás e sorri constrangida pela última vez antes de fechar a porta. Depois encostei a cabeça nela e bati algumas vezes.

Caramba, como você fica idiota perto desse homem.

Suspirando, fui até a cozinha, mas a campainha me fez voltar em seguida. Grant devia ter esquecido alguma coisa. Voltei e olhei pelo olho mágico antes de abrir a porta.

Sorri, debochada.

— Já está com saudade?

Grant balançou a cabeça e continuou sério. Não parecia muito satisfeito por continuar ali parado. Depois de um suspiro ruidoso, ele disse:

— Vamos sair sexta à noite.

— *Hã...* você parece estar me pedindo uma coisa horrível.

Ele passou a mão na cabeça.

— Desculpe. Sei que provavelmente não é a melhor das ideias, mas queria muito sair com você.

Mordi o lábio.

— Não é a melhor das ideias porque trabalho para você ou não é a melhor das ideias porque a gente se conheceu porque mandei um e-mail para você quando estava bêbada?

Grant sorriu.

— As duas coisas.

Eu gostava da honestidade dele. E da linha do queixo. E daquela covinha do lado esquerdo do rosto, que eu só notava agora. Na verdade, não conseguia raciocinar direito quando olhava para esse rosto bonito.

Por isso abaixei a cabeça, para organizar os pensamentos, mas isso só serviu para me fazer lembrar outras coisas de que gostava nele: os ombros largos, a cintura estreita... Droga, *os pés grandes também.*

Contudo, mesmo com toda essa embalagem linda, eu ainda não estava convencida. Mas meu raciocínio era diferente do dele. Eu estava receosa porque algo me dizia que esse homem poderia me devorar viva.

Depois de debater mentalmente os prós e os contras, olhei para ele.

— E se a gente for beber alguma coisa? Vamos ver o que acontece.

— Se você prefere assim...

Suspirei.

— Acho que sim.

— Vamos beber alguma coisa então. Pego você às sete.

— Pode ser no *Leilani*? Vendo o pôr do sol, talvez?

O músculo na mandíbula de Grant se contraiu.

— Meu apartamento tem vista para o porto e para o oeste. Dá para ver um pôr do sol lindo da varanda. E tem um bar ótimo no píer. Pode ser uma opção.

— Prefiro o barco ao seu ponto pornô.

Grant ameaçou sorrir.

— Ponto pornô?

— Você disse que mora no barco e se diverte no apartamento.

Seus olhos passearam por meu rosto.

— Se eu disser que sim, vai ser um encontro?

Queria muito aceitar. Eu sentia uma tremenda atração física por ele, mas também me sentia atraída por sua atitude direta, firme. E, para completar, ele baixou a guarda na presença do avô e mostrou que era muito mais que aquela aparência carrancuda. Mas... alguma coisa nele me apavorava.

Olhei nos olhos dele.

— Você só quer dormir comigo ou quer realmente sair comigo?

Grant sorriu.

— Sim.

Dei risada e balancei a cabeça.

— Agradeço a honestidade. Mas posso pensar?

O sorriso vaidoso desapareceu.

— É claro.

— Obrigada. Boa noite, Grant.

Fechei a porta me sentindo desanimada, mas no fundo sabia que tinha feito a coisa certa. Nada em Grant Lexington era simples. Especialmente por ele ser meu chefe.

Grant

Minha assistente chamou pelo interfone.

— Sr. Lexington? Ireland Saint James está na linha um. Quer que eu diga a ela que você vai entrar em reunião?

Eu estava em pé com uma pasta na mão, pronto para a reunião das dez horas, mas sentei-me novamente.

— Não, eu atendo. Avise ao Mark Anderson que vou me atrasar uns minutos e que ele pode começar sem mim.

Joguei a pasta em cima da mesa, peguei o telefone e encostei na cadeira.

— Srta. Saint James. Já faz três dias. Deve ter pensado *muito*.

— Desculpe. Andei ocupada. Mas queria dar uma resposta ao seu convite para jantar ou falar sobre sair para beber alguma coisa.

— E...?

— Você é um cara legal...

Endireitei o corpo e a interrompi:

— Vamos terminar essa conversa durante o almoço.

— Hum... não podemos só...

Interrompi novamente.

— Não. Vou entrar em reunião. Esteja no meu escritório à uma hora. O almoço vai estar aqui.

— Mas...

— Conversamos depois.

Ela suspirou.

— Ok.

A caminho da reunião, parei diante da mesa de Millie.

— Por favor, peça almoço para mim e para a srta. Saint James. Uma hora.

— É claro. O que vai querer?

— Tanto faz.

— Salada, sanduíche? Ela é vegana?
— Como é que eu vou saber? É só pedir algumas coisas.
Millie estranhou.
— Tudo bem.
— E, se eu me atrasar, diga a ela para começar a comer sem mim.
— A correspondência acabou de chegar. Quer que eu deixe a carta de hoje na sua mesa?
— Pode triturar — disparei.

Quando a reunião finalmente acabou, cinco minutos depois da uma, eu estava impaciente. Algumas pessoas passam dez minutos dando voltas em vez de falar de uma vez. Durante a última hora, tive dificuldade para me concentrar porque estava ocupado demais pensando se meu próximo compromisso apareceria ou me deixaria esperando.

A tensão em meus ombros desapareceu quando entrei na minha sala e encontrei Ireland bisbilhotando. Fechei a porta.

— Está procurando alguma coisa?

Ela se virou com um porta-retratos na mão.

— Você e seu avô?

Eu me aproximei dela. A foto estava em cima do aparador desde que me mudara para este escritório dezoito meses atrás, mas eu não olhava para ela de verdade desde então. Vovô e eu estávamos pescando no *Leilani*. Eu devia ter uns seis ou sete anos.

— Nesse dia ele pegou um tubarão-raposa. Eu peguei uma insolação.

Ireland sorriu e devolveu o porta-retratos ao lugar dele.

O almoço estava servido na pequena área de estar, não na minha mesa. Estendi a mão.

— Por favor, sente-se. Eu me atrasei alguns minutos. A comida deve estar esfriando.

Ireland sentou-se no sofá e eu me acomodei na cadeira diante dela.

— Vem mais alguém? — ela perguntou. — Tem seis opções diferentes aqui.

— Eu não sabia do que você gosta.

Sua expressão suavizou.

— Obrigada. Não sou muito exigente. Mas vou ficar com esse cheeseburguer, se não se importa. Estou morrendo de fome.

— Coma o que quiser.

Peguei um sanduíche de peru e não perdi tempo, fui direto ao ponto. Preferia tratar de negócios primeiro para poder realmente saborear a comida depois.

— Você começou com aquele papo de "você é um cara legal, mas..." que sempre antecede uma rejeição. E que eu não ouço com muita frequência.

— Porque ninguém diz não para você?

— Não, porque não sou esse tipo de homem.

Ireland pegou uma batata frita e a apontou para mim.

— Bom, isso já é um motivo para eu não jantar nem sair para beber com você, não é?

Eu me inclinei e mordi a batata na mão dela.

— Provavelmente. Mas queria uma chance para fazer você mudar de ideia. Tenho a sensação de que está com um pé atrás comigo porque sente que não estou abrindo o jogo. Mas minha posição aqui é complicada. Não posso falar tudo que passa na minha cabeça porque você trabalha para mim, e não quero que se sinta pressionada.

— Não me sinto pressionada por você como chefe. Embora tenha *ordenado* que eu viesse almoçar aqui. De algum jeito, sei que meu emprego não está em jogo, que isso é só você sendo quem é. Para ser bem honesta, senti sinceridade na sua ordem para vir almoçar e prefiro lidar com esse homem que com o hesitante que está tentando ser apropriado.

— Então você prefere que eu seja impróprio e autoritário?

Ela riu.

— Prefiro que seja você mesmo e não filtre seus pensamentos.

Meus olhos mergulharam nos dela. Descobri que é comum uma mulher pensar que quer honestidade sem filtro, mas, quando é isso que recebe, tudo muda.

— Tem certeza disso?

— Absoluta.

Segurei a mão dela.

— Muito bem. Então vamos ser honestos. Faz dias que não consigo parar de pensar em você. Na verdade, desde que você acabou comigo naquele e-mail. Outro dia você me perguntou se eu só queria dormir com você. Eu quero, sem dúvida nenhuma. Trancaria a porta e pegaria você em cima da mesa agora se você topasse.

Ela engoliu em seco.

— Mas se prefere beber alguma coisa e ver o pôr do sol no meu barco, eu também quero. Faz sete anos que não me relaciono com uma mulher além do nível sexual e, para ser bem franco, não sei mais o que sou capaz de oferecer. Mas, se quiser começar com drinques, podemos descobrir para onde isso vai.

Ireland começou a balançar a cabeça. Eu não conseguia interpretar a expressão surpresa em seu rosto – não sabia se era uma surpresa boa ou só a confirmação de que ela devia sair correndo.

— Isso é você defendendo seu argumento de que devo aceitar seu convite para sair? Porque você basicamente acabou de reconhecer que é péssimo em relacionamentos e pode querer só sexo comigo. *Aliás*, se eu topar dar uma em cima da sua mesa, a opção também está disponível.

— Depende. Deu certo?

Ela riu.

— Meu Deus. Acho que perdi a razão. Porque acho que pode ter funcionado.

— Ótimo. Então cala a boca e come, porque sua comida está esfriando.

Ireland ainda estava rindo e balançando a cabeça quando mordeu o cheeseburguer. Fiquei feliz por não ter sido o primeiro a perder a cabeça. Principalmente porque vê-la cravar os dentes no sanduíche me fazia salivar pensando naqueles dentes na minha pele.

Depois que tiramos o assunto sério do caminho, conseguimos ter um almoço tranquilo. Falamos sobre trabalho, rotinas, e Ireland me perguntou se meu avô tinha tentado fugir de novo – e eu gostei disso. Ela era atenciosa, e seu interesse parecia genuíno.

Em pouco tempo, o celular de Ireland vibrou. Era o alarme da agenda, e isso me fez lembrar como eu mandava Millie ligar para mim para me livrar de certas situações. Olhei para o telefone dela.

— Isso é um compromisso inventado para poder fugir daqui?

Ela afastou o cabelo do rosto.

— Não. Antes fosse. Tenho que correr para ir encontrar meu empreiteiro. Estou construindo uma casa em Agoura Hills. A obra deveria terminar em algumas semanas, mas meu construtor disse que pode haver algum atraso, e ele quer discutir os planos.

— Não me parece uma boa notícia.

— Não, definitivamente não é. Principalmente porque divido o apartamento com uma amiga que vai se mudar em duas semanas, quando se casar, e nosso contrato de aluguel termina em poucos meses.

— Tenho um ótimo corretor de imóveis que pode te ajudar a alugar alguma coisa temporária se precisar.

— Obrigada. — Ela me olhou desconfiada. — Você faz isso sempre?

— O quê?

— Inventar compromissos para escapar de uma reunião mais depressa?

Sorri, debochado.

— Às vezes.

Nesse momento, o interfone em cima da mesa tocou e a voz de Millie brotou do aparelho.

— Sr. Lexington? Leo chegou alguns minutos antes da hora. Ele foi ao banheiro.

Ireland levantou uma sobrancelha.

— Isso foi coincidência. O Leo é uma pessoa de verdade. E, se eu não estiver lá fora quando ele sair do banheiro, tenho certeza de que ele vai entrar. E você vai conhecê-lo. Ele tem um botão na bunda que o faz pular depois de dez segundos de espera se ninguém puser um videogame na mão dele.

— Leo é um adulto ou uma criança?

— Uma criança. Que pensa que é adulto. Ele é meu... Passamos um tempo juntos toda quarta-feira à tarde. É parte do programa que minha mãe começou vinte anos atrás para crianças em situação de acolhimento. É uma espécie de programa de tutores mais velhos, mas todos estão em situação de acolhimento, e os mais velhos já estiveram lá um dia. Os mais velhos assumem o compromisso de acompanhar um dos mais novos dos cinco aos vinte e cinco anos. Crianças em situação de acolhimento mudam de lugar frequentemente, e ter um Irmão Mais Velho durante todo esse tempo dá a elas uma sensação de permanência.

Ela balançou a cabeça.

— Que incrível. Mas você tem dois lados, não tem? Devia ter me contato essa história naquela noite. Provavelmente eu teria aceitado seu convite para jantar.

Dei risada.

— E você só diz isso *agora*?

Ireland sorriu.

— Mas também estou contente por não ter inventado um compromisso para se livrar de mim.

— Igualmente.

— Tenho que ir. Nós dois temos coisas para fazer. — Ireland se levantou. — Obrigada pelo almoço. Na próxima vez, não precisa pedir tanta coisa. Eu como de tudo.

— É bom saber que está planejando uma próxima vez. Pego você na sexta às sete?

— Eu vou até você.

— Eu posso ir te buscar. Além do mais, já sei onde você mora.

Ela sorriu.

— E eu sei dirigir.

Balancei a cabeça.

— Você é sempre um pé no saco, não é? Vejo você na sexta, às sete, na marina.

Ireland pegou as embalagens vazias de cima da mesa e as colocou em uma sacola. Depois me entregou o lixo.

— Ah, e já vou logo avisando que não beijo no primeiro encontro.

Peguei a sacola da mão dela, segurando também sua mão, e usei o movimento para puxá-la para perto.

— Ótimo. Porque *este* é o nosso primeiro encontro. Até sexta, Ireland.

— Não quero o alarme conectado à delegacia. Não gosto de armas em casa.

O instalador olhou para mim e eu gesticulei indicando que ele devia continuar trabalhando enquanto eu levava minha avó para a cozinha para conversar.

— Vó, se o alarme disparar e você não ouvir, eles vão procurar o vô. Fiz o registro prévio de ocorrência com a descrição dele no departamento de polícia, eles vão saber que é um caso de pessoa desaparecida, não de arrombamento, não vão aparecer aqui de arma em punho.

Ela sentou-se.

— Eu consigo cuidar dele.

Quanto mais meu avô piorava, mais difíceis ficavam as coisas para ela. Minha avó se sentia incapaz por precisar de ajuda para cuidar do homem com quem era casada havia cinquenta anos.

Sentei-me diante dela e cobri sua mão com a minha. Um casal de idosos independentes tratava qualquer oferta de ajuda como uma criança em situação de acolhimento: eles não queriam contar com ninguém, além de si mesmos. Argumentos lógicos não funcionavam, porque o que eles enfrentavam era emocional, não era algo prático. Como com Leo, eu sabia que a melhor coisa a fazer era não discutir com minha avó. Ela precisava de alguém que validasse suas emoções.

— Eu entendo que você não *precisa* de ajuda, vó. É claro que pode cuidar dele sozinha. Mas eu *quero* ajudar. Se minha mãe ainda estivesse aqui, ela teria se mudado para cá e dormiria no chão do seu quarto para impedir o vovô de sair sozinho e se machucar. Aceitar minha ajuda é uma coisa que você faz por minha mãe e por mim. Não é porque você não é capaz de cuidar dele.

Os olhos dela ficaram úmidos. Derrubei suas defesas quando mencionei minha mãe, mas só disse a verdade, e precisávamos vencer essa resistência dela. Infelizmente, a situação não ia melhorar.

Ela afagou minha mão e assentiu.

— Tudo bem. Mas, se quer mesmo colaborar, preciso de ajuda em outras coisas.

— Pode falar.

Leo entrou correndo na cozinha, e meu avô entrou atrás dele.

— Olha o que o vovô fez para mim. É uma cadeira elétrica!

Que maravilha. Mais uma porcaria que eu teria que explicar para a assistente social que acompanhava o Leo. Depois de se aposentar, meu avô começou a construir casas em miniatura. Todos os anos de trabalho construindo barcos de madeira foram úteis, e ele passou os dois primeiros anos dessa nova vida construindo uma réplica em miniatura da casa dele e da minha avó, incluindo até os detalhes da louça do banheiro e a lajota lascada no quintal. Leo e eu visitávamos meu avô com frequência, e ele tentava despertar o interesse do garoto por esse hobby. Mas, como um típico menino de onze anos, Leo achava chato construir uma casa de bonecas. Isto é, até meu avô começar a trabalhar em uma casa de bonecas *assombrada*. Tudo nesse projeto era um espetáculo bizarro de coisas sinistras. Mas meu avô e Leo construíram cada pedacinho daquele espetáculo bizarro, e Leo desenvolveu muita habilidade em marcenaria.

Peguei a minúscula cadeira elétrica das mãos de Leo e a examinei. Os detalhes eram incríveis, tinha até as tirinhas de couro preto nos braços e manchinhas minúsculas no assento que sugeriam gotas de sangue.

— Ficou ótimo. Mas me faz um favor, não leve isso para a casa da sua mãe temporária. Ela já desconfia de que posso ser um adorador do diabo depois que você levou aquela bonequinha macabra para poder terminar de aleijá-la.

— Tudo bem. — Ele revirou os olhos. — Você que sabe.

Minha avó levantou-se da cadeira.

— Quer comer alguma coisa, Leo? Que tal um sanduíche de pasta de amendoim e banana?

Ele sorriu.

— Sem casca?

Minha avó foi pegar o pão de fôrma.

— Gente que come casca de pão não é digna de confiança.

Leo sentou-se em uma banqueta da bancada de granito e pôs os pés em cima da banqueta ao lado.

Bati nos pés dele.

— Tira os pés da cadeira.

Meu avô avisou que ia cochilar um pouco, e eu disse que ia com ele até o quarto para dar uma olhada no ventilador que minha avó tinha comentado que não estava funcionando.

Quando voltei à cozinha alguns minutos depois, minha avó e Leo estavam rindo.

— Do que estão rindo?

— De você. De roupa de Papai Noel. — Leo respondeu, rindo.

Peguei um pedaço do sanduíche de pasta de amendoim e banana do prato dele e coloquei na boca.

— Do que está falando?

Minha avó explicou:

— Agora há pouco, quando estávamos falando sobre querer ajudar, você disse que faria qualquer coisa de que eu precisasse, certo?

Olhei para ela, desconfiado.

— Sim. Mas o jeito como está perguntando me faz pensar que isso é uma pegadinha.

Leo riu.

— E é. Ela quer te sacanear. Você vai ser o Papai Noel no fim de semana no lugar do vovô.

Apontei um dedo para o garoto.

— Olha a boca.

— O que foi que eu disse? Sacanear? Isso nem é palavrão. Já ouvi você falar coisa bem pior.

— Eu sou adulto.

— E daí?

— E daí que você não é.

Minha avó levantou-se e pegou o prato vazio de Leo.

— Ele tem razão, Grant. Se quer que ele se comporte de acordo com as regras, você precisa segui-las também.

Leo sorriu, satisfeito. O fedelho sabia que eu não ia discutir com minha avó.

— É, Grant. Eu só falo os palavrões que aprendi com você.

Olhei para ele deixando claro que percebia a armação.

— Nem fodendo.

Leo apontou para mim e olhou para minha avó.

— Viu? Ele fez de novo!

Minha avó suspirou e foi lavar o prato de Leo.

— Parem com isso, meninos.

O pirralho se preparava para comer o último pedaço do sanduíche quando o tirei da mão dele e enfiei na boca.

— Ei... — Leo ameaçou protestar.

Eu sorri.

— Você ouviu o que ela disse. Pare com isso, menino.

Vovó voltou à mesa.

— Grant, preciso mesmo de você para ser o Papai Noel no fim de semana, na festa do Natal em julho da Pia's Place. Você sabe que normalmente é seu avô quem faz esse papel. Mas acho que este ano ele não tem condições para isso. Às vezes ele esquece o que está fazendo e não quero que as crianças pequenas fiquem assustadas.

— Não consegue encontrar outra pessoa?

Minha avó franziu a testa.

— É uma tradição de família. Acho que deve ser passada para você.

Leo sorria de orelha a orelha.

— É, Grant. É uma tradição de família.

O fedelho estava danado hoje. Mas eu não podia dizer não à minha avó, mesmo desconfiando de que tudo havia sido uma armação para me colocar nessa posição. Ela me havia atraído para a conversa sobre fazer coisas por ela só para me impedir de recusar.

— Tudo bem — concordei, contrariado. — Mas se alguma criança fizer xixi em mim, já vou avisando que ano que vem a tradição vai ficar por conta do marido da Kate.

Minha avó se aproximou e segurou meu rosto entre as mãos.

— Obrigada, meu amor. Isso é muito importante para mim.

Mais tarde, quando eu estava levando Leo para casa, ele contou que iria para San Bernardino no próximo fim de semana, por isso não estaria no festival do Natal em julho este ano.

Olhei para ele por um instante, depois de novo para a rua.

— San Bernardino? O que vai fazer lá? — Só conhecia uma razão para Leo fazer essa viagem e esperava estar errado.

— Minha mãe voltou para a cidade. Ela vai me buscar e me levar para visitar minha irmã.

Merda.

— Rose vai levar você para ver a Lily?

Leo franziu a testa.

— Foi o que a assistente social me falou.

14

Grant

Onze anos atrás

— Não a deixe dirigir. Ela passou a noite toda acordada de novo — minha mãe cochichou quando nos sentamos à mesa da cozinha para tomar um café.

— É, eu sei. Ela estava na garagem pintando. Provavelmente vai dormir no carro durante a viagem. Não vou deixá-la dirigir.

Lily tinha voltado a morar em nossa casa havia alguns meses. Era a quarta vez que voltava em quatro anos. O sistema de acolhimento tinha criado um círculo vicioso. Cada vez que Lily começava a se adaptar conosco, eles a devolviam para a mãe, mesmo que ela nunca quisesse ir. E, então, quando ia morar com a mãe novamente, ela se sentia responsável por cuidar dela e não queria levá-la de novo para a instituição de atendimento psiquiátrico. Com o tempo, as coisas se complicavam muito, e Lily era retirada de casa e ficava muito abalada. Voltava para a nossa casa e levava alguns meses para se adaptar de novo. Sete ou oito meses mais tarde, tudo recomeçava.

Sistema falido. Mas, a partir de hoje, Lily não faz mais parte oficialmente do mundo desgraçado do sistema de acolhimento. Porque hoje ela faz dezoito anos. Infelizmente, o único presente de aniversário que ela quis foi viajar para ir visitar a mãe. E esse foi um dos motivos para ela passar a noite acordada pintando mais uma vez. Ela ficava ansiosa com qualquer situação que tivesse a ver com Rose, e pintar a acalmava quando a mente não conseguia descansar.

— Seu pai e eu estivemos conversando — minha mãe comentou. — Achamos que Lily precisa de ajuda, talvez um terapeuta. Alguém que não faça parte do sistema de serviço social. Ela teve cinco orientadores diferentes desde que veio para cá pela primeira vez e acredito que seria bom para ela ter um pouco de constância. Essa menina já passou por muita coisa... as mudanças constantes, ser tirada do convívio com a mãe, nossa mudança de Big Bear Lake para mais perto de Los Angeles por causa de todos os meus compromissos, minha doença...

Era demais, sim, e ela estava certa. Lily recebeu tão mal quanto eu o diagnóstico de câncer no ovário da minha mãe. Eu não tinha dúvida de que ela precisava de terapia. Mas ela esperou ansiosa pelo aniversário de dezoito anos principalmente porque o estado não poderia mais obrigá-la a ir ao psiquiatra uma vez por mês. Para ela, falar com um terapeuta significava que era louca como a mãe.

— Não sei, mãe. Ela não vai querer ir.

— Se tem alguém que pode convencê-la, esse alguém é você. Vocês dois são mais próximos que irmão e irmã.

Franzi a testa. Eu me sentia mal por ainda estar mentindo para minha mãe, para todo mundo. Mas, se meus pais soubessem que éramos um casal aos quinze anos, talvez não tivessem aceitado Lily de volta. O estado não teria permitido, com toda certeza. Depois, quando ficamos mais velhos, não contamos nada porque era mais fácil garantir nossa privacidade. Se minha mãe soubesse que estávamos juntos, nunca mais poderíamos ficar sossegados atrás de uma porta fechada, principalmente com minhas irmãs mais novas por perto.

— Vou ver o que posso fazer.

Lily entrou na cozinha e cantarolou:

— *Bom dia.*

Ela estava cheia de energia, apesar de ter passado a noite toda pintando. Era como se ela só tivesse dois estados emocionais ultimamente: euforia e depressão. Não havia mais intermediários. Mas eu entendia; ela havia passado por muita coisa.

— Feliz aniversário. — Minha mãe se levantou e foi abraçar Lily. Segurou o rosto dela entre as mãos, junto com um pouco de cabelo. — Dezoito anos. Hoje você ganha muita liberdade. Esteve conosco nos últimos anos porque foi obrigada, mas espero que fique por muito mais tempo agora porque quer. Você faz parte desta família, Lily.

— Obrigada, Pia.

Minha mãe choramingou e balançou a cabeça.

— Não quero ficar toda emocionada e estragar seu aniversário. Portanto, vamos aos presentes. — Ela se virou, pegou duas caixas embrulhadas de cima da bancada da cozinha e as entregou a Lily. — Feliz aniversário, meu bem.

Lily agradeceu e abriu a primeira caixa. Seus olhos brilharam quando ela viu um conjunto de tintas a óleo que sempre apreciava na loja.

— Muito obrigada. Faz muito tempo que quero estas tintas. Mas são muito caras. Não devia ter comprado.

— Grant me contou que você sempre olhava essas tintas na loja.

Ela abriu a segunda caixa. Papéis de carta com *Lily* impresso no cabeçalho e lírios desenhados em volta do nome.

Ela deslizou o dedo pelo alto da folha.

— Que coisa linda.

— Achei que podia usar para escrever para Grant quando ele estiver na faculdade.

Lily olhou para mim, depois sorriu para minha mãe.

— Obrigada. É perfeito. Adorei.

Há quatro anos, quando voltou para a casa da mãe pela primeira vez, Lily me disse que escreveria para mim todos os dias que não pudéssemos estar juntos. Achei que ela estava exagerando, mas, na última vez que contei, eu tinha mais de quinhentas cartas. Algumas tinham três ou quatro páginas de relato sobre seu dia, outras, só algumas frases, e outras, um poema ou um desenho. Mas ela nunca passou um dia sem escrever. Então o papel de carta era uma excelente ideia, embora ela não fosse utilizá-lo quando eu estivesse na faculdade. Eu tinha decidido ficar. Mais uma coisa que Lily e eu ainda não havíamos contado para minha mãe.

Olhei para o relógio.

— Está pronta para ir?

— Estou.

— Tomem cuidado — minha mãe disse. E olhou para Lily. — Aproveite a visita à sua mãe.

Se hoje fosse como a maioria dos dias com Rose, a chance de a visita ser boa era de cinquenta por cento.

Um centro psiquiátrico pode ser um hospital, mas é muito diferente do lugar para onde vamos quando alguém tem um bebê ou algo assim. Ao menos, aquele era. As paredes brancas estavam vazias, sem arte colorida ou fotos emolduradas para suavizar a dureza do ambiente. Como o andar que visitávamos no Hospital Psiquiátrico Crescent era uma ala só para adultos, todos vestiam roupas casuais, comuns. Mas algumas pessoas andavam de pijama, embora fosse meio do dia.

Rose, a mãe de Lily, não estava no centro de atividade ou em outra área comum. Nós a encontramos no quarto dela, deitada na cama em posição fetal, com os olhos abertos. A barriga agora estava aparecendo. Três meses atrás, na internação, havíamos descoberto que Rose estava grávida de quatro meses. Ela estava no meio de um surto maníaco, falando sem parar sobre todos os planos que tinha com o pai do bebê. Até onde eu sabia, o homem misterioso que a engravidara nunca apareceu para vê-la desde a internação. E alguma coisa me dizia que ele nunca apareceria.

Rose olhou para nós quando entramos, mas não se mexeu.

— Mãe, como você está?

Lily foi sentar-se na cama. Afagou os cabelos de Rose e os alisou para trás, exatamente como eu tinha visto minha mãe fazer com minhas irmãs umas cem vezes.

Rose resmungou alguma coisa incoerente.

Lily se inclinou e beijou o rosto da mãe.

— Seu cabelo está bonito e macio. Lavou hoje?

Mais resmungos incoerentes, mas Lily continuou como se realmente conversassem.

— Olha, Grant veio comigo. — Ela apontou para onde eu estava, perto da porta, e os olhos de Rose se moveram em minha direção por alguns segundos, mas logo ela voltou a olhar para o nada.

Eu não sabia que tipo de medicamento estavam dando a Rose, mas vi que ela estava pouco menos que catatônica. Ou não estavam dando remédio algum. Ela estava grávida, afinal.

Lily ficou em pé, foi para o outro lado e deitou atrás da mãe para abraçá-la.

— Estava com saudade.

Pisquei algumas vezes quando a cena me trouxe um lampejo de memória. Há cerca de seis meses, Lily estava triste porque a mãe mais uma vez não tinha telefonado ou aparecido para a visita semanal. Depois de passar o domingo inteiro esperando, Lily foi para a cama e passou alguns dias lá... deitada em posição fetal. Eu achava que era só contrariedade e tristeza e fiz tudo que pude para animá-la, inclusive passar horas abraçado a ela na cama como ela fazia com a mãe agora.

Pensar nisso me incomodou.

— Vou dar uma volta... Vocês duas precisam de um tempo sozinhas.

Lily assentiu.

Peguei minha jaqueta e abri a porta, mas olhei para trás mais uma vez antes de sair. Um sentimento horrível se instalou em meu peito quando pensei em como as duas agora pareciam comigo e Lily há algum tempo.

A diferença é que Lily estava lidando com coisas demais naquela época. Não era doente como a mãe dela.

15

Ireland

Eu estava *muito* nervosa.

O barco de Grant ficava a vinte minutos de carro, mas eu queria pegar alguma coisa para levar, então saí uma hora antes do meu apartamento. A parada na loja de bebidas consumiu só alguns minutos e eu acabei chegando à marina quase meia hora antes do horário combinado. Dei meu nome ao funcionário na cabine de entrada e ele apontou a direção que eu devia tomar. Vi toda a extensão do longo deque que se estendia até onde o barco de Grant estava ancorado. Havia muito movimento e cadeiras ocupadas por pessoas que, sentadas no deque, conversavam com os vizinhos.

Parecia ser uma comunidade amigável, e por isso comecei a me perguntar por que Grant não trazia para cá as mulheres com quem saía. O barco era impressionante e o cenário era perfeito para um romance. Disse a mim mesma que investigaria melhor essa história de vetar romances no barco e virei o espelho retrovisor para verificar a maquiagem. Quando o devolvi à posição de sempre, vi Grant na parte de trás do barco. Ele usava roupas casuais – short, camisa de manga curta e óculos de sol. Quando ele passou uma perna por cima da viga da popa, vi que estava descalço.

Um homem mais velho se aproximou dele para conversar e tive a oportunidade de observá-lo fora do ambiente profissional. Caramba, ele era sexy. Sempre tive uma queda por homens em ternos de bom caimento. O jeito como os vestiam conferia um ar de poder, mas agora percebia que o terno não tinha nada a ver com o ar que Grant Lexington exalava. Ele conversava casualmente com aquele senhor, mas havia alguma coisa em sua postura – nos pés afastados, nos ombros largos e relaxados, nos braços cruzados. O homem exalava confiança mesmo estando descalço. Em alguns casos, a roupa fazia o homem. No caso de Grant, ele fazia a roupa.

Fiquei observando por mais alguns minutos enquanto ele terminava a conversa com o homem. Depois, ele ajustou algumas cordas e foi buscar duas escadas portáteis que deixou no convés. Quando ele entrou novamente na cabine, respirei fundo e saí do carro.

O barco de Grant era o penúltimo do píer, provavelmente depois de outros trinta. Eu tinha passado por uns dez quando ele saiu da cabine novamente. Grant me viu imediatamente e ficou ali parado, esperando que eu me aproximasse. Prestei atenção a cada passo que dava. E o nervosismo que eu tinha conseguido controlar no carro voltou com força total. Mas não o deixei perceber meu estresse. Endireitei as costas e conferi mais cadência aos passos, pois eu sabia que faria a bainha do meu vestido balançar de um lado para o outro.

— Oi. — Parei ao lado do barco, e Grant estendeu a mão para eu poder embarcar pela escada que ele havia providenciado. — Ah, isso torna tudo mais fácil. Especialmente para quem está de salto plataforma.

Grant não soltou minha mão depois que embarquei.

— Tive que limpar a escada, estava cheia de pó. Eu nunca uso.

— Eu podia ter subido a bordo como no outro dia. Não precisava ter tido esse trabalho. Desculpe, cheguei um pouco antes da hora. Não sabia quanto tempo ia demorar e queria parar no caminho para comprar isto aqui. — Entreguei a ele a garrafa de vinho.

— Obrigado. Já estava me perguntando quanto tempo ia passar sentada dentro do carro me espiando.

Arregalei os olhos. *Merda*. Ele tinha me visto.

— Não estava espiando, não como está insinuando. Só cheguei cedo e não quis ser inconveniente.

Ele abaixou os óculos de sol para eu poder ver seus olhos.

— Que pena. Pode me espiar sempre que quiser. É justo, considerando que não consigo parar de olhar para você nesse vestido.

Eu tinha trocado de roupa três vezes antes de escolher o vestido branco e azul-marinho de alças bem finas e decote em V. O decote mostrava mais pele do que era costume para mim, mas minha amiga me convencera a usá-lo. Agora eu estava feliz por ter ouvido o conselho dela.

— Vem. Vou te mostrar o barco e abrir o vinho.

Segui Grant para dentro da cabine. Na outra noite ficamos do lado de fora com o avô dele, então era a primeira vez que eu via o interior do lugar onde ele morava. Entramos pela grande sala de estar. O sofá acompanhava o perímetro da sala e havia duas cadeiras, um aparador e uma televisão de tela grande. Devia ter o mesmo tamanho da sala que eu dividia com Mia.

— É fácil esquecer que estamos em um barco, não é?

Ele apontou para as janelas panorâmicas.

— Elas têm duas persianas que podem ser fechadas. Uma bloqueia a entrada do sol e mantém o ambiente fresco, mas ainda é possível ver o exterior através delas, e a outra é uma blecaute. Não dá para saber se é dia ou noite quando estão fechadas, muito menos onde você está.

Segui Grant até a cozinha e me surpreendi ao ver que era quase tão grande quanto a sala.

— Não sei por quê, mas esperava um espaço menor, muito diferente disso.

— A cozinha era pequena. Aqui tinha um quarto, mas eliminei a parede e abri o espaço. Gosto de cozinhar.

— Você cozinha?

— Por que a surpresa?

— Não sei. Acho que é... doméstico demais. Pensei que fosse o tipo que frequenta restaurantes e pede comida.

— Minha mãe era italiana e preparava uma refeição completa todas as noites. Quando eu era criança, a cozinha era o centro da casa. Sempre havia crianças chegando e saindo, e ela cozinhava para reunir todo mundo pelo menos uma vez por dia.

— Que legal.

— Hoje eu comprei comida quando estava voltando para casa, mas não porque não sei cozinhar. Estava atrasado, e você não queria um encontro, então pensei que não era necessária uma refeição completa.

Grant me mostrou o restante do barco: um quarto pequeno na parte de baixo, que ele transformou em escritório, um quarto de hóspedes, dois banheiros e um dormitório enorme.

— É enorme — falei quando ele abriu a porta.

— Esse é o tipo de coisa que gosto de ouvir aqui dentro. — Ele piscou.

Entrei e olhei em volta. O quarto tinha revestimento de madeira escura e uma cama king-size com uma colcha de plush azul-marinho.

Uma das paredes estava coberta de fotos em preto e branco de barcos velejando, todas em molduras pretas e foscas. Cheguei mais perto e olhei algumas delas.

— São lindas. Você que tirou as fotos?

— Não. Esses são modelos diferentes que meu avô construiu ao longo dos anos. As fotos são de protótipos navegando pela primeira vez.

Apontei para um no centro da coleção.

— É este barco onde estamos?

Grant parou atrás de mim, tão perto que eu sentia o calor emanando de seu corpo.

— Isso. Foi tirada em 1965.

— Que loucura. Não consigo superar quanto este barco é antigo. Se me dissesse que ele só tem um ano, eu acreditaria.

— É isso que as pessoas adoram nos modelos dele. Todos têm essa qualidade atemporal.

Olhei para a foto com mais atenção.

— Ainda não tem nome no casco.

— As amostras para as feiras náuticas e os protótipos nunca eram batizados. Dá azar mudar o nome de um barco. É o primeiro proprietário que escolhe o nome dela.

Virei-me e, de repente, o quarto enorme pareceu muito menor. Grant não recuou.

— Dela? Os barcos sempre têm nomes femininos?

Ele assentiu.

— Meu avô dizia que os navegantes do passado eram quase sempre homens, e muitas vezes dedicavam suas embarcações às deusas que os protegiam em mares agitados. — Grant afastou o cabelo de cima dos meus ombros. — Mas eu acho que os nomes femininos têm a ver com o quanto é difícil manter.

— Difícil manter, é? Bom, você mora em um barco, então não deve se importar com isso, não é?

Seus olhos encontraram minha boca e ele sorriu.

— Aparentemente, difícil é meu tipo. Tudo que é fácil fica chato.

Pensei que ele ia me beijar e eu teria deixado, mas ele só olhou dentro dos meus olhos.

— Vem. Eu te prometi uma bebida e um pôr do sol.

Fomos para a parte da frente do barco, e Grant levou uma bandeja com petiscos que tinha comprado no mercado italiano. Era comida suficiente para três refeições.

— Você sempre compra comida para dez pessoas? Estou percebendo um padrão aqui, entre o almoço do outro dia e tudo isso.

— O padrão é garantir que você seja bem cuidada, e não desperdiçar.

Sorri.

— Sempre trata as mulheres assim, com toda essa complacência?

— Levando em conta que você é a primeira que se senta no meu barco para ver o pôr do sol, eu teria que dizer que não.

Inclinei a cabeça.

— Qual é sua história afinal? Outro dia você disse que não tem um relacionamento há sete anos. É porque trabalha demais?

Grant pensou um pouco.

— Em parte, sim. Trabalho muito. Diferente da sua opinião inicial sobre mim, quando deduziu que eu era um mimado nascido em berço de ouro que nunca trabalhava, passo de dez a doze horas por dia no escritório durante a semana, e metade do dia no sábado.

— Eu nunca vou me livrar daquele e-mail, não é?

Ele balançou a cabeça.

— É pouco provável.

Suspirei.

— Tudo bem, sr. Workaholic. Vamos retomar o assunto. Perguntei se não tem um relacionamento há sete anos porque é muito ocupado, e sua resposta foi "em parte, sim". E a outra parte? Por algum motivo, sinto que está deixando de fora uma parte importante da história.

Grant olhou para mim por alguns segundos, depois se virou para pegar a taça de vinho.

— Já fui casado. Estou divorciado há sete anos.

— Deve ter se casado muito novo. Ou é mais velho do que parece?

Ele assentiu.

Alguns minutos atrás ele parecia relaxado, mas agora sua postura tinha mudado completamente. A mandíbula ficou tensa, ele evitava fazer contato visual e seus movimentos eram rígidos, como se todos os músculos do corpo tivessem se contraído ao mesmo tempo.

— Tenho vinte e nove anos. Casei aos vinte e um.

Embora Grant estivesse completamente desconfortável falando sobre esse assunto, insisti um pouco mais.

— Então foi casado só durante um ano?

Ele bebeu todo o vinho.

— Um pouco menos que isso.

— Eram namorados no ensino médio ou algo assim?

— Mais ou menos. Lily era uma das crianças que meus pais acolheram. Na verdade, ela foi e voltou várias vezes durante anos.

Embora respondesse às minhas perguntas, ele não oferecia muita informação, na verdade. Bebi um pouco do vinho.

— Posso perguntar o que aconteceu? Vocês foram se distanciando?

Grant ficou quieto por um momento, depois me encarou.

— Não, ela acabou com a minha vida.

Tudo bem, então. Ele falou com um tom tão duro que me pegou desprevenida. Eu não sabia como responder. Mas Grant resolveu isso por mim.

— Por que não falamos sobre você? Estou tentando progredir de uns drinques para um encontro de verdade. Desenterrar essas merdas sobre minha ex-esposa não é o melhor jeito de fazer isso acontecer.

— O que quer saber?

— Não sei. Aquele jogo que fizemos no carro quando estávamos voltando do evento beneficente funcionou bem. Conta alguma coisa que eu não sei.

O clima tinha mudado e Grant estava certo. Não precisávamos tirar todos os nossos esqueletos do armário na primeira vez que passávamos um tempo juntos. Então falei uma coisa que talvez servisse para recuperar a atmosfera divertida de antes.

— Adoro sotaques. Quando eu era criança, cada vez que ouvia um sotaque novo, eu o estudava até conseguir reproduzir com perfeição. Na verdade, ainda faço isso de vez em quando.

Grant parecia achar a revelação engraçada.

— Faz o australiano.

Imitei o sotaque australiano, ele riu e me pediu para imitar o britânico.

— Isso é muito bom — ele aprovou, rindo.

— Sua vez. Conta alguma coisa sobre você que eu não sei.

Ele olhou para os meus lábios.

— Quero devorar sua boca.

Engoli em seco.

— Eu já sabia disso.

Grant continuou olhando para minha boca, e eu fiquei inquieta. Mas ele não se aproximava para o bendito do beijo. O jeito como olhava para mim me deixava a dois segundos de tomar a iniciativa. Mas, de repente, ele olhou por cima do meu ombro.

— Quando isso aconteceu?

Demorei uns segundos para me recuperar.

— O quê?

Ele levantou o queixo para indicar a direção.

— Aquilo.

Olhei para trás. O céu tinha se tingido do mais incrível tom de laranja com notas profundas de roxo.

— Meu Deus. Que coisa linda.

Virei-me de frente para aquele cenário fascinante. Grant ficou atrás de mim. Em silêncio, vimos o céu se colorir em torno do sol poente. Ele descansou uma das mãos na minha cintura e apoiou a cabeça em cima da minha.

— Sei que disse que não traz mulheres aqui, mas faz isso sempre? Apreciar esse cenário, quero dizer.

— Na verdade, sim. Faço questão de garantir alguns minutos todos os dias para ver o sol se pondo ou nascendo. Corro na praia de manhã e vejo quando ele nasce ou, se meu dia começa muito cedo, volto para cá antes que ele se ponha.

Apoiei a cabeça no peito de Grant.

— Gostei de saber isso.

Ele me puxou para mais perto.

— Que bom. E eu gosto disto aqui.

Depois desse momento, o tempo passou depressa. Conversamos durante horas, e, antes que eu percebesse, era quase meia-noite.

Bocejei.

— Está cansada?

— Sim. Eu me levanto às três e meia.

— Quer que eu te leve para casa? Posso ir te buscar de manhã para vir buscar seu carro.

Sorri.

— Não. Ainda estou bem para dirigir. Mas acho melhor ir embora.

Grant assentiu.

— Eu te acompanho até o carro.

Ele me ajudou a desembarcar, e as letras douradas do nome do barco refletindo a iluminação do píer chamaram minha atenção. *Leilani May*.

— O nome é uma homenagem a alguém?

Grant desviou o olhar.

— Não.

Para um empresário, ele não mentia muito bem. Mas a noite tinha sido tão agradável que não quis arruiná-la insistindo no assunto.

Andamos pelo píer de mãos dadas e, quando chegamos perto do meu carro, Grant segurou minha outra mão também. Ele entrelaçou os dedos nos meus.

— E aí, passei no teste? Tenho direito a um encontro de verdade?

Dei risada.

— Talvez.

— Ótimo, então não preciso mais ter um comportamento exemplar.

Grant soltou minhas mãos e segurou meu rosto. Ele me fez dar alguns passos e, quando percebi, estava encostada no carro com os lábios dele nos meus. Deixei escapar um suspiro e ele aproveitou a oportunidade para penetrar minha boca com a língua. Foi um beijo firme, mas suave ao mesmo tempo. Ele inclinou minha cabeça e gemeu quando aprofundou o beijo. O som desesperado me excitou quase tanto quanto sentir seu corpo pressionando o meu. Minha bolsa caiu no chão, e meus braços envolveram seu corpo. Quando enterrei as unhas em suas costas, ele agarrou minha bunda e me tirou do chão. Enlacei sua cintura com minhas pernas e ele se esfregou em mim. Consegui sentir sua ereção através das roupas.

Quando o beijo finalmente chegou ao fim, tive que fazer um esforço para recuperar o fôlego.

— Uau. — Já tinha sido beijada antes, beijos incríveis, inclusive, mas ninguém jamais tinha me atordoado com um beijo. Minha cabeça estava até meio confusa.

Ele sorriu e usou o polegar para limpar meu lábio inferior.
— Passei a noite toda querendo isso, muito.
Dei um sorriso meio bobo.
— Que bom que esperou até estarmos no estacionamento. Caso contrário, eu não teria saído de lá.
Grant fingiu bater a cabeça no meu carro.
— Porra. Precisava me contar isso?
Ri baixinho.
— Obrigada por ter dividido comigo seu pôr do sol. Foi uma noite maravilhosa.
— O nascer do sol é ainda melhor. Pode passar a noite aqui e confirmar de manhã.
Sorri.
— Talvez outro dia.
Precisei de toda minha força de vontade para me afastar de Grant. Eu o provocava, mas estava tão excitada que tive realmente sorte por ele ter esperado até agora para me beijar desse jeito. Beijei Grant mais uma vez e abri a porta do carro. Ele ficou me observando enquanto eu prendia o cinto de segurança e ligava o motor.
Quando engatei a marcha para sair de ré, abri a janela.
— Boa noite, Grant.
— Jantar em breve?
Sorri.
— Talvez. Se tivesse me contado quem o nome do barco homenageia, minha resposta teria sido sim.

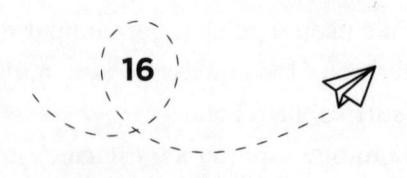

Grant

Oito anos atrás

A porta do box se abriu e deixou passar o vapor do chuveiro. Sorri ao ver Lily nua, pronta para me fazer companhia.

— Oi. Está melhor?

Lily entrou no box e fechou a porta. Pôs as duas mãos em meu peito.

— Sim. Deve ter sido uma gripe ou algo assim.

Gripe. Era assim que ela sempre chamava. Lily parecia ter gripes cada vez mais frequentes desde o último ano. Mas os dias que ela passava encolhida na cama nunca eram acompanhados por tosse ou febre. Lily ficava deprimida. É claro que ela tinha todo o direito a isso. Ela abandonou a faculdade porque odiava as aulas que não tinham a ver com artes, a mãe desapareceu há um ano levando Leo, o filho de três anos, e nós dois fomos duramente atingidos pela morte de minha mãe alguns meses atrás.

Mas os constantes e paralisantes episódios depressivos de Lily pareciam mais que depressão comum. Ela se isolava por dias a cada surto de "gripe". Não comia, não falava, não funcionava. E, embora passasse quase vinte e quatro horas na cama, raramente dormia. Só ficava olhando para o nada, perdida na própria cabeça.

Isso me assustava. Eu não falava, mas ultimamente seus altos e baixos me lembravam cada vez mais a mãe dela, tanto que eu insistia para que ela procurasse um terapeuta. Essa conversa sempre transformava sua depressão em raiva. Porque, para ela, precisar de ajuda significava que ela era como a mãe.

Lily se inclinou e colou o corpo ao meu. Fechou os olhos e levantou o rosto para o jato de água. Um sorriso largo se espalhou por seu rosto, e eu não teria conseguido impedir o meu nem se tentasse. Lily era assim: dona de um sorriso contagiante. Quando não estava com gripe, ela era cheia de vida e felicidade, mais que as outras pessoas. Os períodos felizes sempre me faziam esquecer os tristes... até eles acontecerem de novo alguns meses depois.

Ela se ergueu na ponta dos pés e colou os lábios aos meus. A água caía sobre nossas bocas. Fazia cócegas e nós dois começamos a rir.

— Estive pensando em uma coisa — ela disse.

Afastei o cabelo molhado de seu rosto e sorri.

— Espero que esteja pensando em se abaixar e apoiar as mãos nessa parede atrás de você.

Ela riu.

— Estou falando sério.

Segurei a mão dela e a deslizei entre nós até minha ereção.

— Eu também. Dá para perceber?

Ela riu mais.

— Estava pensando em quanto eu te amo.

— Hum, gostei de como isso começou. Continua.

— E quanto adoro morar aqui com você.

Meu avô me dera o barco alguns meses antes, no meu aniversário de vinte e um anos – o primeiro barco que ele construiu na vida. Quando minha mãe morreu, Lily e eu decidimos mudar para a marina e morar no barco. Não era exatamente um lar tradicional, mas minha garota também não era exatamente tradicional, e isso a deixou feliz. Além do mais, passávamos todos os fins de semana velejando e explorando novos lugares. Como eu tinha começado a trabalhar na empresa da família depois que me formei, alguns meses atrás, tínhamos dinheiro para morar onde quiséssemos. Mas o barco era perfeito para nós. E Lily era feliz nele, na maior parte do tempo.

— Também adoro morar aqui com você.

— Então, o que eu estava pensando... — Lily abaixou a cabeça e ficou quieta.

Toquei seu queixo e levantei seu rosto até ela olhar nos meus olhos.

— Em que está pensando, Lily? Conta para mim.

— Eu pensei que... Bem... — Ela se ajoelhou.

Não era a sequência que eu esperava para essa conversa, mas funcionava muito bem para mim.

Mas, em seguida, ela levantou a cabeça, segurou minha mão e mudou de posição, mantendo apenas um dos joelhos no chão. Meu coração disparou.

— Eu te amo, Grant. — Lily sorriu. — Quer... se casar comigo?

Eu a levantei do chão.

— Vem cá. Era eu quem devia estar ajoelhado, não você. E tenho pensado muito em nós ultimamente. Adoraria me casar com você.

Ela sorriu.

— Mas... — eu disse.

O sorriso desapareceu.

Eu estava pensando muito em ter essa conversa, mas queria tê-la planejado um pouco melhor... para que ela não acontecesse ali, embaixo do chuveiro. Mas essa era a vida com Lily, imprevisível e sempre uma aventura. Eu tinha aprendido a seguir a correnteza por causa dela.

Segurei seu rosto.

— Quero me casar com você, mais que tudo. Mas você tem tido... gripes... muito frequentes nos últimos tempos. E eu quero muito que você procure alguém, consulte um médico.

A expressão de Lily partiu meu coração. Qualquer conversa sobre procurar ajuda a dilacerava. De repente, ela se virou, abriu a porta do box e saiu correndo do banheiro.

— Lily! Espera! — Desliguei o chuveiro e saí do box. Quando dei o segundo passo, pisei em uma poça de água deixada por ela e escorreguei. Caí sentado. — Puta que pariu. Lily, espera!

Mas era tarde demais. Enquanto eu me levantava do chão, Lily continuava correndo. Já tinha subido a escada e saído da cabine antes que eu conseguisse pegar uma toalha e ir atrás dela. Cheguei ao deque da popa, ainda me enrolando na toalha, e a vi pular do barco completamente nua.

— Lily!

Ela me ignorou e continuou correndo pelo píer. Quando a alcancei, eu a abracei por trás.

— Para. Para de correr. A gente precisa conversar.

Nesse momento, um casal de idosos saiu da cabine de um barco. Eles arregalaram os olhos. Levantei uma das mãos e disse:

— Desculpa. Estamos saindo daqui. Estávamos só... fazendo um joguinho e as coisas saíram do controle. Tudo certo.

Percebendo que impressão poderia dar aquela cena, eu abraçando uma mulher nua que tentava fugir, disse a Lily:

— Não é, meu bem? Diga ao simpático casal que está tudo bem.

Lily tinha fugido abalada e furiosa, mas sua disposição mudou no meio da calamidade em que nos encontrávamos. Ela começou a rir.

— Pega-pega pelados — gritou para o casal chocado. — E acho que agora está comigo.

Começamos a gargalhar. Tirei a toalha da cintura e a estendi na frente do corpo de Lily. Continuei colado às costas dela para não me expor completamente quando nos viramos para voltar ao barco. Acenei e continuamos andando com passos sincronizados.

— Peço desculpas por isso. Tenham um bom dia.

De volta ao barco, passamos uns cinco minutos dentro da cabine rindo sem parar. Essa era minha Lily. Minha menina maluca, linda e aventureira que me deixava em pânico em um minuto e no minuto seguinte me fazia rir até chorar. Caí no sofá e a puxei para o colo, jogando a toalha longe. Segurei seu rosto entre as mãos.

— Eu te amo, minha menina sem freio. Quero me casar com você, mas acho que precisa de ajuda.

Lily ficou séria.

— Não sou louca como minha mãe.

— Eu sei. Mas faça isso por mim.

Lily pensou um pouco, depois assentiu.

— Tudo bem. Vou procurar quem você quiser. Marca uma consulta para mim hoje.

Sorri.

— Não quis dizer que tem que ser urgente. Mas vou procurar alguém. Ok?

— E aí podemos nos casar?

Olhei dentro dos olhos dela.

— Prometo. Mas me dá um tempinho para fazer isso direito.

Hoje faz sete anos que a gente se conheceu. Comprei um lindo anel para ela, fiz reservas em um restaurante elegante e convenci o dono da galeria favorita de Lily a abrir o lugar só para nós esta noite, para eu fazer o pedido. Seria tudo perfeito. Fazia três semanas desde o pedido de casamento de Lily, e alguns dias atrás ela foi à primeira consulta com um terapeuta. Surpreendentemente, voltou para casa dizendo que tinha gostado muito do médico. Mas, mesmo com tudo perfeito, minhas mãos suavam muito quando o dono da galeria saiu para nos deixar sozinhos.

— Não acredito que você fez tudo isso.

— Tudo pela minha garota.

Andamos por ali de mãos dadas, apreciando cada tela sem pressa como Lily adorava fazer. No dia em que estive na galeria para conversar com o proprietário, percorri todo o espaço e olhei todas as obras. Uma em especial chamou minha atenção e confirmou que eu havia escolhido o lugar certo para fazer o pedido. Havia ali uma obra chamada *Promessas*. Era uma pintura abstrata de uma mulher no altar. Só se via a parte de trás do vestido de noiva, mas o foco da obra eram todas as pétalas de flores sobre um tapete ao longo do corredor da igreja. Todo o resto era preto e branco, mas as pétalas eram coloridas e vibrantes. No minuto em que vi a tela naquele dia, pensei em Lily. Para mim, ela era como aquelas pétalas. E soube que aquele era o lugar perfeito para o pedido de casamento.

Respirei fundo quando passamos na frente da tela. O rosto de Lily se iluminou quando ela a viu. E, como sempre, eu sorri ao vê-la sorrir. Enquanto ela admirava a pintura, eu me ajoelhei no chão com um joelho só.

Ela gritou e cobriu a boca ao perceber.

— Sim!

Eu ri.

— Eu ainda não perguntei nada, meu bem.

Ela também se apoiou sobre um joelho.

— Grant.

— Que foi?

— Também tenho uma surpresa para você.

— Que surpresa?

— Estou grávida.

Grant

Adquiri o hábito de gravar o jornal da manhã para assistir na minha mesa.

Havia uma pilha de trabalho esperando por mim, uma tonelada de e-mails para responder, mas ali estava eu, sentado no sábado de manhã vendo o jornal do dia anterior pela segunda vez. Ireland ficava bem de azul-turquesa. Realçava a cor de seus olhos. Mas não consegui ver o vestido direito porque ela estava sempre atrás daquela mesa. Talvez eu devesse sugerir que os âncoras se levantassem em algum ponto do programa para mudar um pouco as coisas.

Meu Deus. Era isso mesmo que eu estava fazendo? Analisando as opções de guarda-roupa de uma mulher para decidir que traje combina mais com seus olhos? E pensando em ligar para o diretor de programação e exigir que a âncora ficasse em pé para eu poder ver melhor o corpo dela? Meu cérebro precisava de um check-up.

Soltei um jato de ar quente e me forcei a fechar o vídeo gravado. Tinha trabalho para fazer. Montanhas de trabalho. Antes de Ireland Saint James, eu não sabia nem o nome da emissora que tínhamos, muito menos o que alguém vestia. Dizer que a mulher me distraía era atenuar a realidade.

Peguei uma pasta e comecei a analisar uma possibilidade de investimento que estava em cima da minha mesa desde a semana anterior. Mas, na segunda página, meu celular vibrou e, embora costumasse ignorar o telefone quando estava trabalhando, eu o tirei do bolso.

> Ireland: Obrigada pelas flores. Também gostei muito de ontem. Especialmente da última parte, perto do meu carro.

Ela incluiu uma carinha piscando no fim da mensagem. Normalmente, pessoas que usavam emojis nas mensagens me irritavam muito. Mas me peguei sorrindo da carinha amarela. Respondi:

> Grant: Jantar hoje à noite?

> Ireland: Não posso. Tenho planos.

Como eu tinha planos para o domingo, escrevi sugerindo o próximo fim de semana, mas ela também estaria ocupada. Uma hora depois, a troca de mensagens ainda me incomodava.
Ela tem planos.
Um encontro? Eu tinha encontrado com ela uma vez para beber, então jantar com outra pessoa não era nenhum absurdo. Mas pensar nela saindo com outro homem me deixava maluco.

Forcei-me a voltar ao trabalho e tentei não pensar nela com algum outro cara. Mas reli a mesma página três vezes e ainda não sabia o que as palavras diziam. Por isso joguei a pasta de lado e peguei o celular outra vez.

> Grant: Seus planos para hoje são um encontro com alguém?

Os pontinhos começaram a pular, pararam, começaram de novo. A sequência se repetiu algumas vezes.

> Ireland: Isso te incomodaria?

Responder a uma pergunta com outra pergunta era o que eu mais detestava depois de emojis. Essa mulher estava mexendo comigo. Eu não era de fazer joguinho. Não tinha tempo para isso. O que me fez lembrar... que eu precisava voltar ao trabalho.

Joguei o telefone de lado e retomei a proposta de investimento que estava tentando digerir.

Porém, vinte minutos depois, lá estava eu de novo com a porcaria do celular na mão. Completamente distraído com uma única mensagem. Não sabia se estava mais zangado comigo por precisar saber sobre os planos dela ou com ela por não ter me respondido.

> Grant: Só responde à minha pergunta.

A resposta dela foi imediata.

> Ireland: Caramba, alguém está azedo.

Respirei fundo, o que não me ajudou a relaxar.

> Grant: Isso é porque eu continuo esperando uma resposta...

> Ireland: O músculo da sua mandíbula está contraído?

Li a mensagem dela e olhei para o teto. Essa mulher ia acabar comigo. E eu começava a ficar com dor de cabeça por causa da força com que apertava os dentes. Então ela não estava errada sobre o músculo da minha mandíbula.

> Grant: Ireland... responde a porra da pergunta.

Meu telefone começou a tocar em vez de sinalizar a chegada de uma mensagem. O nome de Ireland apareceu na tela. Deslizei o dedo pelo aparelho para atender.
— Por que você tem que ser tão difícil? — falei.
Ireland riu, e o som relaxou imediatamente o músculo da minha mandíbula.
— É divertido te provocar.
Encostei na cadeira.
— Sou muito mais divertido quando provoco. O que acha de a gente passar logo para a próxima fase desse relacionamento em vez de você ficar me enlouquecendo?
Senti que ela ainda sorria quando disse:
— Tenho um encontro hoje à noite, mas você não tem com que se preocupar porque ele é casado.
— Como é que é?
Ela riu.

— Hoje eu tenho o jantar de ensaio do casamento da minha melhor amiga, Mia. Ela se casa no fim de semana que vem. Meu parceiro na cerimônia é o irmão dela, que é casado com um homem. Então, tecnicamente, meu encontro hoje à noite é com ele.

Maravilha. Agora estou com ciúmes de um homem gay casado...

— E domingo? — ela perguntou.

Decidi devolver a cortesia e ver como ela reagia.

— Não posso. Tenho um encontro.

É claro que esse encontro era com a minha avó. Eu seria o Papai Noel na festa anual da Pia's Place...

Ela ficou quieta por um longo instante, depois respondeu com tom seco:

— Bom, se tem um encontro, não precisa ter outro comigo.

Sorri.

— Viu como é bom, Ireland? Não é muito agradável, é? Especialmente enquanto estou tentando trabalhar. Meu encontro amanhã é com minha avó.

— Ah.

— Próximo fim de semana então? — Eu realmente não queria esperar todo esse tempo.

Ireland suspirou.

— No próximo fim de semana tem o casamento. Mia e eu vamos passar a noite de sexta no nosso apartamento, a última noite juntas, no sábado ela se casa, e no domingo tem um brunch para os padrinhos. Normalmente não saio durante a semana porque acordo muito cedo para trabalhar. Mas talvez a gente possa jantar cedo ou fazer alguma coisa esta semana.

— Eu viajo na segunda-feira para a Costa Leste a trabalho. Só volto na quinta à noite.

— Ah. — Ao menos ela parecia tão desapontada quanto eu. — Bem, talvez no outro fim de semana. Ou talvez... Seria muito estranho se eu te convidasse para ir comigo ao jantar de ensaio hoje? Os padrinhos vão levar um acompanhante.

Eu tinha pensado em nosso encontro como uma ocasião tranquila, só nós dois, não uma noite com todos os amigos dela em um ensaio de casamento. Mas esperar duas semanas para vê-la estava fora de cogitação. Então teria que aceitar o que estava à mão.

— Que horas eu te pego?
— Sério? Você vai comigo?
— Aparentemente é o único jeito de te ver, então sim. Mas que fique bem claro... só vou porque não consigo mais esperar para te empurrar contra o carro de novo e beijar sua boca.

Ela riu.

— É justo. Seis e meia? O ensaio é às sete e o jantar é logo depois. Eles vão se casar no restaurante, não vai ser nada demorado.

— Chego às seis e quinze. Porque não vou ficar esperando até *depois* do jantar para te beijar.

Naquela noite, meu coração começou a bater em velocidade alarmante no minuto em que ela abriu a porta. Ireland estava de cabelo preso. O vestido da vez era azul-claro, justo e com um grande decote redondo que expunha a clavícula. Também dava para ver uma sugestão de colo, o que era muito sexy, mas alguma coisa naquela clavícula me fez salivar. Brinquei com ela pelo telefone sobre ir mais cedo porque pretendia chegar para uma segunda rodada de beijos, mas não planejava agarrá-la no minuto em que ela abriu a porta.

É o que dizem: a vida acontece enquanto estamos ocupados fazendo planos...

Ireland sorriu, me cumprimentou e se afastou para eu entrar, o que não fiz. Empurrei-a contra a porta aberta do apartamento, segurei seu rosto e colei os lábios aos dela. Ireland não esperava, mas não demorou muito para corresponder. Segurou meu cabelo e puxou, e eu chupei sua língua. Inclinei o corpo e segurei a parte de trás de uma coxa, levantando sua perna para poder chegar mais perto. Quando dei por mim, as pernas dela estavam em volta da minha cintura, e eu esfregava uma ereção crescente entre suas pernas. Se gostasse um pouco menos dela, teria me ajoelhado e enfiado o rosto entre suas pernas para sentir seu gosto ali mesmo. Mas Ireland merecia mais respeito. Por isso, relutante, encerrei o beijo.

Ela piscou algumas vezes e sorri ao perceber que ela havia se perdido no momento, como eu.

— Caramba. Foi tão bom quanto da primeira vez.

Usei o polegar para limpar um pouco do batom borrado abaixo de seu lábio inferior.

— Não consegui me concentrar em nada que não fosse essa boca desde que você saiu do estacionamento ontem à noite.

Ela sorriu.

— Adoro sua sinceridade.

Beijei sua boca de novo e falei com os lábios roçando os dela.

— Se gosta da minha sinceridade, tem muitas coisas sobre as quais eu gostaria de falar... coisas que gostaria de fazer com você.

Ela riu e me empurrou, brincando.

— Por que não entra e me deixa fechar a porta? Já fui demitida por exposição indecente uma vez. Não quero que isso aconteça de novo.

— Pode acreditar em mim. Se quiser andar por aí nua agora mesmo, com certeza não vai ser demitida.

O apartamento estava cheio de caixas. Ela apontou um lugar vazio no sofá e disse:

— Sente-se onde conseguir achar um espaço. Só preciso pegar minha bolsa e retocar o batom, porque você agora está usando metade dele.

Limpei a boca com o polegar.

— Não tenha pressa.

Quando Ireland desapareceu no corredor, dei uma olhada ao meu redor. Havia algumas fotos emolduradas na estante de livros, duas dela e outra mulher – que deduzi ser a amiga que morava com ela –, uma de Ireland aos sete ou oito anos com alguém que presumi ser a mãe dela, e outra dela tirada recentemente com uma senhora.

Ireland parou atrás de mim quando eu segurava esse porta-retratos.

— Minha tia Opal — disse. — Irmã da minha mãe. Ela me criou depois que minha mãe morreu. É como uma mãe para mim. Há três meses, ela se mudou para a Flórida. É estranho não ter mais minha tia por perto.

— Vocês ainda são próximas?

Ela assentiu.

— Ela tem degeneração macular, está perdendo a visão lentamente. Foi morar com a filha em Sanibel Island. Carly é doze anos mais velha que eu. Já não morava mais com a mãe quando eu cheguei lá aos dez anos. Mas somos próximas. Trocamos mensagens com frequência. Vou visitá-las no mês que vem.

— Eu tinha cinco anos quando fui morar com minha mãe.

— Vai se incomodar se eu perguntar o que aconteceu para ter ido parar no sistema de acolhimento?

Não era um assunto sobre o qual eu falava com frequência, mas Ireland tinha sido muito aberta sobre a história de sua família.

— Minha mãe tinha quinze anos quando eu nasci. O nome do meu pai não está na minha certidão de nascimento e ele nunca apareceu. Ela enfrentava sérias dificuldades em casa, e nós estávamos sempre mudando de um lugar para outro. Ela acabou se envolvendo com drogas, e nessa época nós vivíamos em abrigos. Uma noite ela saiu escondida e nunca mais voltou. Nunca mais a vi.

Ireland levou a mão ao peito.

— Meu Deus. Sinto muito.

Devolvi a fotografia ao lugar dela.

— Não precisa. Eu tive sorte. A primeira família para onde me mandaram foi a dos meus pais. Nunca tive que ficar mudando de casa, como muitas crianças. Tive uma infância boa. Pia foi a melhor mãe do mundo. Meu pai trabalhava muito, mas também era ótimo. Eles são meus pais.

Ireland sorriu com tristeza.

— É. Acho que me sinto assim também. Embora tenha lembranças boas da minha mãe, é como se minha tia Opal sempre tivesse ocupado esse lugar. Vem comigo. Quero te mostrar uma coisa.

Eu a segui até o quarto, e ela me mostrou uma placa sobre a cama. *Sem chuva. Sem flores.*

— Muita coisa em torno da morte da minha mãe e de tudo que aconteceu naquela época está bem apagado em minha memória. Mas me lembro do padre se aproximando para falar comigo depois do funeral e dizendo essas palavras enquanto eu chorava. Por alguma razão, elas me acompanharam ao longo dos anos. Agora parecem apropriadas para a sua história também.

Olhei nos olhos dela. *Cacete.* Essa mulher era única. Eu estava a três metros da cama dela, e tudo que queria era abraçá-la. O fato de não querer jogar Ireland em cima da cama e transar com ela me assustava um pouco.

Confuso, desviei o olhar.

— É uma mensagem bonita.

Ireland pegou um suéter no guarda-roupa e a bolsa em cima da cômoda.

— Pronto para conhecer meus amigos?

— Seria melhor ter você só para mim, mas estou pronto para sair, se é isso que está perguntando.

Ela sorriu e segurou minhas mãos.

— Quer saber um segredo?

— Qual?

— Tenho um pouco de medo de ficar sozinha com você. Por isso insisti nos drinques antes de um encontro de verdade.

— Por quê?

— Não sei. Acho que não confio em mim quando estou com você. Fico... nervosa. Não de um jeito ruim, se é que isso faz sentido.

Levei uma das mãos dela aos lábios e beijei seus dedos.

— Faz muito sentido. Sabe por quê?

— Por quê?

— Porque você também me deixa apavorado.

Ireland

— Achei você.

Grant tinha desaparecido em algum momento do ensaio. O pastor ficara até o ensaio ser encerrado e ele havia falado tanto que só agora consegui escapar para procurar meu acompanhante.

— Desculpe. Recebi uma ligação de trabalho e tive que atender, por isso saí.

Grant desviou o olhar enquanto falava. Eu não o conhecia havia tempo suficiente para conseguir realmente ler sua expressão, mas não era a primeira vez que eu tinha a sensação clara de que ele estava mentindo. De novo, deixei passar.

— Hum. Tudo bem. Perdi você de vista durante o ensaio. O jantar vai ser servido.

Grant assentiu.

— Está tudo bem?

— É claro. Só me distraí por um momento.

Ele desviava o olhar. Talvez eu estivesse vendo coisas onde elas não existiam. Mesmo que ele não tivesse saído para atender uma ligação e só precisasse de um pouco de ar fresco, isso não tinha importância.

Sorri.

— Acho que um ensaio de casamento no qual você conhece todos os meus amigos de uma vez não era exatamente o que tinha em mente quando me convidou para um segundo encontro.

Grant enlaçou minha cintura com um braço.

— Não era. Mas eu aceito o que der.

Levantei os braços e enlacei seu pescoço.

— Nunca pensei nessa possibilidade, mas você leva as coisas na esportiva. Vou ter que compensar seu esforço mais tarde.

Os olhos de Grant escureceram.

— Gostei do que acabei de ouvir. — Ele se inclinou e beijou minha boca.

Nosso momento privado foi interrompido pela voz da minha melhor amiga.

— Arranjem um quarto.

Sorri e apresentei Grant para a futura noiva.

— Grant, essa é minha melhor amiga, Noivazilla. Anteriormente conhecida como Mia.

Grant e eu nos separamos, e ele estendeu a mão. Mas Mia não se contentou com isso e o abraçou.

— É muito bom finalmente te conhecer, chefão.

Ele riu.

— Igualmente.

Mia deu o braço para ele e começou a andar em direção à porta.

— Vem. Vou te apresentar para todo mundo e contar todos os segredos dessas pessoas, assim não vai se sentir deslocado.

Grant riu, imaginando que ela estava brincando, mas eu sabia que não era bem assim.

Lá dentro, Mia apresentou Grant para umas vinte pessoas e, quando o jantar começou, ela se sentou com a gente em vez de ficar ao lado de Christian, o futuro marido, que estava na outra ponta da extensa mesa.

Mia comeu um pedaço de salmão e apontou com o garfo para nossa amiga Tatiana.

— Ela já fez os peitos.

Grant olhou na direção apontada. Seus olhos desceram por um breve instante até os seios enormes de Tatiana, depois ele virou a cabeça e riu.

— Não sei se isso é segredo para muita gente.

Ele estava absolutamente certo. Os implantes de Tatiana eram quase tão grandes quanto minha cabeça, e tão altos que ela praticamente descansava o queixo neles.

— Tem razão. — Mia apontou para a ponta da mesa, onde havia uma mulher sentada na frente de Christian. — Callie, minha futura cunhada, a loira do meu lado da mesa, dorme com um ursinho de pelúcia. — Ela levantou o queixo e apontou na direção da mesa à nossa frente, onde o pai dela e sua esposa estavam sentados com os pais de Christian. — Minha madrasta, Elaine, tem um maço de cartas de amor de um antigo namorado escondido no sótão.

Grant levantou as sobrancelhas.

— Parece que você sabe alguma coisa sobre todo mundo.

Mia continuou falando sobre as pessoas no salão, contando segredos engraçados de quase todo mundo. Quando tudo indicava que ela havia terminado, Grant olhou para mim, embora falasse com ela.

— Esqueceu alguém.

Mia mordeu o lábio, como se considerasse suas opções, e se inclinou na direção de Grant.

— Ela tem uns vídeos pornô dentro das caixas de antigos DVDs da Disney no armário da sala de estar. E ela acha que não sei disso.

— Mia! — Arregalei os olhos e senti meu rosto ficando vermelho. Eu *realmente* não sabia que ela sabia disso. Mas nós três rimos. É claro que o pastor escolheu bem esse momento para se aproximar. Ele apoiou a mão sobre o ombro de Mia e sorriu.

— Peço desculpas por interromper. Vocês três parecem estar se divertindo. Só queria dizer boa-noite à futura noiva.

Mia disse ao pastor que o acompanharia até a saída, mas, quando ele começou a se afastar, ela recuou e cochichou para nós:

— Volto em dez minutos com o segredo dele.

Grant riu.

— Gostei da sua amiga.

— Ela é maluca, mas vou sentir falta dela. Nunca morei sozinha. Saí da casa dos meus pais para a da minha tia, depois para o dormitório da faculdade, e depois para o apartamento que dividia com a Mia.

— Vai procurar outra pessoa para dividir a casa com você?

— Anunciei na internet. Reduzi os candidatos a dois homens.

— Homens?

— Sim. Jacque é francês, modelo de cuecas, mora nos Estados Unidos há um ano, e Marco é bombeiro.

A cara de Grant estava tão séria que não consegui sustentar a encenação por mais tempo. Comecei a rir.

— É brincadeira. Mas você devia ver a sua cara.

Ele estreitou os olhos.

— Engraçadinha.

— Na verdade, estou muito empolgada com a ideia de morar sozinha. Já contei que estou construindo uma casa. Não é nada muito grande, mas adoro a região. É um novo empreendimento. Toda a comunidade é desenvolvida em torno de um lago grande e lindo. Meu terreno não fica de frente para o lago porque esses lotes custavam quase quatro vezes o que paguei pelo meu. Mas estão preservando uma grande parte do bosque, e as casas são afastadas umas das outras. Adoro tudo isso. Parece um lugar tranquilo para passar as férias. Quando comprei o terreno, contratei um arquiteto para fazer a planta da casa dos meus sonhos. Depois pedi alguns orçamentos para a construção e aí percebi que estava sonhando muito grande e precisava diminuir o projeto. Agora a casa é bem menor, mas estou ansiosa para ela ficar pronta. Já temos uns sessenta por cento do trabalho feito.

Ele sorriu.

— Que maravilha. Adoraria conhecer a casa.

— Gosto de ir até lá de vez em quando para ver como as coisas estão. Na próxima vez, pode ir comigo, se quiser, e eu mostro o lago e minha casa meio construída.

— Vou gostar muito disso.

Duas horas depois, Grant me levou para casa e parou o carro na frente do prédio.

— Obrigada por ter ido comigo — eu disse. — Sei que não foi o programa ideal, mas gostei mesmo assim.

— Eu também gostei.

Definitivamente, eu não queria que ele fosse embora.

— Quer entrar?

Ele olhou dentro dos meus olhos.

— Você não tem ideia de quanto.

Sorri, mas, quando saímos do carro e seguimos para o elevador, fiquei extremamente ansiosa. Quando encaixei a chave na fechadura, Grant notou que minha mão tremia.

— Está com frio?

Balancei a cabeça.

— Nervosa, acho. É que... sinto muita atração por você e gosto de você, mas não estou preparada para... dormir com você. Não quero que tenha a impressão errada porque te convidei para entrar.

Grant me virou e tocou meu queixo, levantando meu rosto para olharmos nos olhos um do outro.

— A escolha é sempre sua. Vamos no seu ritmo.

Meus ombros relaxaram e eu suspirei.

— Obrigada.

Depois disso me senti muito mais calma. Quando entramos, fui até o quarto trocar de roupa e deixei Grant abrindo uma garrafa de vinho. Quando voltei, ele estava na sala de estar com uma taça de vinho na mão e um DVD de *A Bela e a Fera* na outra.

— Ela não estava brincando — Grant disse com uma sobrancelha arqueada.

Senti o rosto quente e tirei a caixa da mão dele.

— Passei por um período de seca. Não diga que nunca viu um pornô.

Ele riu.

— É claro que vi. Só não guardo os meus em caixas de DVD da Disney.

Dei risada, peguei o vinho da mão dele e bebi metade da taça de uma só vez. E, já que estávamos falando sobre isso, decidi aproveitar para descobrir que tipo de coisas ele gostava de ver. Para ser franca, eu tinha descoberto que isso era uma espécie de fetiche para mim.

— Sua coleção é específica para algum tipo de pornô?

Grant me encarou, desconfiado.

— Está perguntando se gosto de representar um personagem na cama ou se tenho fetiches?

— Talvez. É que descobri que algumas coisas funcionam para mim, outras não.

Ele pegou a taça de vinho da minha mão e bebeu a outra metade.

— Não sou muito exigente. Mas agora estou desesperado para saber o que funciona para você.

Ri de nervoso e peguei a taça vazia da mão dele.

— Preciso de mais vinho para encarar essa conversa.

Depois de servir a bebida, levei Grant para o sofá.

— Acha que consegue fingir que não abriu a caixa de *A Bela e a Fera*?

Grant balançou a cabeça com um sorriso malicioso e pôs meus pés no colo dele para uma massagem.

— De jeito nenhum, querida. Desembucha. Qual é o seu fetiche?

— Não é um fetiche.

— Então fala. Ou vou ter que abrir todas as caixas da sua coleção da Disney e descobrir sozinho?

Bebi mais um pouco de coragem líquida.

— Descobri que gosto de vídeos em que a mulher satisfaz o homem.

Grant interrompeu a massagem.

— Gosta de ver mulher fazendo boquete?

Era o novo milênio. Eu não devia ficar constrangida com nada que me empoderava sexualmente, mas mordi o lábio quando confirmei com um movimento de cabeça.

— Meu Deus do céu — Grant resmungou. — Você é perfeita. Como conseguiu ter um período de seca?

Eu ri.

— Escolhi viver esse período. Tenho um padrão. Escolho um namorado babaca, depois ponho toda a culpa no sexo e faço um longo hiato.

— Você está sentada aqui comigo. Isso significa que sou um babaca?

Bebi um pouco de vinho.

— Não sei. É?

O sorriso divertido perdeu força.

— Posso ser. Mas não quero ser com você.

— Não é preciso ser Sigmund Freud para deduzir de onde vem isso. Tenho sérias dificuldades para confiar nos outros, Grant. Meu pai passava o tempo todo acusando minha mãe de traição. Nunca vou saber se essas acusações tinham algum fundo de verdade. Gosto de pensar que não, que ele era só irracional e instável. Mas era por isso que eles sempre brigavam e estavam brigando na noite em que ele pôs fim à vida dela. Quando entrou em pânico e fugiu, ele me deixou algemada a um radiador, onde só me encontraram depois de dois dias. E, mesmo assim, tenho uma tendência para me sentir atraída por homens dominadores, cretinos.

— E você me vê como um desses?

Dei de ombros.

— Não sei. Nunca vejo nada disso no início. Gosto de homens confiantes, os que são assertivos e exalam um determinado tipo de energia. Definitivamente, você se encaixa nesse perfil. Mas, por experiência, os homens com a personalidade dominante que acho atraente não são, necessariamente, os melhores parceiros. O último homem com quem me envolvi era realmente controlador. Não gostava quando eu saía com meus amigos e, quando eu insistia, ele ficava me controlando. Quando eu reclamava, ele me fazia sentir culpada por querer preservar meu espaço.

Grant segurou minha mão.

— Sinto muito. Todo mundo tem relacionamentos passados que influenciam no modo como lidamos com as coisas no futuro.

— Sabe como finalmente decidi que era hora de terminar tudo com Scott, meu ex?

— Como?

— Sem perceber, eu tinha começado a clicar o botão da caneta.

— E daí?

— Scott tinha uma birra. Ele odiava quando alguém fazia isso.

Grant me olhou, desconfiado.

— Você disse que Bickman odiava que batessem com o pé no chão e detestava quem usava perfume forte, e você começou a fazer essas duas coisas para irritá-lo.

Sorri.

— Na mosca. Eu estava fazendo coisas inconscientemente para incomodá-lo. E isso não é um bom sinal em um relacionamento estável. Por isso terminei tudo.

— Vou ter que me lembrar disso. Quando você me mandar uma mensagem inteira em maiúsculas, vou saber o que significa.

Dei risada.

— Isso te irrita? Não devia ter me contado.

Grant sorriu.

— Você tem um lado perverso, Saint James.

Fiquei com a sensação de que havia revelado coisas demais sobre meu passado, mas ainda não sabia muito sobre o dele. Não as coisas importantes, pelo menos. Sabia que ele era adotado, que tinha chegado à casa da família em situação de acolhimento, mas sentia que a bagagem mais pesada não vinha dessas circunstâncias.

— Posso perguntar o que aconteceu entre você e sua ex-esposa?

Vi a tensão no queixo de Grant. Ele desviou o olhar por um minuto, depois abaixou a cabeça e começou a falar.

— Lily tinha uma origem parecida com a minha. Mãe instável, sem pai. Mas a mãe dela sofria de um transtorno mental, não era dependente química como a minha. Quando nos conhecemos, eu me senti atraído porque ela era diferente de todo mundo. Naquela época, eu não sabia que transtorno era hereditário. Achava que ela era espontânea e livre. E foi, por um tempo. Mas, pouco a pouco, com o passar do tempo, as fases de euforia começaram a terminar em depressão. Não havia meio-termo.

Eu havia aprendido muito sobre transtornos mentais ao longo dos anos. Em parte, sempre quis acreditar que havia algo errado com meu pai. Queria atribuir a culpa do que ele fizera a qualquer coisa, *menos* a ele, porque seria mais fácil aceitar que ele havia matado minha mãe se não fosse culpa dele. Então eu aprendi que o transtorno bipolar e outras doenças relacionadas a depressão frequentemente começam quando a pessoa tem vinte, vinte e poucos anos.

— Sinto muito. Isso é pesado.

Grant ficou quieto por um momento, depois olhou para mim.

— Obrigado. Como você disse, não é preciso ser Freud para entender por que não tive muitos relacionamentos saudáveis depois disso. Eu não mentia para as mulheres. Fiz questão de deixar claro que não estava procurando amor. Acho que nós dois temos dificuldade em confiar nas pessoas.

Assenti.

— Agradeço pela honestidade. Mas é isso que quer de mim? Eu sinto uma tremenda atração por você. Talvez aceite uma relação que envolva apenas sexo, se é isso que quer. Mas também consigo me ver me apaixonando por você, Grant. Por isso, vou pedir que seja bem franco sobre o que quer.

Grant puxou minha mão e saí do seu lado, onde estava sentada, para seu colo. Ele segurou meu rosto entre as mãos e falou olhando nos meus olhos.

— Com você eu quero mais. Mas não sei do que sou capaz, Ireland. Não vou prometer nada que eu não tenha certeza de poder entregar. Mas queria tentar fazer dar certo.

As palavras dele pesaram em meu peito. Fiquei triste por saber que ele se sentia incapaz de amar.

Forcei um sorriso.

— Obrigada por ser honesto. Acho que todo relacionamento tem seus riscos. Vamos viver um dia de cada vez e ver o que acontece.

Grant assentiu, embora não parecesse muito seguro.

— Como é que a gente passou de filme pornô à nossa vida toda problemática? — perguntei.

Ele sorriu.

— Não sei. Mas prefiro voltar a falar sobre como você gosta de ver mulher fazendo boquete.

Bati no peito dele.

— É claro que prefere.

Grant flexionou o dedo indicador me chamando para perto.

— Vem cá.

Eu estava sentada em seu colo e levantei uma perna para montar nas coxas dele. Acomodada, aproximei o rosto até tocar seu nariz com o meu.

— Onde? Aqui?

Ele segurou minha nuca e falou com os lábios roçando os meus:

— Bem aqui. Exatamente aqui.

Depois disso, nos agarramos como dois adolescentes cheios de hormônios. Quando nossas bocas se afastaram, ele segurou meu cabelo e puxou minha cabeça para trás para aproximar o rosto do meu pescoço. Beijou, lambeu e mordeu subindo até a orelha.

— Fala, Ireland. É só mulher que você gosta de ver fazendo oral? Porque mal posso esperar para cair de boca no meio das suas pernas e deixar você me ver te lambendo.

— Meu Deus. — Eu adorava a ideia. Meu corpo já queimava com um beijo, e eu sentia a ereção pressionando meu clitóris inchado. Só teria que me mexer para a frente e para trás algumas vezes para me satisfazer se ele continuasse falando desse jeito em meu ouvido. Estava bem perto de fazer exatamente isso... até uma voz interromper o momento.

— Isso é melhor que o filme que eu achei na caixa do *Aladim*. Acho que vou fazer um pouco de pipoca.

Pulei ao ouvir a voz de Mia. Literalmente. Pulei do colo de Grant e caí sentada no chão. Depois tive que esfregar minha bunda dolorida.

— Caramba, Mia. Quase me matou de susto.

Ela riu.

— Eu não entrei quietinha. Vocês dois é que estavam entretidos demais. — Ela acenou para nós com as mãos. — Continuem. Finjam que não estou aqui. Estou indo dormir.

Grant estendeu a mão e me ajudou a levantar do chão.

— Pensei que fosse dormir na casa do Christian — comentei.

— Não. Vou obrigar meu marido ao celibato nas duas semanas antes do casamento.

Dei risada.

— Pobre Christian. Uma noivazilla que não dorme com o noivo.

Mia mostrou a língua para mim.

— Boa noite, pombinhos.

Assim que ela saiu da sala, sentei-me no sofá ao lado de Grant.

— Desculpe por isso.

— Tudo bem. Provavelmente foi bom ela ter aparecido. Você quer ir com calma, e depois de te ver naquele vestido hoje, saber que tem uma coleção de pornô e esse beijo, eu não teria conseguido me controlar por muito mais tempo. Acho que foi um sinal para eu ir embora.

Queria dizer para ele ficar, ir comigo para o meu quarto e conhecer todas as minhas técnicas, tudo que aprendi vendo aqueles filmes. Mas ele estava certo. Se não fôssemos mais devagar, eu acabaria machucada. Sabia disso.

— Tudo bem — concordei. — Mais uma vez, obrigada por ter ido comigo. Quer... ir ao casamento no sábado à noite?

Ele beijou minha boca.

— Adoraria.

Eu o acompanhei até a porta e a abri, mas não me despedi.

— Para onde vai esta semana?

— Costa Leste.

— Ok. Manda uma mensagem se tiver tempo.

Ele estudou meu rosto.

— Eu arrumarei tempo.

Meu estômago deu uma cambalhota. As coisas mais estranhas provocavam em mim esse sentimento fofo, quente. Grant me deu um beijo de boa-noite, e eu sorri e fechei a porta. Mas, alguns segundos depois, ouvi batidas à porta. Como na última vez, imaginei que ele havia esquecido alguma coisa.

— Já está com saudade? — brinquei.

— Se estiver livre amanhã à tarde, vai ter uma festa na Pia's Place.

— Ah! A fundação da sua mãe?

— Isso. A sede fica em Glendale. Eles fazem algumas festas por ano. A de amanhã é o Natal em julho. É um festival com tema natalino. Minha avó me convenceu a trabalhar nela, mas descobri agora há pouco que devo estar livre por volta das duas.

Sorri.

— Vai ser ótimo.

Grant assentiu.

— Eu mando o endereço por mensagem.

Depois de fechar a porta novamente, pensei naquela noite. Uma parte se destacava. Eu tinha dito que podia me ver me apaixonando por ele. E isso era mentira. Eu já estava apaixonada.

19

Ireland

Eu não esperava uma festa tão grande. Não sei por quê, mas tinha imaginado algumas dezenas de pessoas, um zoológico improvisado de animais de estimação e uma máquina de algodão-doce. Mas havia centenas de pessoas circulando, uma grande roda-gigante, barraquinhas de comida por toda a área e artistas apresentando números com temática natalina.

Andei um pouco por ali olhando tudo, mas não encontrei Grant. Uma mulher se aproximou de mim segurando panfletos. Ela sorriu.

— Você é voluntária? Acho que a gente não se conhece.

— Ah, não. Não faço parte do programa.

Ela me deu um panfleto.

— Eu me chamo Liz. Sou a diretora aqui na Pia's Place.

— Oi. Sou Ireland. Vim encontrar uma pessoa.

— Ah, entendi. Bem, é um excelente programa. Não vai fazer mal algum conhecer as informações. Acredito que vai achar tudo muito gratificante.

Peguei o panfleto.

— Obrigada.

— Se tiver alguma dúvida, meu número está no verso. Tenha uma ótima tarde. Aproveite a festa.

Ela começou a se afastar, mas eu a chamei.

— Liz, por acaso você conhece Grant Lexington?

— É claro que sim.

— Sabe onde ele está? Combinamos que eu viria encontrá-lo aqui por volta das duas horas, mas não consigo encontrá-lo.

Liz sorriu.

— Ele começou atrasado. — Ela olhou para trás por um momento. — Mas parece que vai terminar logo. Finalmente a fila está diminuindo.

Fiquei intrigada.

— Fila?
Ela apontou.
— Do Papai Noel.
Olhei pela área por onde tinha passado duas vezes e examinei as pessoas. Quando estudei mais atentamente o Papai Noel, arregalei os olhos.
— Ai, meu Deus. Aquele é...
Liz riu.
— Só a avó dele para enfiá-lo nessa roupa. É a primeira vez que ele faz o nosso Papai Noel. O avô dele foi dono do papel nos últimos vinte anos. Acho que está passando o bastão.
Depois que Liz se afastou, fiquei assistindo a tudo de longe. Grant era um enigma. Usava ternos feitos sob medida, fazia todo mundo sentar-se com as costas eretas quando entrava em uma reunião e tinha um jeito brusco, distante. Mas lá estava ele em uma tarde de domingo, usando uma roupa de Papai Noel e pegando no colo cada uma daquelas crianças. Quanto mais eu olhava, maior ficava meu sorriso. Especialmente quando puseram uma garotinha sobre seus joelhos, uma menina de uns dois ou três anos, e ela começou a chorar. Rindo, observei como ele lidava com a situação.
Grant fez o possível para a criança se acalmar, inclusive abaixou a barba para ela ver que havia um homem ali, mas a garotinha não se acalmava. A expressão no rosto de Grant era do mais puro estresse, até que um duende finalmente o ajudou. Fiquei ali olhando até a fila ter apenas quatro crianças, então decidi me aproximar.
Grant balançou a cabeça e riu ao me ver esperando atrás de uma criança de cinco anos. Nossos olhares se encontraram algumas vezes, enquanto cada um na minha frente aproveitava sua vez. Eu não conseguia parar de sorrir. Toda a cena era divertida demais. Quando as crianças foram embora, eu me aproximei e sentei-me no colo do Papai Noel.
Passei um braço em torno do pescoço dele e bati em sua barriga.
— Comeu muito no almoço?
— Eu tinha que ter encerrado essa merda antes de você chegar.
Dei um puxão na barba.
— Eu gostei. Você ficou bem de cabelo branco. Aposto que vai ficar lindo grisalho.

— Que bom que pensa assim, porque algumas dessas crianças me deram alguns fios brancos hoje.

Dei risada.

— Eu vi a menininha de vestido cor-de-rosa. Ela não gostou muito de você.

— Fui bem no começo, porque tinha um saco de doces do meu lado. Quando acabou, fiquei sem material de suborno.

— Deve estar com calor nessa roupa.

— Estou. Acho melhor ir me trocar antes que algum outro monstrinho entre na fila.

Sorri e passei o outro braço em volta do pescoço dele.

— Não posso falar para o Papai Noel o que eu quero de Natal?

— Ele já sabe. Mais DVDs da Disney.

Ri e ameacei me levantar, mas Papai Noel me segurou.

— Pode falar. O que você quer de presente de Natal, garotinha?

— Humm. — Bati com a ponta do dedo no lábio. — Qualquer pacote que o Papai Noel quiser me der.

— Ah, o Papai Noel vai te dar um pacote, com certeza. Mais alguma coisa?

Eu estava um pouco deprimida antes de chegar por causa de uma coisa que havia recebido pelo correio no dia anterior.

— Que tal uma licença da lei de zoneamento?

— Uma licença da lei de zoneamento?

Suspirei.

— É. Abri minha correspondência hoje cedo e encontrei uma carta da prefeitura. Uma ordem para interromper a construção da minha casa. Aparentemente, um inspetor passou por lá e viu que o empreiteiro construiu minha garagem com um recuo da rua trinta centímetros menor que o exigido, e agora preciso de uma licença especial para mantê-la. Ou tenho que demolir a garagem. Liguei para o arquiteto para saber o que é necessário para conseguir a licença, e ele disse que vamos conseguir sem grandes problemas. Mas a prefeitura está lotada de pedidos e vai demorar alguns meses para conseguirmos a audiência. Ah, e discuti com o empreiteiro por causa disso, e ele se demitiu.

— Que droga. O que vai fazer?

— Não sei. Preciso pensar. — Levantei-me. — Mas vai trocar de roupa. Estou sentindo o calor radiar do seu corpo.

Grant assentiu e me levou para o prédio principal. Esperou até estarmos lá dentro para tirar o gorro e a barba.

— Preciso de um banho, mas vou ter que me contentar com trocar de roupa por enquanto.

Andamos pelo edifício até chegarmos a um escritório. Grant tirou as chaves do bolso e destrancou a porta. Dentro da sala ampla havia uma maleta em cima da mesa. Ele a abriu e pegou algumas roupas, depois começou a tirar a fantasia de Papai Noel.

Apoiei-me à mesa e fiquei olhando enquanto ele desabotoava o casaco vermelho.

— Conheci uma moça que estava distribuindo panfletos sobre o programa. O nome dela é Liz. Ela me contou que esta é a primeira vez que você faz o Papai Noel.

Grant tirou o casaco e o jogou em cima da mesa, depois começou a tirar a calça vermelha. Ele sacudiu a cabeça.

— Minha avó pode parecer uma velhinha doce, mas é impossível negociar com ela.

Ele jogou a calça em cima do casaco. Embaixo da fantasia ele vestia uma calça de moletom cinza e uma camiseta branca. Sem pensar no que fazia, ele segurou a bainha da camiseta e a tirou pela cabeça.

— Acho muito fofo você... — Parei no meio da frase e meu queixo caiu. *Puta merda.* Eu tinha sentido seus braços e o peito, por isso sabia de sua boa forma física, mas, minha nossa, o homem era definido. O abdome firme dele era uma escultura de músculos, dava para ver o tanquinho sem que ele contraísse nada.

Grant levantou a cabeça e me pegou observando-o. Completamente absorto, abaixou a cabeça para descobrir o que eu estava encarando. Era quase como se esperasse ver alguma coisa errada, como se precisasse de um vergão ou alguma coisa parecida no peito para atrair o olhar de uma pessoa. Confuso quando não encontrou nada de diferente, ele olhou para mim esperando uma explicação.

Apontei para o peito dele.

— Hum... isso aí não é justo.

Ele levantou as sobrancelhas e riu.
— Isso significa que gosta do que está vendo?
Sério? Eu queria *lamber* o que via.
— Você é... todo lindo.

Ele tirou uma camiseta limpa da mala de academia, mas a jogou no chão e caminhou em minha direção. De peito nu, apoiou uma das mãos de cada lado do meu corpo sobre a mesa em que eu estava encostada e me olhou de cima para baixo e de baixo para cima.

— Que bom que pensa assim, porque é recíproco. — Grant segurou minha nuca e puxou minha cabeça para a dele. Ele me beijou com paixão, colando o peito quente e duro contra o meu, macio.

As coisas estavam esquentando de verdade quando a porta atrás dele se abriu de repente.

— Mas o qu... — disse uma voz.

Grant interrompeu o beijo, mas continuou onde estava e fechou os olhos, balançando a cabeça.

— Fecha a porta, Leo.

— Quem é a garota?

— Leo! — ele subiu o tom. — Fecha a porta. Já vamos sair.

Inclinei a cabeça para olhar atrás de Grant e vi um garoto que parecia não ter mais que onze ou doze anos. Ele acenou, sorrindo de orelha a orelha.

— Ela é bonita demais para essa sua cara de bunda.

Grant abaixou a cabeça e riu.

— Sai, Leo. E olha a boca.

A porta bateu e eu olhei para Grant.

— Ele podia ter entrado.

Grant olhou para baixo e eu acompanhei seu olhar e vi o volume na calça de moletom.

Cobri a boca e ri.

— Ai, ai. É, acho que não teria sido uma boa ideia.

Ele pegou a camiseta e a vestiu.

— Leo é meu Mais Novo.

— Ah, sim. Você me falou sobre ele. Não vejo a hora de conhecê-lo.

Grant tirou a calça de moletom e ficou de boxer preta. O volume considerável à mostra me deixou com a boca cheia d'água. Fazia tempo... muito tempo, pelo jeito. Ele vestiu o jeans, conseguiu fechar o zíper sobre a ereção e guardou todo o resto na mala.

— Ele devia ter ido ver a mãe este fim de semana, mas ela cancelou. O que é bom, se quer saber. Ele vai voltar aqui em dois minutos se não sairmos. É tão impaciente quanto meu pau dentro desta calça no momento.

Dei risada e beijei seus lábios.

— Tudo bem, vamos sair.

Grant fez as apresentações no corredor, e Leo disse que a avó de Grant estava procurando por ele porque o vovô precisava ir ao banheiro e estava meio confuso.

— Ela quer que você vá com ele — o menino concluiu.

— Merda. Ok.

Leo fez uma careta e apontou um dedo para ele.

— Olha a boca, Grant.

Grant balançou a cabeça. Depois olhou para mim.

— Já volto. Por que não pegam alguma coisa para comer e me encontram nas mesas de piquenique?

Depois que Grant desapareceu, Leo me levou até a praça de alimentação. Escolhemos sorvete e entramos na fila.

— Quer dizer que Grant é seu Mais Velho?

— Acho que sim. Mas a gente se vê mais do que os outros garotos do programa veem seus Mais Velhos.

— Há quanto tempo formam essa dupla?

— Desde sempre. Ele cuidava de mim quando eu era pequeno. Antes da minha irmã ficar doente.

Meu sorriso desapareceu.

— Ah. Lamento que sua irmã tenha ficado doente.

Leo deu de ombros.

— Tudo bem. Agora ela está bem melhor. Não é mais como quando ela e Grant estavam casados.

As pessoas na nossa frente andaram e Leo acompanhou o movimento. Fiquei parada no mesmo lugar.

— Sua irmã foi casada com Grant?

Leo assentiu.

— Sim, eu sou irmão da Lily.

Arregalei os olhos. Grant havia mencionado Lily e Leo também. Mas acho que a conexão entre os dois não tinha sido revelada. Nas vezes em que falamos sobre a ex-esposa dele, tive a impressão de que ele não queria nem saber dela. Por isso achei interessante que ele fosse o Mais Velho do verdadeiro mais novo dela. Pelo que ele me contou, a mãe deles também tinha transtornos mentais, o que significava que o garotinho tinha pelo menos duas mulheres instáveis na vida dele.

Quando chegou nossa vez de pedir, Leo escolheu uma casquinha dupla de baunilha e chocolate com cobertura de confeitos coloridos, e eu pedi uma bola de chocolate com crocante de chocolate. Fomos nos sentar em uma mesa de piquenique ali perto, onde Grant nos encontrou poucos minutos mais tarde.

Ele montou no banco, pegou a casquinha da minha mão e deu uma grande lambida.

— Chocolate e chocolate. — Piscou. — Boa escolha.

— Tudo bem com seu avô?

— Sim. Ele está ficando cansado, minha avó vai levá-lo para casa. Parece que ele fica mais confuso quando se cansa.

— Que pena que não a conheci, nem revi seu avô. Mas eu entendo. — Peguei meu sorvete de volta.

— Ela não vai gostar de saber que trouxe alguém e não apresentei para ela. Mas, se eu tivesse contado, ela teria insistido em vir conhecer você. Decidi que o descanso do meu avô era mais necessário que o interrogatório que ela teria feito com você.

Sorri.

— Talvez ela não descubra que estive aqui.

Grant olhou para Leo.

— Duvido.

Nós três conversamos por um tempo, até que notei duas mulheres olhando para nós. Não reconheci a primeira, mas a outra eu conhecia, com toda certeza.

— Aquela não é sua irmã Kate?

Grant olhou para ela.

— Sim. E minha outra irmã, Jillian. Se a gente sair correndo para o outro lado, talvez dê para escapar sem nenhum estrago.

Dei risada.

— Tenho certeza de que está exagerando.

Ele balançou a cabeça.

— Vai ver que não.

As duas se aproximaram.

— Oi — disse Jillian. — Você não é Ireland Richardson, a âncora do jornal da manhã?

— Sou eu. E você é a Jillian, certo?

— Isso. Muito prazer.

Kate olhou para Grant, depois para mim novamente.

— Como vai, Ireland?

— Bem. Aproveitando a festa. Todo mundo parece estar se divertindo muito.

— É divertido mesmo. — Ela inclinou a cabeça. — Você é uma Mais Velha?

— Não, mas já conheci Liz, e ela me passou algumas informações sobre o programa. É incrível, estou muito interessada em saber mais. Vim só para encontrar Grant.

Kate olhou desconfiada para o irmão antes de olhar para mim novamente.

— Reunião de trabalho no domingo?

Balancei a cabeça.

— Não. Grant e eu estamos... namorando, eu acho.

Kate levantou as sobrancelhas, e ela e a irmã sentaram-se imediatamente em nossa mesa.

— Namorando, é? Grant não conta nada pessoal para nós. Há quanto tempo?

Grant abaixou a cabeça e resmungou:

— A gente devia ter corrido.

Bati de leve com o cotovelo nas costelas dele.

— Algumas semanas.

— Interessante. E você faz parte do novo comitê criado por Grant, certo?

— Sim.

— Estavam juntos antes do comitê ou isso começou depois da primeira reunião?

Se Kate estava tentando ser discreta enquanto tentava cavar informações, não estava sendo bem-sucedida. E eu desconfiava de qual informação ela queria. Também tinha desconfiado das motivações de Grant.

— Depois.

Kate ficou ainda mais intrigada e olhou para o irmão, que evitava completamente qualquer contato visual.

Ela fez uma careta.

— Que coincidência. Ele criou um comitê e agora vocês estão namorando.

Eu ri.

— É. Enorme coincidência, não?

Kate e eu rimos com um entendimento tácito que quebrou o gelo. Depois disso, conversamos durante quase uma hora. Grant e Leo foram brincar em algumas barracas de jogos, e Grant nem se sentou quando voltou sem o menino.

Ele olhou para mim.

— Vamos?

— Hum... é claro. — Sorri para Kate e Jillian. — Foi muito legal conversar com vocês.

— Vamos almoçar juntas um dia desses — disse Kate.

Grant revirou os olhos.

— Eu adoraria.

— Quer que eu deixe o Leo em casa? — Grant perguntou a Kate.

— Não, eu levo. Aproveitem a tarde, vocês dois.

Fomos procurar Leo e avisamos que estávamos de saída. No estacionamento, Grant segurou minha mão, o que causou novamente aquela sensação de calor na minha barriga.

— Onde estacionou? — ele perguntou.

Apontei na direção do meu carro.

— Lá no fundo. Estava lotado quando cheguei.

Ele me acompanhou até o carro. Levando nossas mãos aos lábios, ele beijou meus dedos.

— Vamos beber alguma coisa na minha casa?

— Ainda não enjoou de mim? Passamos as duas últimas noites juntos.

Grant ficou sério.

— Não. Você enjoou de mim?

Afaguei a mão dele.

— Estava brincando. De jeito nenhum. E vou adorar ir à sua casa. Está falando do barco?

Ele assentiu.

Subi na ponta dos pés e beijei sua boca de leve.

— Encontro você lá.

Durante todo o trajeto, senti uma espécie de empolgação nervosa. Sabia que Grant tinha dito que não tinha certeza sobre como ele seria em um relacionamento, mas ele me apresentou às irmãs e ao Leo, e eu já tinha conhecido seu avô. Para alguém que não sabia como as coisas iam acontecer, ele parecia dar passos grandes na direção certa.

Mas Grant ainda me deixava nervosa. Por isso eu disse que queria ir com calma. Eu sabia que essa era a coisa certa a fazer. O único problema era que eu não sabia se meu coração estava ouvindo.

20

Ireland

— Estava começando a pensar que ia me deixar esperando — Grant falou do fundo do barco. Ele agora vestia short e camiseta e estava descalço. Alguma coisa nele descalço me fez sorrir. Parecia muito atípico.

Mostrei a caixa branca de uma confeitaria.

— Estou morrendo de vontade de comer cheesecake. Parei para comprar um. Espera. Você gosta de cheesecake? Não sei se podemos continuar se não gostar.

Ele estendeu a mão para me ajudar a subir a escada e embarcar.

— Cheesecake é bom, apesar de eu não ser muito fanático por doce. — Depois que embarquei, Grant continuou segurando minha mão e a usou para me puxar para perto. Com a outra mão, segurou minha nuca e me beijou. — A menos que você esteja no cardápio.

Meu corpo reagiu à intimidade com uma onda de calor. O beijo me deixou sem ar, literalmente. Quando os lábios de Grant deslizaram até o meu pescoço, derrubei o cheesecake no chão.

A voz dele era tensa.

— Não é fácil ir com calma com você. Você traz um doce e só consigo pensar em espalhar o cheesecake no seu corpo e lamber.

Minha. Nossa.

Acabei de chegar e ele já me fez molhar a calcinha.

Grant devorava meu pescoço. Eu não sabia nem como ainda conseguia ficar em pé.

Em seguida, no entanto, o som próximo de vozes o fez recuar com um grunhido. Pessoas tinham saído do barco vizinho. Grant passou a mão na cabeça.

— Porra. É melhor você ficar aqui enquanto vou buscar um vinho. Privacidade pode ser um risco para você.

Mordi o lábio.

— Ou... posso te ajudar lá dentro.

Os olhos verdes de Grant ficaram quase cinzentos. Desceram por meu corpo e subiram novamente.

— Tem certeza?

Engoli em seco e assenti.

Grant abaixou para pegar o cheesecake e riu.

— Vamos precisar disto.

Eram só alguns passos até a cabine do barco de Grant, mas, no tempo que levei para ir da popa até a porta, todo o meu desejo se transformou em nervosismo. Grant fechou a porta depois que entramos, e o mundo lá fora ficou silencioso.

Olhei em volta e notei que as persianas estavam fechadas. Ele tinha dito que eram dois tipos diferentes. Essas eram do tipo blecaute, com toda certeza, embora as luzes internas estivessem acesas.

Grant notou que eu olhava para as janelas.

— Fechei as persianas antes de você chegar porque o sol da tarde aquece muito o interior do barco. Não tinha nenhuma intenção de trazer você para cá. Posso abrir se assim você se sentir mais confortável. O pôr do sol vai ser lindo.

Pensei no pôr do sol que tínhamos visto alguns dias antes. Foi espetacular. Mas, com toda franqueza, o que eu tinha agora diante dos olhos também era incrível. Dei alguns passos na direção de Grant e agarrei sua camiseta com as duas mãos.

— Acho que agora prefiro privacidade.

Ele olhava para mim com as pupilas dilatadas.

— Ah, é?

Assenti.

Seus olhos oscilaram entre os meus, olhando para um e outro. Como se tivesse encontrado o que procurava, ele projetou o queixo na direção do sofá.

— Sente-se. Vamos comer doce.

Alguma coisa em seu tom de voz me dizia que ele não estava pensando em me servir uma fatia de cheesecake. Todo o meu corpo ansioso vibrou. Sentei-me no sofá e vi Grant remover a fita vermelha da caixa e cortar duas fatias do cheesecake cremoso. Ele pôs as duas em um prato, pegou um garfo na gaveta e se aproximou de mim, oferecendo o doce.

— Um prato e um garfo... Vamos dividir ou trouxe os dois pedaços para mim?

Grant não respondeu. Em vez disso, pegou o garfo do prato nas minhas mãos e cortou um pedaço generoso de uma das fatias. Ele aproximou o garfo da minha boca, e eu a abri. A cheesecake estava deliciosa, mas o jeito como Grant olhava para mim me fazia prestar mais atenção a ele do que a qualquer outra coisa. Havia um brilho diabólico em seus olhos enquanto ele me via mastigar e engolir. Lambi os lábios, apesar de não ter nenhuma sujeira neles.

— Bom? — ele perguntou.

— Delicioso. Experimenta.

O sorriso dele era pervertido. Ele deixou o garfo no prato e usou dois dedos para pegar um pouco da segunda fatia. Lentamente, aproximou a mão da minha boca, mas, quando afastei os lábios para engolir, ele balançou a cabeça.

— Não seja gulosa. Você já comeu um pouco. — Ele passou o cheesecake no meu pescoço, traçando uma linha lenta até a garganta, descendo em direção ao peito e entrando no meu colo.

Arfei quando sua boca desceu lambendo o doce cremoso. Ele não tinha pressa. Começou no pescoço e foi lambendo e chupando enquanto descia bem devagar em direção ao meu peito. Quando encontrou a curva dos seios, ele moveu a língua. O movimento do meu peito subindo e descendo acelerou, acompanhando minha respiração ofegante.

Grant olhou para mim com as pálpebras meio baixas.

— Tem razão. Uma delícia de doce.

De algum jeito, consegui me controlar e não puxei a cabeça dele de volta quando Grant endireitou as costas e pegou o garfo. Esse era o jogo, e eu gostava de jogar. Grant me deu mais um pedaço de cheesecake e, de novo, ficou olhando para mim enquanto eu mastigava e engolia. Seus olhos não desviavam dos meus lábios.

Quando terminei, ele deixou o garfo sobre o prato e pegou mais um pouco do creme com os dedos. Eu estava de pernas cruzadas, e ele usou a mão livre para segurar meu joelho e descruzá-las. Gentilmente, empurrou meu joelho para afastá-las.

Minha respiração acelerou quando ele espalhou cheesecake na parte interna de uma coxa, logo acima do joelho, subindo pela região sensível até quase encontrar meu short. Ele olhou para mim com o sorriso mais sexy do mundo e se inclinou para lamber o doce.

Dessa vez, não foi tão suave quanto tinha sido em meu pescoço. Ele chupava, lambia e mordia de leve. Cada mordidinha disparava um raio na direção do meu clitóris. Quando ele subiu até a barra do meu short, eu me contorcia no sofá. Queria segurar sua cabeça e puxá-la para o meio das minhas pernas.

O sorriso safado em seu rosto quando levantou a cabeça era a prova de que ele sabia exatamente o que estava fazendo comigo.

Soltei o ar devagar.

— Você é um provocador. Nunca imaginei.

— Provocador é quem oferece uma coisa que não pretende entregar. Eu terei o maior prazer de entregar tudo que você quiser. — Ele inclinou a cabeça. — Fala o que você quer, Ireland.

Um milhão de coisas passaram por minha cabeça. Eu queria que ele não parasse na curva dos meus seios. Queria que mordesse meu mamilo como fez com a parte interna da minha coxa. Queria que chupasse meu clitóris como fez com meu pescoço.

— Eu... não quero que você pare.

Ele sorriu e tirou o prato de bolo da minha mão.

— Deita e apoia o quadril na beirada do sofá.

Grant se ajoelhou na minha frente. Com o polegar, massageou meu clitóris através do short.

— Vamos tirar isso.

Minhas mãos tremiam quando soltei o botão e abaixei o zíper do short. Ele sorriu.

— Levanta.

Levantei o quadril, e ele puxou o short e a calcinha para baixo e os jogou para o lado. Sentada diante dele nua, de repente me senti exposta demais.

— Abre bem as pernas para mim.

Hesitei, e ele me encarou.

— Quero sentir seu gosto desde o minuto em que vi você pela primeira vez. — E olhou para baixo. — Abre mais, Ireland.

Ignorando o impulso de fazer exatamente o contrário, abri as pernas tanto quanto podia. Grant sorriu com uma mistura de vaidade e aprovação, e lambeu os lábios antes de colar a boca em mim. Ele me lambeu de um extremo ao outro e moveu a língua sobre meu clitóris em uma deliciosa tortura. A timidez que me induzia a unir os joelhos desapareceu quando ele me chupou. Meu quadril se projetou, e eu agarrei seus cabelos e puxei. Era tão bom que lágrimas começaram a brotar no canto dos meus olhos.

— Meu Deus. — Tive um espasmo quando Grant enfiou a língua em mim.

— Quero beber cada gotinha dessa umidade. Goza na minha língua, Ireland.

A vibração das palavras na pele sensível fez meu corpo estremecer. Grant lambeu de volta até o clitóris e, de repente, me penetrou com dois dedos. Foi demais, foi muito rápido, e ele gemeu me pedindo mais uma vez para gozar em sua boca.

Quando levantei o quadril do sofá e enterrei as unhas em sua cabeça, Grant me segurou no lugar. Flexionou os dedos dentro de mim e chupou com mais força.

— Ah... ah... isso... isso.

O orgasmo explodiu quase violento. Eu virava a cabeça de um lado para o outro, enquanto Grant massageava e estimulava aquele pontinho dentro de mim até a última onda ter percorrido meu corpo. Quando passou, era como se eu não tivesse mais ossos, e fiquei ali ofegante, vendo estrelas com os olhos fechados.

Grant se levantou e me tirou do sofá. Comigo nos braços, sentou-se onde eu estava antes. Apoiei a cabeça em seu peito, e um sorriso bobo distendeu meus lábios.

— Foi o melhor cheesecake do mundo.

Grant riu e me beijou.

— Você é mais gostosa que qualquer doce.

Fiquei vermelha, apesar de a cabeça desse homem ter conhecido o lugar mais íntimo de meu corpo.

— Desculpa, no momento estou inútil. Só preciso de um minuto para me recuperar, e aí vou cuidar de você.

Grant ficou sério.

— Não tem que ser toma lá dá cá, Ireland.

— Eu sei... mas eu nem toquei em você.

Ele inclinou a cabeça para trás para olhar nos meus olhos.

— Está tudo bem. Eu tomo um banho *demorado* mais tarde. Mas, na primeira vez que eu gozar com você, vai ser dentro de você. Insisti um pouco para fazer o que acabamos de fazer aqui, mas não vou insistir para irmos até o fim. Quando estiver preparada, você me avisa.

Suspirei.

— Sinceramente, eu não teria pedido para você parar se a gente tivesse continuado.

— Seu corpo estava pronto. — Ele bateu com o indicador na minha têmpora. — Mas e aqui?

Queria dizer que ele estava errado, mas Grant estava certíssimo. Meu corpo o queria, mas minha cabeça ainda não tinha chegado lá. O fato de ele se importar com o alinhamento entre os dois significava muito para mim.

Sorri.

— Obrigada.

— Pelo orgasmo ou por não insistir?

— Os dois.

Um pouco depois, Grant foi ao banheiro e eu me levantei, me vesti e ergui as persianas para olhar para fora. O sol começava a se pôr. Ele assistia a entardeceres espetaculares na marina. Grant voltou, enlaçou minha cintura e beijou meu ombro.

— Quer ir lá fora ver o pôr do sol? Vou cortar mais um pedaço de cheesecake e, dessa vez, vou deixar você comer tudo.

Sorri.

— Ok.

Sentamo-nos na proa do barco em um silêncio confortável. Grant se encostou a uma das colunas do mastro com os joelhos flexionados, e eu me sentei entre suas pernas, encostada em seu peito. Bebíamos vinho e apontávamos coisas que víamos nas nuvens. Ainda não tínhamos falado sobre o nosso dia porque, assim que cheguei, nos dedicamos a extravasar um pouco da frustração acumulada, e eu estava curiosa para saber mais sobre Leo – embora não quisesse dar a impressão de ser bisbilhoteira, agora que sabia que Lily era irmã dele. Então comecei com um tom mais divertido.

— Suas irmãs são ótimas.

Grant suspirou.

— Elas são dominadoras e aproveitaram para acumular toda munição possível hoje.

Eu ri.

— Está falando de como sua irmã desconfiou de que a criação do comitê fosse só um truque para passarmos um tempo juntos?

Ele balançou a cabeça.

— Nunca vou superar essa. Honestamente, não sei onde estava com a cabeça quando pensei nisso.

— Está finalmente admitindo que inventou aquele comitê só para ter um motivo para ligar para mim?

— Não. Quando te liguei, ainda nem tinha pensado naquele comitê. Só queria falar com você. Achei que saber como tinha sido seu primeiro dia de volta ao trabalho fosse motivo suficiente. Mas você perguntou se eu ligava para outros funcionários para saber sobre o dia deles. Entrei em pânico e inventei aquela merda toda enquanto falávamos pelo telefone.

Olhei para ele e sorri.

— Abaixa a bola, Ireland. Você é tão derretida por mim quanto eu sou por você. Só não uso isso contra você.

— Não me derreto por você.

— Não? Dá aqui essa boca. Vamos ver se me faz parar quando eu estiver te apalpando na frente de todos os vizinhos que estão do lado de fora vendo o pôr do sol.

— Você é um idiota.

— Talvez. Mas aposto este barco que, se a gente começasse a se beijar, você não ia me impedir de enfiar os dedos no seu short e tocar essa sua boceta gostosa.

Meu queixo caiu.

Grant se inclinou e beijou meu queixo.

— Cuidado — ele cochichou no meu ouvido. — Se continuar com essa boca aberta por muito tempo, posso preencher o espaço.

Eu queria dizer que ele era maluco, mas, de verdade, só de ouvi-lo *falar* em "tocar essa sua boceta gostosa" fez minhas pernas formigarem de novo. Portanto, ele não estava tão doido assim. Em vez de desafiá-lo, apoiei a cabeça em seu peito e olhei para a frente.

— Você e Leo têm uma relação interessante.
— O novo hobby do garoto é ser um pé no meu saco.
Dei risada.
— Ele disse que você é o Mais Velho dele há muito tempo.
Grant ficou quieto por um momento.
— Ele é meio-irmão da minha ex-esposa. Os dois são filhos da mesma mãe mentalmente instável. Ele nasceu no hospital onde a mãe era paciente na ala psiquiátrica. O pai é um cara que ela conheceu quando os dois viviam em um hospital de transição. Ela parou com a medicação durante a gravidez e acabou voltando para o hospital psiquiátrico. O garoto foi posto no sistema de acolhimento com três dias de vida.
— Que pesado. E ele ainda está no sistema de acolhimento?
— Ele mora com uma tia do pai. Ela tem a custódia temporária há alguns anos. Mas ela já tem certa idade, não está preparada para lidar com um adolescente. Tentei pedir a custódia alguns anos atrás, quando ele foi pego roubando, mas a vara de família não aprova um sujeito solteiro, que nem é da família, mora em um barco e trabalha sessenta horas por semana.

Eu gostava de como ele era honesto comigo, de não ter que ficar cutucando para ele me contar as coisas, como era no início. Mas o que realmente adorava era ele ser o tipo de homem que tentava conseguir a custódia de uma criança problemática que era irmão de sua ex-esposa. Virei para trás, olhei nos olhos dele e beijei sua boca.

— O que foi? — ele perguntou.

Dei de ombros.

— Eu gosto de você. Quanto mais te conheço, mais motivos tenho para gostar.

Grant desviou o olhar por um momento.

— Você disse que nem sempre vê as coisas com muita clareza quando começa a sair com um cara, e que tem o hábito de escolher babacas.

— É verdade.

Ele me encarou.

— Está repetindo esse padrão.

Franzi a testa.

— Como assim?

— Os contos de fadas têm um príncipe encantado e um homem mau. A vida não é assim, em preto e branco. Às vezes o príncipe encantado é os dois.

— Eu... não estou entendendo.

Grant balançou a cabeça.

— Não quero que se decepcione.

— Mas por que eu me decepcionaria?

— Ireland, eu sou o tipo de homem que leva mulheres para um apartamento onde não mora para transar com elas.

Fiquei um pouco confusa.

— Sim... você me contou isso. Mas eu estou aqui agora. E você sabe que poderia ter insistido e transado comigo quando estávamos lá embaixo. Mas não insistiu.

Ele continuou me encarando.

— Não quero te magoar, Ireland.

— Tudo bem. Eu acredito em você. Mas sou adulta. Se me magoar, eu vou sobreviver. Não precisa ficar tentando me alertar.

Grant fechou os olhos. Depois de um minuto, ele os abriu e assentiu.

— Ok.

O clima mudou depois dessa conversa. Eu tinha que acordar cedo para ir trabalhar no dia seguinte, então, quando a noite caiu por completo, avisei que precisava ir embora.

Grant me acompanhou até o carro.

— Obrigado por ter ido à festa hoje — ele disse.

— Foi divertido. Você viaja amanhã, não é?

— Sim. Meu voo é às sete da manhã.

— Então nós dois vamos acordar antes do nascer do sol. — Sorri.

Ele se inclinou e beijou minha boca de leve.

— A gente se fala durante a semana.

— Certo.

Durante todo o trajeto até em casa, pensei em tudo que tinha acontecido naquele dia. Uma tarde perfeita, seguida por um orgasmo de enlouquecer e um pôr de sol espetacular. Mas Grant não podia ter deixado as coisas como estavam. Precisava me dizer que era um homem mau, embora tudo que eu tivesse visto até agora, durante o tempo que passei com ele, me mostrasse justamente o contrário. Continuei pensando em tudo, analisando minuciosamente cada detalhe, tentando entender onde as coisas tinham mudado, e encontrei uma ocorrência comum. Toda vez que eu falava sobre a ex-mulher de Grant, ele dava um passo para trás.

Devia haver uma peça nesse quebra-cabeça que eu ainda não tinha encontrado.

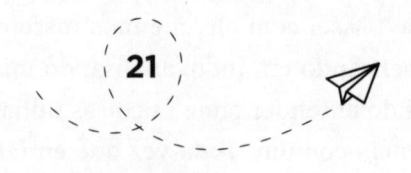

Grant

Sete anos atrás

— Ela é perfeita.

Beijei a testa de Lily e olhei para a princesinha embrulhada em seu colo. Três quilos, setecentos e cinquenta gramas de perfeição. Um pezinho insistia em escapar do cobertor. Era difícil entender como uma coisa tão pequena conseguia deixar uma pegada tão grande em meu coração tão depressa. Mas foi assim que aconteceu. Vi seu rosto, e meu coração imediatamente se expandiu dentro do peito.

Os últimos meses haviam sido incríveis. A gravidez parecia fazer bem a Lily – ou era o terapeuta que a acompanhava. Eu não sabia, mas ela esteve feliz e empolgada durante todo o tempo. Durante os nove meses, conversamos muito sobre a vida familiar desgraçada que tivemos e sobre como essas experiências foram importantes lições para nós – sobre o que não fazer. Estávamos animados para dar à nossa filha o tipo de vida que sonhávamos ter com nossos pais. Queríamos o tipo de vida que Pia e William tinham dado para mim.

Puxei o cobertor e cobri o pé da minha menininha.

— É estranho dizer que já me sinto diferente?

Lily sorriu.

— Só faz duas horas. Então talvez.

Eu não conseguia descobrir o que tinha mudado no momento em que minha filha nasceu. Olhei nos olhos dela e não vi nada além de inocência, e de repente senti toda a importância de ser pai. Eu não estava ali só para trocar as fraldas e pagar a faculdade dela. Minha missão era protegê-la de todas as coisas da vida que vão corroendo a inocência com que todos nós nascemos. As drogas da minha mãe e o transtorno mental da mãe de Lily nos obrigaram a crescer depressa demais. Mas isso não aconteceria com a minha menininha. Eu a protegeria dos males do mundo enquanto pudesse.

Lily roçou o nariz no da bebê.

— O que acha de Leilani?

Eu vinha tentando escolher um nome durante os últimos meses, mas Lily dizia que um filho é como arte. Você não dá nome a ele. Ele anuncia seu nome quando está pronto. Para ser bem sincero, eu achava isso uma tremenda bobagem. Mas, quando olhei para minha filha, quando estudei seu rosto bonito, percebi que minha esposa tinha razão.

Assenti.

— Leilani. Combina, não é?

Lily olhou para mim.

— É perfeito. Como ela.

Beijei o topo da cabeça da minha esposa.

— Como vocês duas. Minhas meninas. Lily e Leilani. Vou cuidar de vocês para sempre.

22

Ireland

— Obrigada, George.

O rapaz da sala de correspondência tinha vindo deixar um malote. Em cima dele havia um envelope de papel pardo, tamanho ofício, com meu nome escrito na frente.

Tirei os sapatos e me sentei atrás da minha mesa para abri-lo. Dentro dele havia uma notificação de audiência da minha licença da lei de zoneamento e um papel amarelo colado no meio da página.

O sr. Lexington me pediu para entregar quando você chegasse.
Millie

A princípio, fiquei confusa. O que Grant estava fazendo com a documentação da minha casa? Depois vi a data da audiência. Daqui a uma semana. O arquiteto tinha me avisado que o departamento de obras estava com meses de atraso. Eu tinha falado sobre isso com Grant? Ah... eu disse ao Grant-Papai Noel. Como ele tinha conseguido isso?

Peguei o celular e comecei a digitar uma mensagem para ele, mas decidi ligar. Queria mesmo lembrá-lo de outra coisa.

Grant atendeu no primeiro toque.

— Você é mesmo o Papai Noel?

Ele riu.

— Espera um segundo. — Ouvi um ruído no fone, como se ele o cobrisse com a mão, depois a voz abafada "Com licença, senhores, é só um minuto", e uma porta se abrindo e fechando. Então Grant voltou à linha.

— Recebeu a papelada da prefeitura?

— Sim. Mas como?

— Tenho um amigo no departamento de obras que me devia um favor. Pedi a ele que priorizasse sua necessidade.

Balancei a cabeça.

— Não acredito que fez isso. Muito obrigada.

— Não posso deixar meus funcionários sem teto, não é?

— Foi por isso que interferiu? Por que sou sua funcionária? Se for isso, acho que ouvi o Jim da contabilidade comentar que o dono do apartamento onde ele mora pediu o imóvel para a filha morar. Posso passar no departamento e falar que você vai encontrar um novo apartamento para ele.

Grant riu.

— Você não deixa passar nada, não é?

Encostei na cadeira.

— Muito obrigada por isso. Você foi um amor. E eu aqui pensando que já era quarta-feira e ainda não tinha recebido nenhuma mensagem sua, que talvez estivesse ensaiando um sumiço.

Grant ficou quieto por um instante.

— Achei que talvez fosse melhor te dar um pouco de espaço.

— É isso o que *você* quer? Espaço?

— O que quer que eu diga, Ireland? Que não tenho conseguido parar de pensar em você desde que a gente se conheceu? Que bati uma todos os dias desta semana pensando na sua expressão quando gozou na minha boca?

— Se for verdade, sim.

Ele suspirou e imaginei linhas de preocupação em sua testa enquanto ele passava a mão no cabelo.

Quando Grant ficou quieto de novo, levantei-me e fechei a porta do escritório.

— Ajuda se eu também falar? Você não está sozinho nessa. Também não consigo parar de pensar em você. Na verdade, pensei em você ontem à noite na banheira.

A voz dele ficou rouca.

— Ireland...

— Lembra quando me falou que achava que podia enfiar a mão no meu short na frente das pessoas enquanto estávamos na parte de fora do barco? Que eu praticamente perdia o controle quando a gente começava a se beijar?

Ele resmungou um sim.

— Então fechei os olhos e imaginei exatamente isso. Você colocando os dedos... mas, como os seus não estavam por perto, tive que usar os meus e fingir que eram os seus.

— Ireland...

— É engraçado... o tom da minha voz quando repeti seu nome várias vezes ontem à noite era parecido com o seu agora. Quase dolorido, sabe?

— Porra... — Ele soltou o ar com um sopro ruidoso.

Sorri.

— Enfim, acho que interrompi uma reunião quando liguei. Deve estar muito ocupado. Só queria agradecer ao Papai Noel e te lembrar do casamento no sábado. Pode voltar ao trabalho.

Grant gemeu.

— Acha mesmo que vou conseguir voltar para a reunião depois de você ter contado que se masturbou fingindo que seus dedos eram meus?

— Ah. — Dei uma risadinha. — Acho que para mim é um pouco mais fácil esconder a excitação.

— É, obrigado.

— Se quiser, posso falar mais um pouco sobre o banho de ontem à noite enquanto você vai ao banheiro masculino e resolve esse problema.

— A oferta é tentadora, mas acho que vou me contentar com uma caminhada rápida.

Sorri.

— Tudo bem. Bom, obrigada de novo por ter interferido nessa questão com o departamento de obras.

— Não foi nada.

— Tenha uma boa tarde. Espero que sua reunião não seja muito... *dura*.

— Estou ansioso para retribuir a tortura, Ireland. Não vai demorar.

Depois que desligamos, fiquei sentada na minha sala, sorrindo. Estava me sentindo melhor que nos últimos dias. Grant podia não ter ligado para me dar um pouco de espaço, mas o que ele havia feito para conseguir minha licença deixava claro que a falta de contato não significava que ele não pensava em nós. Sem contar que fiquei atordoada quando ele disse que fez a mesma coisa que eu no banho.

Saí da redação por volta da uma da tarde, tecnicamente o fim do meu expediente, já que eu entrava às cinco da manhã, embora raramente fosse embora antes das três. Precisava ir pegar meu vestido para o casamento de Mia na costureira e ainda tinha algumas coisas para resolver. Como meu dia de trabalho terminava quando a maioria das pessoas saía para almoçar, o saguão estava cheio. Quando me aproximei da porta do edifício, Kate, irmã de Grant, estava entrando.

Ela sorriu ao me ver.

— Oi. Eu ia ligar para você. Foi divertido torturar meu irmão na festa, mas falei sério quando sugeri o almoço.

— Seria ótimo — respondi, sorrindo. — Quando?

Ela deu de ombros.

— Estou voltando de uma reunião e ainda não comi. Tem algum outro compromisso agora?

Eu tinha uma lista de tarefas de mais ou menos um quilômetro, mas... não havia comido nada além de uma barrinha de cereal às quatro da manhã quando estava a caminho do trabalho. Além do mais, tinha muitas perguntas sem resposta sobre Grant, e quem melhor que a irmã dele para lançar luz sobre o enigma? Então dane-se. *Por que não?* A costureira ainda estaria no mesmo lugar em uma ou duas horas.

— Não. Vamos almoçar.

— Então... dá para notar que meu irmão gosta de você — Kate anunciou.

Tínhamos conversado sobre amenidades durante todo o almoço. Fiquei aliviada quando ela tomou a iniciativa de falar sobre Grant quando tomávamos café.

Sorri e levei a xícara aos lábios.

— Eu também gosto dele. Mesmo que às vezes ele seja...

Enquanto eu tentava escolher as palavras certas – talvez *difícil, complicado de entender, brusco* –, Kate concluiu por mim.

— Um tremendo cretino.

Dei risada.

— É, isso.

Ela sorriu com ternura.

— Ele não costuma levar mulheres aos lugares, ao menos não de maneira casual. Ele leva acompanhantes a eventos formais que requerem isso, mas faz anos que não o vejo com uma mulher enquanto veste calça jeans. É como se as mulheres tivessem se tornado um acessório necessário para eventos sociais e, bom, com certeza para outros fins que não precisamos discutir, a menos que queira ver meu almoço novamente em cima da mesa. Mas elas não fazem mais parte da vida dele.

Pelo que Grant havia me contado sobre seus relacionamentos, a avaliação da irmã dele era precisa. Ele mantinha as mulheres muito afastadas e separadas das coisas que considerava importantes em sua vida. Mas, apesar de não me surpreender com o comentário de Kate, eu esperava que ela esclarecesse por que ele era assim.

Assenti.

— Quando conversamos sobre os relacionamentos que ele teve, Grant insinuou mais ou menos isso. Na verdade, ele não insinuou. Ele disse claramente que era franco com as mulheres com quem tinha saído nos últimos anos, que deixava claro que não estava em relacionamentos duradouros.

Kate franziu a testa.

— Vocês dois me deram a impressão de estarem em um relacionamento no domingo. Alguma coisa está diferente nele, não é como eu o vi com outras mulheres. Com você ele não é frio, é afetuoso. Vi quando foram para o estacionamento; ele segurava sua mão.

— Ele está tentando. Mas damos um passo à frente e ele recua.

Kate suspirou.

— Meu irmão tem dificuldades para deixar as pessoas se aproximarem.

Eu não sabia se devia estar discutindo as coisas que Grant me falara sobre o casamento dele. Mas sabia que essa devia ser a raiz de toda sua desconfiança. Alguma coisa séria o havia magoado muito, e agora ele tinha medo de sofrer de novo.

— O casamento certamente teve um impacto profundo em quem ele é hoje.

— Ele... se abriu com você sobre o casamento?

— Mais ou menos. Ele me falou sobre os transtornos mentais de Lily.

Kate ficou em silêncio por um momento. Parecia estar refletindo sobre alguma coisa, perdida em pensamentos. Finalmente, ela disse:

— Ele... entrou em detalhes sobre como acabou?

— Não. Falou sobre tudo de maneira mais geral.

Kate assentiu. Mais uma vez, ficou quieta enquanto considerava o que ia dizer. Depois estendeu o braço sobre a mesa e cobriu minha mão com a dela.

— Meu irmão é como uma ostra. Totalmente fechado, e talvez nunca se abra, ou você pode ser a pessoa que vai conseguir fazer Grant se abrir. Se isso acontecer, garanto que vai encontrar uma pérola.

Na manhã de quinta-feira, Grant telefonou e disse que estava voltando mais cedo e me convidou para jantar. Ele disse que iria me encontrar direto do aeroporto porque sabia que eu dormia muito cedo durante a semana.

Aceitei encontrá-lo em um restaurante não muito longe da minha casa e, quando cheguei, ele já me esperava no bar. Havia uma mulher de vestido verde e justo em pé ao lado dele, falando, e a mão dela descansava em suas costas.

— Oi. Desculpa, me atrasei uns minutos — eu disse ao me aproximar.

Grant se levantou e me beijou na boca.

— O voo pousou antes do previsto. Você não está atrasada. — Ele manteve a mão em minhas costas, e a mulher continuou ali esperando para ser apresentada.

Grant pigarreou.

— Ireland, essa é Shannon. Ela é hostess aqui. Trabalhava na churrascaria ao lado do nosso escritório.

Sorri.

— Muito prazer.

Ela me mostrou os dentes muito brancos em um sorriso aberto, plástico, mas o movimento rápido dos olhos para me analisar revelava muito. Quando uma mulher está ao lado de um homem e outra mulher se aproxima, ela a mede com os olhos por uma de duas razões: para avaliar a concorrência ou para ver quem está agora com o homem que já esteve com ela. Eu não sabia qual das duas alternativas era a correta.

— Igualmente — ela respondeu e tocou o braço de Grant. — Vou ver se sua mesa está pronta.

Assim que ela se afastou, Grant aproximou o rosto do meu cabelo e respirou fundo.

— Humm... senti saudade.

— É mesmo? Você parecia estar em boa companhia...

Grant arqueou uma sobrancelha.

— Tem alguém aqui com ciúmes?

— Tenho motivos para estar com ciúmes?

Ele balançou a cabeça.

— De jeito nenhum. Mas, para manter o padrão de honestidade total, eu saí algumas vezes com a Shannon.

— Ela visitou seu apartamento?

Grant abaixou a cabeça.

— Você sabe que não sou nenhum virgem. Mas, se eu soubesse que ela estava trabalhando aqui, eu não teria escolhido este lugar. — Ele levantou a cabeça e olhou nos meus olhos. — Mas eu entendo. Também não ficaria feliz na presença de alguém com quem você já dormiu.

O fato de ele não diminuir o que eu sentia não me fazia sentir melhor. Além do mais, eu estava sendo boba. Nós dois tínhamos passados. Dei de ombros.

— Tudo bem. Sou adulta.

Shannon se aproximou de nós.

— Sua mesa está pronta.

Depois que seguimos a mulher com quem ele já tinha dormido até a mesa, percebi que nunca conversamos sobre sair com outras pessoas. Pensar nele com alguém me deixava maluca. Mas, tecnicamente, nós dois tínhamos esse direito.

Grant puxou a cadeira para mim e, assim que nos sentamos, Shannon disse que mandaria o garçom pegar o pedido das bebidas. Sacudi o guardanapo e o coloquei sobre as pernas.

— Nunca falamos sobre sair com outras pessoas.

Grant estava com o copo de água na mão, mas interrompeu o movimento a caminho da boca.

— Presumi que, a esta altura, isso estivesse fora de cogitação.
— Ah. Ok.
— Pensar em você com outro homem me faz sentir irracional.
Eu sorri.
— Eu sinto a mesma coisa.
Ele se inclinou sobre a mesa.
— Fico feliz por termos tido essa conversa. Achei que era tortura estar perto de você sem saber como é estar dentro de você. Mas, aparentemente, há coisas bem piores que não transar com você, como imaginar que outro homem está transando com você.
Dei risada.
— Bom, pode tirar essa ideia da cabeça. Como foi a viagem?
Grant sacudiu o guardanapo.
— Produtiva. Estamos construindo um edifício na Costa Leste e vamos transferir algumas sedes das nossas empresas menores, hoje espalhadas pela cidade, para um endereço só. É um bom momento para comprar.
— Ah, isso é ótimo.
— Eu achava que era, mas estou percebendo que vou ter que passar muito tempo lá para pôr essa ideia em prática. Gosto de Nova York, mas a viagem é longa.
— Faz anos que não vou para lá. Gostaria de ir no Natal. Sei que é coisa de turista, mas seria uma delícia patinar no Rockefeller Center e esperar na fila para ver as vitrines da Bloomingdale's.
— Está falando igual ao Leo.
— Ele quer ir para Nova York no Natal?
Grant assentiu.
— Talvez ele vá com a gente.
Senti mais uma vez aquele calor na barriga. Ele não hesitava quando falava de coisas no futuro, como se tivesse certeza de que estaríamos juntos.
O garçom se aproximou para pedirmos as bebidas. Adorei quando Grant se lembrou de que vinho eu gostava, mas olhou para mim esperando aprovação quando pediu. Também adorava a sombra escura da barba de fim de dia em seu rosto, e o perfil perfeito que vi quando ele se virou para devolver a carta de vinhos ao garçom.

Eu ainda não tinha contado que havíamos reservado quartos no hotel que ficava a um quarteirão de onde Mia se casaria. Seria estranho não ficar no mesmo quarto, mas eu não tinha certeza de que estava pronta para isso, apesar de ele ter acabado de confirmar que tínhamos um relacionamento monogâmico e de estarmos falando sobre planos para daqui a alguns meses. Então o que eu estava esperando? Deus sabe que desejo não era o problema. Eu só precisava olhar para ele para ficar toda arrepiada.

Então, quando o garçom se afastou, decidi falar de uma vez.

— Hã... no fim de semana... a maioria dos padrinhos vai ficar no Park Place Hotel, a um quarteirão do restaurante. Assim todo mundo pode se divertir sem ter que se preocupar com a volta para casa. E Mia vai oferecer um brunch na manhã seguinte no restaurante do hotel. Reservei um quarto, se quiser ficar.

— Precisa mesmo perguntar?

Dei risada.

— Acho que não. Mas não quis decidir por você.

— Vou facilitar para você. Se o convite envolve você e a possibilidade de ficar nua, conte comigo.

O que começou com o incômodo do vestido verde agora se transformava em um jantar divertido e agradável. Shannon passou por nós algumas vezes, e eu podia dizer com certeza que Grant não percebeu. Ele me fazia sentir a única mulher no salão sem sequer tentar. Eu sentia toda sua atenção porque realmente a tinha.

Precisava ir ao banheiro, e, quando Grant pediu uma fatia de cheesecake para nós dois e piscou para mim, eu pedi licença. Quando saí do reservado, encontrei Shannon retocando o batom diante do espelho. Os olhos dela encontraram os meus pelo reflexo. Não havia surpresa neles.

— Há quanto tempo você e Grant estão juntos?

Eu me aproximei da pia para lavar as mãos. Não tinha a menor vontade de conversar com essa mulher ou com qualquer outra com quem Grant tinha dormido. Mas uma parte de mim, uma parte sádica, ficou curiosa.

— Pouco. — Inclinei a cabeça e sorri sem nenhuma sinceridade. — Ele me contou que vocês eram... amigos.

— Foi isso que ele disse? Que éramos amigos?
Enxuguei as mãos.
— Não. Mas achei que seria mais delicado que parceiros de foda.
Ela me encarou, estreitando os olhos.
— Ficamos juntos por uns seis meses.
Isso me surpreendeu, mas não dei a ela a satisfação de saber. Em vez disso, também comecei a retocar o batom. Ela me observava em silêncio.
Terminei e olhei diretamente para ela.
— Queria me dizer mais alguma coisa?
— Só um conselho de mulher para mulher. Quando ele disser que não está pronto para um relacionamento, é melhor acreditar. Ele fala uma coisa e faz outra. Isso vai te fazer pensar que é diferente das outras. Ele é muito convincente. Lembro uma vez que meu carro foi guinchado e eu perguntei se ele podia me levar para ir buscá-lo depois do trabalho. Quando saí, meu carro estava estacionado na vaga de sempre no estacionamento. E ele ainda mandou lavar. Ele é muito fofo quando quer. Levei um ano para superá-lo.
Apesar de estar surtando por dentro, mantive a aparência inabalável. Joguei o batom na bolsa e parei atrás dela. Olhei em seus olhos pelo espelho e disse:
— Obrigada pelo conselho. Mas está se enganando se acha que levou um ano para superar o cara. É evidente que ainda não superou.
Saí do banheiro e parei no corredor para recuperar o fôlego, sentindo-me completamente abalada. Era óbvio que a mulher ainda estava a fim de Grant e queria destruir o que havia entre nós. Mas o que ela contou sobre o carro... Nos últimos dias, eu sentia que tudo com Grant era bom, acreditava pela primeira vez que talvez ele não fosse arrancar meu coração do peito. E por quê? Por causa de uma coisa muito simples: ele se deu ao trabalho de resolver meu problema com o departamento de obras.
Não era muito diferente de mandar buscar o carro de Shannon em um pátio de veículos guinchados, era?

23

Grant

Ireland estava estranha. Eu havia notado na outra noite, durante a sobremesa, mas atribuí isso ao cansaço, já que ela acordara de madrugada. Ontem mandei uma mensagem perguntando se ela queria pedir o almoço, e ela só respondeu quando já estava em casa, alegando que tinha trabalhado muito. E hoje ela havia lido minha mensagem havia uma hora, mas ainda não tinha respondido.

Portanto, contrariando o bom senso, atravessei a rua e peguei o elevador para o andar da emissora.

Ireland estava em pé, falando ao telefone, quando nossos olhares se encontraram. A mudança em sua expressão confirmou minha suspeita de que algo estava errado. Ela desligou assim que entrei e fechei a porta.

— Não gosto de vir aqui porque não quero criar situações difíceis para você no trabalho.

Ela forçou um sorriso.

— E eu agradeço por isso.

— Mas você me deixou sem opções quando começou a me evitar.

— Não estou te evitando.

Fiz uma careta para demonstrar que sabia que ela estava mentindo. Ireland suspirou e sentou-se.

— Tudo bem.

— O que está acontecendo?

— Acho que aquela mulher do restaurante me fez surtar.

Franzi a testa porque não entendera de imediato a quem ela se referia.

— Shannon?

Ireland assentiu.

— Parei de sair com ela há uns dois anos. Não sabia que ela trabalhava lá.

— Eu acredito. Mas ela disse uma coisa...

Tentei pensar no que podia ser, mas não me lembrava de Shannon ter falado muito depois que Ireland havia chegado.

— O que ela disse?

— Ela entrou no banheiro quando eu estava lá e disse que vocês ficaram juntos por uns seis meses. Não foram só algumas vezes...

— Sinceramente, não sei quanto tempo durou... Talvez tenhamos saído umas seis vezes em quatro meses, no máximo. Parece que ela tentou dar a impressão de que foi algo mais importante do que realmente era.

— Ela também disse que levou quase um ano para superar você.

A ruga persistia em minha testa.

— Eu não sabia que ela tinha ido atrás de você no banheiro. Lamento que ela tenha passado por isso. Mas, como eu disse, fui honesto desde o início com todas as mulheres com quem tive algum tipo de relação.

— Eu sei. E ela também disse isso. Mas... — Ela balançou a cabeça.

A culpa disso era toda minha. Eu estava estragando tudo. Ireland tinha medo de ficar comigo porque eu não dava nenhuma razão para ela se sentir segura. O melhor que fiz foi dizer que não sabia ao certo do que seria capaz. Quando não era eu recuando, era ela. Nós dois fazíamos um jogo contínuo de esconde-esconde, e era hora de eu sair de cena de vez ou mandar um foda-se e me jogar de cabeça nisso.

Inclinei o corpo para a frente.

— Sou maluco por você, Ireland. Só disse isso para uma outra mulher antes e me casei com ela. Peço desculpas se estou deixando você em dúvida. Sei que fiz isso. Mas... — Fiz questão de olhar dentro dos olhos dela. — Quero fazer dar certo. Nos últimos sete anos, não quis fazer nada dar certo. Penso em você às onze da manhã quando estou ocupado em uma reunião. Nos últimos sete anos, só pensava em mulher às onze da noite quando estava sozinho. Tem uma grande diferença.

Os olhos de Ireland começaram a se encher de lágrimas.

— Também quero que dê certo.

Sorri.

— Então vamos nessa, querida. Vamos fazer dar certo.

Ela ficou parada por um minuto, talvez digerindo alguma coisa, não sei.

Depois sorriu.

— Ok.

Suspirei aliviado.

— Quer almoçar?

Ela concordou.

— Só preciso de uns vinte minutos para terminar tudo aqui.

— Vou pedir alguma coisa para nós. Espero você no meu escritório. Vai para lá quando acabar aqui.

— Combinado.

Virei para sair, mas parei com a mão na maçaneta da porta.

— Tira a calcinha antes de ir. Porque, depois do almoço, vou comer você em cima da minha mesa.

A noiva deve ser o centro das atenções em um casamento, mas eu não conseguia desviar o olhar da mulher de azul-royal. O vestido sexy de alcinhas finas envolvia cada curva suculenta de Ireland, e o cabelo preso deixava à mostra um pescoço longo e delicado e aquela clavícula que eu tanto amava. Sua pele era sedosa e lisa, sem manchas ou sinais, e eu estava ali sentado, salivando com a ideia de morder aquele corpo à noite quando arrancasse aquele vestido lindo de cima dele. Ireland me olhou desconfiada, sorrindo debochada ao se aproximar de onde eu estava sentado, olhando para ela do outro lado do salão.

— Que cara mais indecente — ela disse ao chegar à mesa.

Segurei a mão dela e a fiz sentar-se no meu colo.

— É porque estou tendo pensamentos indecentes.

Ela riu baixinho.

— Ah, é? Vem me contar na pista de dança. Acho que já cumpri todos os meus deveres de madrinha, então sou toda sua pelo resto da noite.

— Gostei disso.

Na pista de dança, eu a puxei para perto e colei o rosto ao dela. Usei a oportunidade para cochichar em seu ouvido:

— Já disse que você está linda?

— Disse. Mas tudo bem. Não me incomodo de ouvir de novo.
— Normalmente as mulheres não usam mais os vestidos que usaram para ser madrinhas de casamento, usam?
— Não. Mas acho que eu vou usar este. É muito bonitinho e simples. Não parece vestido de madrinha de casamento.

Girei com ela nos braços.
— Eu compro um novo para você.

Ireland franziu o narizinho lindo.
— Ai, meu Deus, derrubei alguma coisa nele?
— Não, mas amanhã ele vai estar em farrapos.

Ela arregalou os olhos.
— Ele rasgou? Onde?
— Relaxa. Não está rasgado... ainda. Mas vou arrancar esse vestido do seu corpo mais tarde.

Ela sorriu.
— Era nisso que estava pensando quando me aproximei? Sua cara tinha um ar malicioso.
— Não consigo pensar em mais nada desde que fui te buscar.

Ela colou o rosto ao meu novamente e cochichou no meu ouvido:
— Lembra quando dançamos no evento beneficente?
— Lembro.
— Meu corpo todo formigou enquanto estive em seus braços e tive que fingir que não estava sentindo nada enquanto dançávamos.

Sorri.
— E eu tive que manter o quadril afastado para você não perceber minha ereção.
— Acho que desde o início nos sentimos atraídos um pelo outro.
— Querida, você nem imagina. Você já tinha chamado minha atenção com um e-mail que escreveu bêbada me mandando para o inferno.

Dançamos em um silêncio confortável por um minuto. A música terminou e outra começou. Eu me senti grato por ser outra música lenta, porque assim podia manter Ireland em meus braços. Fechei os olhos e saboreei o momento. Mas a mulher em meus braços devia estar olhando em volta.
— Não quero um casamento grande como este — ela disse.

Normalmente, uma mulher mencionar a palavra casamento era suficiente para me fazer sair correndo. Mas não dessa vez. Eu queria ouvir mais.

— Você brincava de noiva quando era pequena? Quando eu era pequeno, minhas irmãs passavam um dia inteiro fazendo decorações na sala de estar para o casamento de mentira. Elas se revezavam para usar o vestido de noiva da nossa mãe, e minha mãe me obrigava a fazer o papel do noivo. Eu odiava aquilo.

Ela riu.

— Devia ser muito fofo.

— Era uma tortura.

Ireland suspirou.

— Não tenho irmãos, e meus pais tinham um relacionamento péssimo. Talvez por isso eu nunca tenha me imaginado casando quando era pequena.

Isso me fez abraçá-la mais forte.

— Sinto muito.

— Tudo bem. Não sei se é saudável uma menina pequena sonhar com um casamento. Eu não brincava de noiva, mas brincava de âncora de jornal. Passava horas na frente do espelho, usando a escova de cabelo como microfone. Ao menos não cresci correndo atrás de uma fantasia sobre como deve ser um casamento.

— Nada de vestido branco com uma longa cauda e trezentas pessoas em um bufê?

Ela negou.

— Não. Quero me casar descalça, em alguma praia. Talvez ao pôr do sol, com poucos amigos e a família mais próxima, com luzes penduradas nas palmeiras e uma banda de calipso tocando.

Sorri.

— Que legal.

Era a primeira vez em uma eternidade que eu discutia algo relacionado a um casamento sem fazer comparações ao fiasco que dividi com Lily. Eu não queria pensar na minha ex-esposa enquanto Ireland estava em meus braços. Com todas as mulheres que estive desde o divórcio, quis ter essa lembrança constante – queria sempre lembrar por que precisava manter distância. Mas com Ireland eu queria esquecer e seguir adiante.

Durante o resto da noite, conversamos com os amigos dela, com os noivos, e dançamos. Ela até me fez dançar pop, coisa que eu nunca fazia. Mas valeu a pena porque assim pude ver seus peitos balançando enquanto ela pulava. No fim da noite, mal podia esperar para ficar sozinho com ela no hotel. Tinha admitido que estava ansioso para arrancar aquele vestido dela, mas sabia que aceitaria os limites dela em relação a até onde iríamos. Ela me convidou para passar a noite em seu quarto, mas eu ainda não tinha certeza de que ela estava preparada para dar o próximo passo.

Por isso fui devagar quando chegamos à suíte. Abri um vinho e levei uma taça para ela perto da janela, de onde ela olhava para a água.

— Obrigada.

Tive que pôr a mão livre no bolso para conter o impulso de tocá-la. Um toque enquanto estávamos sozinhos em um quarto, perto de uma cama, e seria meu fim. Por isso bebi o vinho e fiquei com ela olhando o mar.

Ela se virou para me encarar.

— Você está muito quieto desde que chegamos aqui.

— Estou?

Ela assentiu.

— Arrã. E está... distante. Depois de dizer que meu vestido estaria em farrapos de manhã, eu só esperava silêncio quando sua língua estivesse na minha garganta, e não esperava que a gente conseguisse ir muito além da porta depois de entrar no quarto.

Olhei para ela.

— Estou tentando ser um cavalheiro.

Ela inclinou a cabeça.

— Por quê?

— Porque não sei quais são suas expectativas para esta noite. Não queria presumir que o convite para dormir aqui significava que você estava pronta para algo além de dividir um quarto.

Ireland deixou a taça de vinho sobre a mesa ao lado dela e levantou as duas mãos para tirar um brinco.

— Se não tivesse essa dúvida, o que ia querer?

Ela deixou o brinco em cima da mesa, ao lado da taça cheia, e tirou o outro.

— Como assim? O que eu ia querer? — Precisava ter certeza do que ela estava perguntando, embora parecesse bem óbvio que ela queria saber o que eu estaria fazendo nesse momento se ela topasse tudo.

— O que ia querer que acontecesse com a gente esta noite. Sexualmente, quero dizer.

Bebi um grande gole de vinho enquanto ela colocava o outro brinco em cima da mesa.

— Tem certeza de que quer ouvir minha resposta?

— Tenho. E quero ouvir uma resposta honesta. — Ela sorriu, virou-se e me deu as costas. — Pode abrir o zíper para mim?

Porra. Engoli em seco.

— Bem, quero te levar para aquela cama, abrir suas pernas e te chupar, para começar. Quero te deixar molhada.

A voz de Ireland ficou rouca.

— Mais alguma coisa?

Toquei o zíper do vestido. Minha mão tremia com o esforço que eu tinha que fazer para me controlar. O ruído do zíper descendo lentamente ecoou no quarto silencioso.

— Muito mais. Eu te colocaria sentada na cômoda atrás de mim. Já fiz um cálculo rápido, e ela tem a altura perfeita para te foder em pé. Quero ver você gozar e quero olhar nos seus olhos enquanto te penetro bem fundo e gozo dentro de você.

Ela riu de nervoso.

— Isso é bem específico.

— Não acabei. — Terminei de abrir o zíper e não consegui me controlar. Enfiei a mão por baixo do vestido e deslizei os dedos por sua coluna subindo devagar. — Depois vamos tomar um banho juntos, e vou segurar essa sua bunda, colocar suas pernas em torno da minha cintura e suas costas na parede. Quando você começar a gozar no meu pau, vou enfiar o dedo na sua bunda para você me sentir aí dentro de todos os jeitos possíveis.

Ela estremeceu e interpretei sua reação como um sinal de que ela queria ouvir mais.

— Depois disso, vou deixar você dormir um pouco e de manhã vamos tomar café juntos. E seu café vai ser meu pau na sua boca, enquanto eu te chupo. Você vai ficar por cima para pensar que está no controle. Mas, quando você começar a gozar na minha cara, vou levantar o quadril e enfiar um pouco mais fundo na sua garganta, depois despejar nela minha porra quente.

Usei as mãos para fazer Ireland virar. A expressão no rosto dela era uma mistura de choque e excitação. E era sexy demais.

Segurei seu rosto.

— Exagerei?

Ela riu.

— Nunca vou poder te acusar de se conter.

— E você? — Deslizei um dedo por sua clavícula. — O que você quer?

Ela olhou nos meus olhos enquanto deslizava as alças do vestido de cima dos ombros. Com o zíper aberto, ela deixou o vestido cair no chão, formando uma poça azul a seus pés.

— Quero tudo que você disse... e mais uma coisa em que não consigo parar de pensar.

Ela estava linda parada na minha frente só de calcinha e sutiã de renda azul-royal. Os seios fartos praticamente transbordavam do sutiã. Distraído, ouvi Ireland falar, mas não entendi uma palavra do que ela havia dito.

Balancei a cabeça.

— Desculpa. O que disse?

Ela sorriu com malícia.

— Disse que quero acrescentar uma coisa aos seus planos. Tudo bem?

— Tudo que você quiser.

Os olhos dela brilharam, e no instante seguinte ela se ajoelhou.

Ai, cacete.

Senti um forte desejo de fechar os olhos e agradecer ao bom Senhor por ter feito essa mulher escrever um e-mail ofensivo quando estava bêbada, mas não conseguia desviar o olhar da imagem dela ajoelhada na minha frente. Ireland abriu o botão e o zíper da minha calça enquanto eu continuava ali em pé, incapaz de falar. Quando sua mão pequenina deslizou para dentro da calça e segurou meu membro duro, pensei que ia gozar ali mesmo.

— Não vou aguentar muito tempo, linda — murmurei.

Ela levantou o rosto e sorriu sem largar meu pau.

— Tudo bem. Temos a noite toda.

Ireland moveu a mão duas vezes, bem devagar, enquanto umedecia os lábios, depois abaixou a cabeça e me devorou. Sem preâmbulo, sem lamber a ponta e girar a língua em torno da cabeça, como a maioria das mulheres gostava de fazer – o que era bom, mas totalmente desnecessário quando um homem já está quase gozando. Não sabia se devia me sentir grato por Ireland saber disso ou se devia ficar incomodado por ela saber, mas, quando ela começou a mover a cabeça, não consegui mais nem lembrar qual era minha dúvida.

Assim que meu pau entrou naquela boca, ela abaixou um pouco mais o queixo e me surpreendeu engolindo.

Puta que pariu. Ela domina uma garganta profunda. Acabou para mim.

Com a mesma rapidez com que me devorou completamente, ela recuou e deixou a língua escorregar pelo comprimento da parte inferior do meu pinto, tirando-o quase completamente da boca. Olhando para mim, piscou algumas vezes e eu vi o humor em seus olhos.

— Meu Deus, Ireland.

Ela abaixou a cabeça de novo e, outra vez, me levou até o fundo da garganta. Tive que olhar para o teto para não bancar o precoce que terminava antes de começar de verdade. Vê-la de joelhos com meu pau inteiro na boca era demais para mim. Gemi e agarrei seus cabelos.

Tentei não olhar para baixo, não ver sua cabeça se movendo cada vez que meu pau entrava e saía de sua boca, mas não consegui me controlar. A imagem era incrível demais para perder. Ireland me levou até o fundo da garganta mais algumas vezes, depois passou das chupadas longas e profundas para os movimentos rápidos com mão e boca.

Sério, eu nunca sentira nada mais maravilhoso. Era como morrer e ir para o paraíso das estrelas pornô.

Tentei me segurar, mas ela não permitiu. Especialmente quando segurou minhas mãos e as posicionou em seus cabelos para guiar o ritmo. Basicamente, ela me dava autorização para foder sua boca. Por mais que eu quisesse ficar ali fazendo isso a noite toda, só consegui me mover mais três vezes. A vontade de terminar era forte demais, por mais que eu tentasse me segurar.

Eu havia dito a ela que queria gozar no fundo de sua garganta, e queria, queria mais que tudo, mas não era um babaca. Ela podia fazer garganta profunda como uma estrela do cinema pornô, mas era uma mulher que eu respeitava. Eu tinha que preveni-la.

— Ireland... gata. *Porra*. Eu vou... gozar.

Mas ela não se afastou. Eu ia repetir o aviso, caso ela não tivesse ouvido. Quando olhei para baixo, Ireland estava de olhos fechados, mas, sentindo meu olhar, ela os abriu e olhou para cima.

— Linda, eu vou gozar.

Ela respondeu chupando mais fundo, tão fundo que pensei que nunca mais ia sair dali... não que eu quisesse sair. A garganta de Ireland Saint James era meu nirvana, e eu não queria me mexer. Mas dessa vez ela me ouviu e fez questão de deixar claro. Ela queria que eu gozasse em sua garganta, e eu estava doido para fazer sua vontade. Gemendo seu nome e movendo o quadril mais uma vez, parei e deixei acontecer, enchendo sua garganta com um jato interminável.

Quando ela terminou, eu quase não tinha forças para colocá-la em pé.

— Meu Deus, Ireland. Como aprendeu isso? — Balancei a cabeça, ainda atordoado com a gozada. — Esquece. Não quero saber.

Ireland riu.

— Eu disse que gostava de ver essa cena nos filmes. Devo ter aprendido uma ou duas coisas.

Olhei para o teto. *Obrigado, Senhor*. Qualquer outra resposta teria sido inaceitável.

Sorri.

— Você não poderia ser mais perfeita, nem se eu tivesse te inventado.

— Aliás, eu tomo anticoncepcional.

A noite ia ser bem longa.

24

Ireland

Uma vez li um artigo que falava que o tempo médio dedicado às preliminares era catorze minutos. Obviamente, no começo as coisas costumam demorar um pouco mais para um casal, mas eu nunca tinha passado duas horas brincando com um homem sem chegar ao sexo propriamente dito – mesmo quando preliminares eram a única coisa que ia acontecer.

Mas Grant não tinha pressa e eu gostei muito, muito disso. Depois que eu tinha feito sexo oral nele, Grant retribuiu o favor me dando dois orgasmos com a boca. Depois conversamos enquanto ele acariciava meu corpo. Achei que ele precisava de um tempo para se recuperar, mas, quando aninhei o corpo ao dele e o senti ereto, descobri que não era bem assim.

Ele estudou meu rosto enquanto tocava meu corpo e me contou todas as coisas que queria fazer comigo – como escorregar entre meus peitos e gozar no meu pescoço, transar por trás, vendar meus olhos, me amarrar à cama. Eu devia estar saciada depois de dois orgasmos poderosos, mas, quanto mais ele falava, mais eu queria senti-lo dentro de mim.

Grant começou na minha orelha e foi beijando meu corpo todo, descendo até os dedos dos pés. Depois subiu lambendo e chupando. Eu estava atordoada quando ele finalmente me beijou de novo. O fato de ele não parecer tão desesperado quanto eu estava me enlouquecia. Portanto, assumi como minha missão pessoal despertar nele a mesma coisa que eu estava sentindo.

Quando ele beijou meu pescoço, eu o empurrei de leve, fazendo-o deitar de costas para montar em seu corpo. Beijando sua boca, escorreguei o quadril para baixo até alinhar minha entrada molhada com sua ereção. Comecei a me esfregar nele quando o beijo ficou mais quente. Foi o bastante. Com um movimento rápido, me vi deitada de costas com Grant em cima de mim. Mas dessa vez ele parecia muito mais impaciente. O sorriso vitorioso que ofereci foi recebido com um grunhido.

— Eu estava tentando ir devagar.

Segurei o rosto dele.

— Não quero ir devagar. Quero *forte*. Agora.

Grant resmungou alguns palavrões e estendeu a mão para a mesa de cabeceira. Pegou a carteira e tirou dela um preservativo, jogando todo o resto no chão. E colocou o preservativo em tempo recorde.

Quando se posicionou sobre mim outra vez, ele olhou no fundo dos meus olhos.

— Você é... — disse, balançando a cabeça. — Incrível.

Puxei sua cabeça para baixo até nossas bocas se encontrarem e falei com os lábios colados aos dele:

— Toda vez que olho para você, me sinto excitada e apavorada ao mesmo tempo. Mas, neste momento, só quero estar excitada.

Grant não interrompeu o contato visual quando me penetrou.

— Cacete. — Ele engoliu em seco. — Você está muito molhada.

Ele entrava e saía devagar, alargando-me um pouco a cada movimento. Embora estivesse preparada para ele, sabia, obviamente, quanto ele era grosso e comprido, já que o tinha sentido na boca. Fazia um tempo que eu não transava, e meu corpo precisava de algum incentivo para acolher seu membro por inteiro. Os braços dele tremiam com o esforço para se mover devagar e, quando finalmente se acomodou dentro de mim, ele gemeu. O som era tão gutural e primitivo que provocou um arrepio nos meus braços e pernas.

Ele parou e me beijou com suavidade, antes de olhar nos meus olhos e me foder como eu precisava que fosse – forte, selvagem, real. Cada penetração era mais profunda e mais forte, até que os únicos sons no quarto eram meus gemidos e os estalos molhados de nossos corpos se chocando.

Segurei o cabelo dele e puxei, enquanto repetia seu nome muitas vezes. A onda pulsante começou a percorrer meu corpo, e a respiração de Grant foi ficando irregular. Estávamos perdendo o controle ao mesmo tempo.

— Você é... gostosa demais. Gostosa pra cacete. — Grant rangeu os dentes.

— Não para. Isso. Assim... ah... ah... — O orgasmo me atingiu como um soco, e as palavras que eu tentava dizer foram mandadas para longe, junto com o medo que eu sentia.

Grant fechou os olhos. O músculo em sua mandíbula se contraiu, e as veias no pescoço ficaram salientes. Ele acelerou o ritmo dos movimentos e continuou se movendo enquanto eu surfava a onda. Quando pulsei em torno de seu membro, ele deixou escapar um rugido.

— Caraaaalho! — Grant projetou o quadril para a frente, penetrando bem fundo dentro de mim.

Depois de um momento, Grant beijou meu pescoço e continuou se movendo para dentro e para fora com um ritmo mais lento. Afastando o cabelo suado da minha testa, ele sorriu para mim.

— Depois desta noite, estou acabado. Agora que sei como é bom ficar dentro de você, nunca mais vou querer *não* estar aqui.

Sorri.

— Tudo bem. Gosto de você aqui.

Ele beijou minha boca e assentiu.

— É. Também gosto de você aqui.

Dormimos demais no dia seguinte e acordamos atrasados. Na verdade, não dormimos demais, já que isso significa dormir por muito tempo. Mas, como só pegamos no sono quando o sol nasceu e acordamos com meu celular tocando duas horas depois, a verdade era que dormimos bem pouco.

Abri um olho para pegar o celular.

— Alô?

— Por que ainda não desceram?

Merda. Mia. Apoiei o corpo sobre um cotovelo.

— Que horas são?

— Vinte minutos depois do horário marcado para o começo do brunch.

— Ai, merda. Desculpa. Acho que dormi demais.

— Dormiu demais ou alguém te manteve acordada a noite toda?

— Os dois.

Mia deu um gritinho, e tive que afastar o celular da orelha. Grant abriu os olhos, e eu cobri o telefone.

— É a Mia. Estamos atrasados para o brunch.

— Fala para ela que não vamos e que, em vez de tomar café, vou comer você de novo.

É claro que Mia ouviu o comentário, apesar da minha mão sobre o aparelho. Ela gritou de novo.

— Desçam já! Quero saber todos os detalhes.

Grant pegou o celular da minha mão e olhou para mim enquanto falava.

— Precisamos de vinte minutos para tomar uma ducha. — Ele olhou para o meu seio nu. — Pensando bem, meia hora.

Eu não sabia o que ela havia respondido, mas ele desligou o celular e aproximou a cabeça do meu pescoço.

— Bom dia.

Eu tinha certeza de que estava sorrindo como uma idiota, mas não me importava.

— Bom dia.

A mão dele escorregou entre minhas pernas, e ele deslizou os dedos pela região inchada.

— Dolorida?

Estava, mas reduzi a importância da dor.

— Um pouco.

Ele me encarou.

— Tem certeza?

Confirmei balançando a cabeça.

Grant segurou um mamilo, que endureceu.

— Que bom — ele respondeu com a voz rouca. — Quero transar com você por trás no banheiro, com você inclinada sobre a pia e olhando pelo espelho.

Meus músculos doíam, e eu estava dolorida entre as pernas, porque tinham sido várias vezes durante a noite, mas pensar em Grant atrás de mim, enquanto eu me inclinava para a frente, já fazia meu corpo vibrar.

Mordi o lábio.

— Então por que ainda estamos na cama?

Alguns segundos depois, Grant me tirou da cama e me segurou nos braços. Dei um gritinho de surpresa, mas adorei. Amava a sensação de ser carregada por ele, e como ele me pegava e levantava como se eu não pesasse nada.

Grant me carregou para o banheiro com um preservativo entre os dentes, e depois fizemos exatamente o que ele disse que queria fazer. Transamos em pé, ele atrás de mim, eu inclinada sobre a pia e olhando pelo espelho. Foi rápido e intenso, mas não menos satisfatório. Nós dois tivemos orgasmos poderosos, e esse era um jeito perfeito de acordar. Depois nos arrumamos depressa e descemos para participar do brunch com o restante do grupo.

Os olhos de Mia brilharam quando ela nos viu. Meu cabelo estava preso em um rabo de cavalo, e o de Grant estava molhado do banho. Ela apontou para uma cadeira vazia a seu lado quando nos aproximamos da mesa.

— Coloca sua bunda bem aqui.

Olhei para Christian.

— Sua esposa é muito autoritária.

Ele sorriu e olhou para Mia com admiração.

— Minha esposa. Gostei.

Grant sentou-se na frente de Christian, e os dois começaram a conversar sem nenhum esforço. Os recém-casados passariam a lua de mel em Kauai, e Grant já havia estado lá, e eles falaram sobre quais passeios de barco fazer e sobre um voo de helicóptero.

Mia tentou me interrogar sobre como tinham sido as coisas com Grant, mas eu disse apenas que tivemos uma boa noite juntos. Mesmo que o sorriso em meu rosto e a cor em minhas bochechas de um orgasmo vinte minutos antes provavelmente revelassem mais do que as palavras que saíam da minha boca.

Quando ouviu Grant contar a Christian onde tinha ficado em Kauai, Mia interrompeu a conversa.

— Ah, eu vi esse lugar na internet. É lindo. Mas estava lotado. Parece que perderam mais da metade do resort em uma tempestade há alguns anos.

Grant respondeu:

— Eu não sabia disso.

— Há quanto tempo esteve lá?

Ele olhou para mim por um instante.

— Há oito anos.

Senti uma pontada de ciúme, mas sabia que era idiota. Grant devia ter ido para Kauai na lua de mel. O casamento tinha terminado havia um bom tempo, e tínhamos acabado de passar uma noite incrível juntos, nos aproximando mais, mas eu ainda sentia ciúme. Sufoquei as emoções bobas e tentei não permitir que elas arruinassem o sentimento de euforia que me acompanhava quando desci.

— Então, Grant... — Mia apontou o garfo para ele. — Agora que sou uma senhora casada, acho que tenho que te avisar que mapeei o futuro da minha amiga. Ireland e eu seremos vizinhas, teremos cercas brancas iguais e filhos nascidos com uma semana de diferença, Liam e Logan.

Eu ri.

— Mia decidiu isso no quinto ano. Passávamos a pé por essas casinhas iguais no caminho de volta da escola todos os dias. As casas eram de duas irmãs, e elas ficavam sentadas em uma das varandas todos os dias, bebendo café, quando íamos para a escola, e na volta elas estavam sempre na outra varanda bebendo chá gelado. A gente sempre discutia se tinha álcool naquele chá.

Mia bateu com o ombro no meu.

— No nosso vai ter, é claro. — Ela olhou para Grant. — Então, que nome você quer? Liam ou Logan?

Obviamente, era cedo demais para falar sobre alguma coisa séria entre mim e Grant, mas toda a conversa tinha uma nota de humor.

Porém, a resposta de Grant foi séria.

— Não quero ter filhos.

Sorrisos e risadas desapareceram.

— Sério? — perguntei.

Ele assentiu.

Um sentimento horrível se alojou no fundo do meu estômago. Eu sabia que não era a hora nem o lugar para essa discussão. Infelizmente, Mia não ia desistir com tanta facilidade. Ela acenou para Grant.

— Muita gente diz isso, até conhecer a pessoa certa. Você vai mudar de ideia.

O rosto de Grant permanecia impassível. Ele olhou para mim, depois para o prato.

Houve alguns minutos de um silêncio desconfortável. Mia sabia que eu queria ter filhos. E eu não queria só um; queria alguns. Era filha única e sempre quis ter irmãos ou irmãs. Christian acabou mudando de assunto, e ele e Grant retomaram a conversa leve falando sobre esportes. Mia e eu trocamos alguns olhares, e, embora eu participasse da conversa do grupo em torno da mesa, não conseguia superar o que agora sabia.

Grant e eu não estávamos juntos havia muito tempo, então isso nem devia me incomodar tanto. Mas a questão era que eu gostava dele de verdade. A maioria dos outros ideais e valores podiam ser contornados por um casal. Se um queria morar na cidade e o outro, no campo, era possível encontrar um meio-termo e ter duas casas, ou morar na periferia da cidade, onde havia um clima mais rural. Se um marido queria uma mulher que não trabalhasse fora, e a esposa queria trabalhar, eles podiam se contentar com um emprego de meio período. Mas não havia meio-termo quando a questão era querer uma família. Ou se tinha uma, ou não.

Fiz o que pude para sorrir durante o restante do brunch, mas o comentário de Grant era como uma dor de dente surda e persistente. Na hora das despedidas, Mia e eu nos abraçamos.

— Divirta-se muito — eu disse. — Mande fotos.

Ela sorriu.

— Vou mandar. E não se preocupe com o que Grant disse. Ele vai mudar de ideia, tenho certeza. Os homens não sabem o que querem até você mostrar para eles. Bom, exceto um boquete. Eles sempre querem um boquete.

Sorri também.

— Você está certa. — Mas, por dentro, eu não tinha tanta certeza. O modo como Grant disse aquelas palavras deu a elas uma nota imutável.

Grant e eu tínhamos que voltar ao quarto para pegar nossas coisas. Eu não havia percebido quanto estava quieta no elevador, ou enquanto arrumava minha mala, até ele aparecer atrás de mim no banheiro. Grant afagou meus braços quando eu pegava a escova de dente e falou para o meu reflexo no espelho:

— Não queria te pegar desprevenida, nem te deixar aborrecida. Desculpa.

Balancei a cabeça.

— Tudo bem. Não tem nada de que deva se desculpar. Mia te pôs naquela posição quando falou dos planos de vida dela.

Grant assentiu, mas continuamos nos encarando pelo espelho. Tive a sensação de que ele esperava que eu falasse mais alguma coisa. Então falei.

— Você... realmente não quer filhos?

Ele confirmou com um movimento de cabeça.

— Tem certeza?

Grant franziu a testa e repetiu o movimento.

— Mas você é ótimo com o Leo.

Grant me fez virar e levantou meu queixo, e nós olhamos nos olhos um do outro, não mais pelo espelho.

— Não quero ter filhos, Ireland.

— Por causa da sua história no sistema de acolhimento? Está dizendo que não quer ter filhos biológicos porque existem muitas crianças que precisam de um lar?

— Não. Não quero ter filhos de jeito nenhum.

Foi como um soco no estômago. Porque eu sabia, pela expressão dele, que essa decisão não tinha sido tomada por impulso. Tivemos uma noite incrível, e eu jamais poderia imaginar que uma brincadeira hoje de manhã, à mesa do café, freasse de maneira tão imediata e repentina a empolgação do que estava crescendo entre nós. Era chocante, de verdade.

Abaixei a cabeça.

— Ok.

— Sinto muito.

— Não, tudo bem. Acho que foi bom termos tido essa conversa agora, melhor que mais para a frente. Mas é que... — Levantei a cabeça e senti meus olhos lacrimejarem. O que era ridículo. Esse relacionamento era muito recente, mas eu me sentia como se tivesse sofrido uma perda. — Eu quero muito ter uma família um dia, de verdade. Dois ou três filhos com idades próximas, talvez um golden retriever chamado Spuds... uma casa cheia. Não amanhã, nem perto disso. Mas quando for a hora certa.

Grant assentiu.

— É claro. — Ele prendeu uma mecha de cabelo atrás da minha orelha. — E você merece ter tudo que quer.

Eu precisava de um tempo para pensar sobre isso.

— Acho melhor a gente ir embora. Já passamos do limite de tolerância do check-out.

Pegamos o restante das nossas coisas e fomos para o carro. Estávamos quietos quando partimos. Grant segurou minha mão, entrelaçou os dedos nos meus e os beijou.

— Tenho que ir ao escritório, vou passar algumas horas lá — ele disse. — Quer que eu te deixe em casa?

— Sim, por favor.

Grant parou o carro na frente do meu prédio, pegou minha mala e me acompanhou até a porta.

— Ligo para você mais tarde?

Assenti. Ele me deu um beijo suave e esperou que eu entrasse.

Apoiada à porta, eu me senti como se tivesse sido chicoteada. Em um minuto estava me apaixonando por um cara maravilhoso, e era como se todo o tempo juntos ainda não fosse suficiente. O futuro era radiante. E, no minuto seguinte, eu precisava ficar sozinha para pensar e me perguntava se teríamos um futuro juntos.

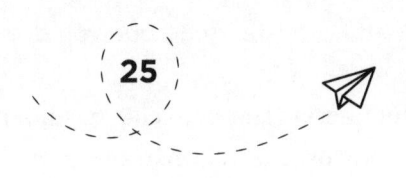

Grant

Encostei na cadeira e arremessei a caneta do outro lado da sala. Ela bateu no canto do aparador e voltou para mim, caiu na minha mesa, em cima da carta mais recente. Fazia sentido. Nem isso eu conseguia fazer direito hoje. Furioso, peguei o envelope e o rasguei em vinte pedacinhos, jogando-os na direção do cesto de lixo. Metade caiu no chão.

Tinha vindo para o escritório depois de deixar Ireland em casa, pensando em trabalhar um pouco. Mas, quatro horas depois, eu não havia produzido mais que o equivalente a cinco minutos. Não conseguia me concentrar.

É claro que Ireland queria filhos. Ela era uma pessoa amorosa que tinha muito a oferecer. Não era a primeira vez que esse assunto vinha à tona com uma mulher com quem eu estava saindo. Antes de Ireland, se uma mulher simplesmente abordava esse tema, era marcada por mim com uma bandeira vermelha. A menção a quaisquer planos de longo prazo significava que tinham expectativas altas demais, e era hora de cair fora. Mas Ireland não era um simples caso do qual eu queria fugir.

Peguei o celular e pensei se devia mandar uma mensagem para ela. Devia esperar, dar um pouco de espaço? Voltar ao assunto? Fingir que nada tinha acontecido e seguir em frente? Decidi parar de agir como um covarde e enviar uma mensagem sem pensar muito nela. Já tinha pensado demais para um dia.

> Grant: Jantar hoje? Posso passar por aí quando sair daqui, e levamos comida chinesa para comer no barco vendo o pôr do sol.

Vi os pontinhos pulando. Depois pararam. Começaram de novo. Foram longos minutos de espera, enquanto ela decidia o que responder.

▌ Ireland: Estou exausta. Acho que vou dormir cedo.

Merda. Eu queria estar com ela, mesmo que fosse só para dormir com ela nos braços. Mas ela não ofereceu essa possibilidade. E eu não podia ser um babaca e impor minha presença. Então não insisti.

▌ Grant: Ok. Durma bem. A gente conversa amanhã.

Ela respondeu com uma carinha feliz. E eu tinha certeza de que nenhum dos dois estava sorrindo agora.

Consegui responder alguns e-mails e aprovar um orçamento de marketing antes de encerrar o dia. O trabalho continuaria ali quando eu estivesse mais disposto. Não dormimos muito na noite anterior, por isso me convenci de que Ireland estava certa: ir para casa dormir era a melhor opção. Mas, na metade do caminho, me peguei saindo da rodovia duas saídas antes da que levava à marina. Meu avô foi como um segundo pai para mim durante toda minha vida, mais ainda depois que meu pai se foi, e ele era a única pessoa que eu conhecia que me diria a verdade, mesmo que não fosse o que eu queria ouvir. Só esperava que ele estivesse com a memória boa hoje.

— Grant, que surpresa boa. Entra. Entra.

Minha avó deu um passo para o lado para me deixar entrar, e lhe beijei o rosto ao passar pela porta.

— E o sistema de alarme?

— Tudo certo. Mas seu avô tem dormido como um bebê desde que o sistema foi instalado.

— Que bom. — Olhei para a sala. A casa estava silenciosa. — Cadê o vovô?

— Lá embaixo, no porão. A última vez que fui olhar, ele estava fazendo uma miniatura de caixão para aquela casa de bonecas maluca que ele e o Leo tanto amam. Eu procuro ficar longe quando ele está trabalhando com madeira. As peças são muito pequenas, e eu fico nervosa, com medo de ele cortar os dedos com a serra.

Sorri. Meu avô tinha começado a esquecer muitas coisas, mas usar ferramentas não era uma delas. A demência afeta a memória, mas sua habilidade de marceneiro era mais natural do que aprendida. Eu não conseguia imaginar que chegaria um momento em que ele não conseguiria fazer certas coisas, mesmo que não soubesse o nome das pessoas para quem as fazia.

— Vou descer para conversar com ele.

— E eu vou preparar um lanche. Levo lá embaixo daqui a pouco.

— Obrigado, vó.

Encontrei meu avô de pijama e roupão, com um cinto de ferramentas em torno do quadril. Ele usava óculos de proteção, e seu cabelo branco estava salpicado de aparas de madeira. Ele lixava as laterais de um pequeno caixão para deixá-las lisas.

Ele sorriu quando me viu, levantou os óculos até o topo da cabeça e mostrou três dedos com Band-aid.

— Ratoeiras — disse.

Franzi a testa.

— Tem ratos na casa?

— Não que eu tenha percebido. Mas usei as ratoeiras de madeira para fazer tábuas do assoalho para os quartos, e as molas para prender a tampa do caixão. Leo preparou uma com queijo quando estávamos trabalhando na semana passada. Ele queria ver se conseguia pegar um rato. Peguei a ratoeira hoje de manhã. O queijo ainda estava lá. — Ele balançou os dedos. — E agora também tem um pouco da minha pele.

Dei risada.

— Precisa ser mais cuidadoso, vô. A vovó já está preocupada com você usando ferramentas potentes. Se cortar um dedo, vai encontrar a oficina vazia quando voltar do hospital.

Meu avô resmungou.

— A preocupação dela é como uma cadeira de balanço. Dá a ela algo com que se ocupar, mas nunca a leva a lugar nenhum.

Cheguei perto da casinha assombrada para ver as peças que ele tinha feito essa semana. Havia espelhos com moldura de madeira e rostos pavorosos pintados neles, alguns fantasmas pendurados e uma lareira entalhada, enfeitada com a cabeça de um lobo furioso.

Peguei a lareira e fiquei admirado com o trabalho. Meu avô era realmente talentoso.

— E aí, alguma novidade? — perguntei, devolvendo a lareira à casa de boneca.

— Nenhuma. E é assim que eu gosto, na minha idade. Toda vez que tem alguma novidade é um remédio, uma dor ou um exame de próstata. Não gosto. — Ele olhou para mim e deixou de lado a ferramenta e a madeira que estava lixando. Havia duas banquetas embaixo da bancada de trabalho. Ele puxou uma delas e a empurrou para mim, depois sentou-se na outra.

— Sente-se. Qual é o problema?

— Como sabe que tenho um problema?

Meu avô levantou o queixo e indicou minha calça.

— Está com as mãos nos bolsos. É sempre um sinal certeiro. Lembra quando cortou o rabo de cavalo da sua irmã quando ela estava dormindo porque ela deixou sua bicicleta do lado de fora e ela foi roubada?

Dei risada. Era espantoso até onde ele conseguia lembrar, mesmo no estágio um de demência, mas algumas vezes esquecia as coisas mais simples logo depois de ter tomado conhecimento delas.

— Lembro. Alguém encontrou a bicicleta no dia seguinte e a devolveu, mas minha mãe me proibiu de usá-la durante meses.

— Naquele dia você estava com as mãos nos bolsos. Provavelmente porque era lá que tinha enfiado a porcaria do rabo de cavalo. E, desde esse dia, é o que você faz toda vez que está preocupado com alguma coisa.

Eu não tinha tanta certeza disso, mas tomei a decisão consciente de tirar as mãos dos bolsos antes de me sentar.

Suspirei.

— Eu sou uma pessoa egoísta?

Meu avô franziu a testa.

— Porque controla tudo no trabalho e é autoritário com suas irmãs?

Não era a isso que eu me referia, mas *obrigado, vô*. Balancei a cabeça.

— Conheci uma mulher.

Ele assentiu.

— A bonitona? Charlize?

Dei risada.

— É, ela mesma.

— Boa escolha. Ela tem jeito de quem não vai aturar suas palhaçadas. — Ele apontou um dedo para mim. — Essa é a chave para um casamento feliz. Casar com uma mulher que te assusta um pouco, que te faz pensar: "Que diabo ela está fazendo com um cretino como eu?". E então você passa o resto da vida tentando dar o que acha que ela merece.

Meu avô tinha muita sabedoria, e eu sabia que ele estava certo, mas eu não tinha feito a pergunta cuja resposta realmente procurava. Então respirei fundo e falei o que de fato me incomodava.

— É algo novo. Mas gosto dela de verdade... e... ela quer ter filhos.

Meu avô olhou nos meus olhos, e muitas perguntas silenciosas foram feitas nesse olhar. Ele não precisava de uma explicação sobre o motivo pelo qual isso era um problema para mim.

Seu rosto ficou triste, mas ele moveu a cabeça como se entendesse.

— E você acha que é egoísta por não querer ter filhos.

Assenti.

— Você não é egoísta, filho. Só não sabe como negar algo a alguém que ama. Essa é uma qualidade admirável em um homem. Sua situação é diferente da de um homem que não quer ter filhos por gostar do estilo de vida que tem. Consigo entender como isso seria egoísta, de certa forma, embora ainda seja uma escolha pessoal. Cada um cuida da própria vida. Mas você... não é por causa disso. Acho que, no fundo, você até *quer* ter filhos, e seus motivos são de uma natureza mais protetora, por um futuro filho e, talvez, até por você.

Senti o peito apertado e abaixei a cabeça.

— Não sei, vô.

Quando levantei a cabeça, ele me encarava.

— Você confia em mim?

— É claro que sim.

— Então confie quando digo que não é egoísta. Não tem nada a ver com isso. — Meu avô suspirou. — Já contou a ela por que não quer ter filhos?

Neguei.

— Bem, é por aí que tem que começar. Ao menos ela vai entender melhor sua escolha.

— Não é uma coisa fácil de explicar.

— É claro que não. Mas acho que você precisa contar sua história. E, mesmo que vocês dois não consigam superar as diferenças, é importante ser honesto com ela... e consigo mesmo.

Ireland continuou me evitando na segunda-feira. Na terça, eu estava inquieto, explodindo com os funcionários. Até Millie se mantinha distante. Mas o telefone fixo do escritório tocou no começo da tarde, e o nome no identificador de chamadas era Ireland Richardson.

Meu coração disparou antes mesmo de atender.

— Consegui a licença!

Sorri ao ouvir a voz dela. Tinha esquecido que a audiência estava marcada para hoje de manhã.

— Ótima notícia. Que bom que deu tudo certo.

— Não deu tudo certo. Você *fez* dar certo. Muito obrigada, Grant. Fico te devendo uma.

Minha resposta normal teria sido: "Por que não traz esse seu traseiro sexy até minha sala, e eu cobro essa dívida assim que trancar a porta?", mas as coisas ainda estavam meio estranhas. Então, em vez disso, respondi:

— Não precisa agradecer. Não tive trabalho nenhum, de verdade.

— Acho até que encontrei um empreiteiro novo para terminar o banheiro. Ele disse que, se eu conseguir alguém para terminar as paredes até o meio da semana, ele pode fazer o revestimento do piso e do box. O encanador só precisaria instalar a pia e o vaso sanitário, e eu já teria um cômodo completo e funcional. Se eu conseguir terminar o banheiro e um quarto, posso me mudar para lá quando o contrato de aluguel acabar e terminar a cozinha e os outros cômodos sem pressa.

— Já tem alguém para terminar as paredes?

Ela suspirou.

— Não. Mas vou começar a procurar alguém assim que desligarmos.

— Só precisa terminar o banheiro esta semana?

— Sim. Acho que não vai ser tão difícil encontrar alguém para fazer isso.

Lembrei-me de todas as obras que eu e meu avô fizemos na casa ao longo dos anos. Eram algumas das melhores lembranças da minha vida. Passávamos o dia todo falando bobagem e rindo, mas, de alguma forma, as coisas ficavam prontas. O que me deu uma ideia...

— Não precisa procurar. Conheço alguém para fazer esse serviço.
— Ah, é?
— Sim.
— Meu Deus do céu. Queria poder passar pelo telefone e beijar seu rosto agora.

Eu ri.

— Guarda essa ideia para mais tarde. Porque é assim que vai pagar o empreiteiro que vai fazer o trabalho.
— Está dizendo que vou ter que pegar o empreiteiro?

Ri outra vez.

— Exatamente.
— Não entendi. Quem é o empreiteiro?
— Eu.

26

Ireland

Caramba, que delícia de cinto de ferramentas.

Apoiada no batente da porta, eu observava Grant trabalhar na parte da frente do terreno. Ele serrava um pedaço de placa de gesso apoiado em dois cavaletes, criando uma placa do tamanho da área que tinha acabado de medir no banheiro. Vestia jeans e camiseta e usava botas reforçadas e um velho cinto de ferramentas. E estava ridiculamente gostoso. Quero dizer, adoro quando ele usa um terno bem ajustado e amei vê-lo de short no barco, mas isso... Isso me fazia querer ficar suada e suja.

— Continue olhando para mim desse jeito, e nada vai ficar pronto.

Ele estava de cabeça baixa, e eu nem sabia que ele tinha percebido que eu estava ali olhando. Bebi água de uma garrafa plástica.

— Presta atenção à serra na sua mão. Não quero que corte nada importante.

Grant levantou o painel de gesso cortado, tirou os óculos de proteção e os deixou pendurados na ponta de um dos cavaletes. Subiu a escada e parou na minha frente, no espaço apertado da soleira, para beijar rapidamente minha boca.

— Vamos terminar isso. Cada vez que passo pela moldura onde vai ficar a bancada da cozinha, só consigo pensar em como aquilo tem a altura perfeita para te comer.

Apesar da minha incerteza sobre nosso futuro, eu era maluca por esse homem. Um beijo e um comentário sobre sexo e eu sentia meus mamilos duros e um formigamento entre as pernas. Tive que pigarrear e limpar a garganta para não mostrar quanto ele me afetava.

— Melhor voltar ao trabalho. Ou não vai ter pagamento mais tarde.

Ele estreitou os olhos.

— *Experimenta* não me pagar mais tarde.

Grant voltou ao banheiro e eu me sentei nos degraus da varanda. Queria que as coisas fossem realmente tão leves e fáceis quanto pareceram ser nos últimos minutos. Eu tinha evitado Grant desde que descobrira que ele não queria ter filhos. Havia pensado muito em romper com ele. Meus sentimentos por ele já eram fortes, e passar mais tempo juntos só tornaria tudo pior quando chegasse a hora. Mas isso era lógica, e o coração não tem a ver com lógica. Então, por enquanto, pelo menos em curto prazo, eu tinha decidido curtir o momento.

Eu não estava preparada para desistir de Grant, nem para aceitar que um dia, talvez, poderia não ter uma família. Basicamente, escolhi evitar o problema. Essa era minha tática atual. Também precisava entender por que Grant era tão inflexível em relação a não ter filhos e se um dia isso poderia mudar.

Pensando nisso, voltei ao banheiro para viver o momento com meu operário sexy. Grant estava parafusando a placa de gesso que tinha cortado.

— Como eu posso ajudar? — perguntei da porta.

— Se for boa em medir, pode pegar aquela fita métrica ali e calcular o tamanho da última placa que precisamos cortar.

Sorri.

— Eu cuido disso.

Ele olhou para mim por cima do ombro.

— Já tirou medidas antes, certo?

— É claro. — Na verdade, nunca tirei, a menos que contasse a fita métrica de costura na minha cintura quando decidi perder uns centímetros. Mas que dificuldade podia haver nisso?

Depois de medir e digitar as dimensões no meu celular, esperei Grant terminar. Ele olhou para a área onde ainda faltava colocar a placa de gesso.

— Quer que eu confira o que você mediu?

Coloquei as mãos na cintura.

— Acha que sou incompetente porque sou mulher?

Grant levantou as mãos em rendição.

— Não. Tenho certeza de que fez tudo certo. É que só temos mais uma placa e, se cortarmos errado, vamos ter que ir à loja de novo.

— As medidas estão certas. — Eu esperava sinceramente que estivessem...

Lá fora, apreciei os músculos de Grant se contraindo enquanto ele colocava a placa de gesso sobre os cavaletes.

— Você se exercita sempre?

Ele olhou para mim.

— Cinco dias por semana. Mais que isso se estou frustrado com algo e preciso aliviar a pressão. Foram sete dias por semana durante um tempo, depois que te conheci naquele café.

— Então não te frustro mais?

Ele riu.

— Eu não disse isso. Mas agora tenho um jeito melhor de me livrar dessa frustração... com você.

Ele terminou de cortar a placa, e eu o segui de volta ao banheiro para a colocação da última peça. Mas, quando ele encaixou a placa na parede, ela era alguns centímetros menor que o espaço. Arregalei os olhos.

— Você cortou errado.

Grant levantou as sobrancelhas.

— Eu? Tenho certeza de que você mediu errado.

— De jeito nenhum. — *Ai, não...*

Grant olhou para o teto e resmungou alguma coisa, depois respirou fundo e soltou o ar.

— Quer apostar em quem está certo?

— Apostar o quê?

Ele olhou para as joelheiras que estava usando desde o começo do dia.

— Cortei a placa de acordo com as suas medidas. Nesse caso, você vai ter que usar essas joelheiras.

Ah. Bom, não seria tão ruim se eu perdesse. Estendi a mão para fechar o acordo.

— Combinado. Mas, se eu ganhar, você vai tirar toda a roupa e vai ficar de joelhos usando só o cinto de ferramentas.

Grant pegou a fita métrica e, aproveitando o movimento, beijou minha boca.

— Gostou do cinto? Vou usar todo dia.

Sorri.

— As pessoas no escritório pensariam que você ficou maluco.

Grant mediu o espaço aberto na parede e me mostrou a largura.

— Oitenta e três centímetros. Concorda?
Verifiquei a fita.
— Sim, é isso mesmo.
Ele apontou para o meu celular.
— Agora lê a medida que anotou no celular. Em voz alta.
Respirei fundo e destravei a tela. Eu odiava errar, mas o jeito como Grant era todo autoritário no figurino de operário realmente me afetava e, sinceramente, eu esperava ter errado. Ficar de joelhos era uma ideia que me agradava muito. Olhei para o celular e, com um sorriso largo, virei para mostrar as medidas que eu tinha registrado.
Grant franziu a testa.
— Você sabe que registrou cinquenta e três centímetros, não sabe?
— Sei. — Meu sorriso ficou mais largo.
— Isso significa que perdeu a aposta.
Mordi o lábio e ajoelhei no chão.
— Eu sei. Pode ficar com as joelheiras... e o cinto de ferramentas.

Uma hora mais tarde, Grant estava bem mais relaxado durante a visita ao Home Depot. Já que estávamos ali, quis mostrar para ele os dois tipos de ladrilho que considerava para o banheiro. Mas o corredor estava interditado porque estavam usando um guindaste para tirar um palete da última prateleira, e Grant disse que, enquanto esperávamos, ele ia pegar um carrinho. Quando abriram o corredor, um empreiteiro começou a conversar comigo.
— Tentando decidir qual dos dois? Pedra natural é melhor que cerâmica.
— Ah, é? Por quê?
— Cerâmica lasca fácil. Pedra não. E, se gostou desse aí à sua esquerda, eles também fabricam na versão lavada. Pedra não lasca fácil, e na pedra lavada não dá nem para perceber quando lasca.
— É bom saber. Obrigada.
Ele sorriu.
— Por nada.

— Você trabalha com revestimentos?

— Não. Minha especialidade é *drywall*.

Grant se aproximou empurrando um daqueles carrinhos altos para objetos grandes. Ele parou ao meu lado e olhou desconfiado para o homem.

— Eu estava procurando alguém para esse serviço. Nunca pensei em vir procurar nos corredores da Home Depot.

O homem pegou a carteira do bolso de trás e tirou um cartão. Sorrindo, me deu o cartão.

— Se precisar de ajuda novamente, é só ligar.

Peguei o cartão.

— Certo. E obrigada pela aula sobre revestimentos.

Quando ele se afastou, olhei para Grant.

— Encontrei um profissional para fazer o *drywall*.

— Ele quer te comer. Eu cuido disso. — Grant tirou o cartão da minha mão e amassou.

— Ai, meu Deus. Você é ciumento?

— Não. Só marco meu território.

— É a mesma coisa.

— Tanto faz. Não ia me mostrar o ladrilho?

Sorri e cantarolei:

— *Grant é ciumento-ooo*.

Ele balançou a cabeça.

— Você é um pé no saco, sabia?

Subi na ponta dos pés e beijei Grant na boca.

— Você se irrita com facilidade.

Depois de olhar o revestimento de pedra lavada, eu ainda não conseguia decidir. Grant pôs uma caixa de cada no carrinho e disse que os poria no chão quando a gente voltasse, assim ficaria mais fácil escolher, depois devolveria o que eu não quisesse. Ele teve que deixar o porta-malas aberto e amarrar a grande placa de gesso para ela não cair no caminho. A imagem era bem engraçada. O Mercedes caro de Grant com materiais de construção amarrados com um pedaço de corda.

— Alguma coisa me diz que essa é a primeira vez que esse carro vê uma placa de gesso.

— Contrato pessoas porque sou ocupado, não porque sou incapaz de fazer as coisas sozinho.

— Eu sei. E agradeço muito por ter encontrado tempo para mim.

Grant me encarou por um instante e assentiu.

— Vem, vamos logo levar essa coisa, e dessa vez vamos usar as *minhas* medidas.

27

Ireland

Uma semana depois, Grant e eu parecíamos ter recuperado a situação confortável que tínhamos antes do brunch de Mia. Almoçávamos no escritório dele na maioria dos dias e dormíamos na casa um do outro. Mas ainda não tínhamos voltado a falar sobre ter filhos algum dia. Só seguimos em frente.

Eu tinha aceitado que não estava pronta para decidir se ter filhos era mais importante que ter Grant. Acho que só esperava que as coisas se resolvessem. Talvez eu descobrisse que Grant não era o sr. Para Sempre, talvez ele mudasse de ideia. De qualquer maneira, isso me poupava de ter que decidir ir embora – o que eu definitivamente não me sentia capaz de fazer no momento.

No sábado de manhã, acordei com o balanço. Era a primeira vez que eu dormia no barco de Grant e sentia mais que um leve embalo. Tateei a cama ao meu lado e senti os lençóis frios em vez de um corpo quente. Então vesti a camisa que Grant tinha usado no escritório no dia anterior e fui procurar seu dono. Ele estava do lado de fora, no convés da popa.

O vento forte levantou a camisa, e eu a segurei antes de mostrar a bunda.

— Que ventania.

Grant assentiu.

— Tempestade a caminho.

O sol parecia fazer um esforço para aparecer, mas o céu estava tão nublado que tudo se tingia de um cinza tenebroso.

Grant estendeu a mão e me guiou para perto dele. Sentei-me entre suas pernas.

— Você fica aqui durante uma tempestade?

— Às vezes. Depende da intensidade. É muito raro um dia com ondas por aqui.

— Há quanto tempo está acordado?
Ele deu de ombros.
— Não sei. Há algumas horas.
Virei a cabeça e olhei para ele.
— Que horas são?
— Umas seis.
— E está acordado há algumas horas?
Grant assentiu.
— Tive insônia.
— Algum problema?
— Só assuntos do trabalho me incomodando.
Ficamos em silêncio olhando para o céu por algum tempo.
Depois, Grant voltou a falar.
— É mentira.
Franzi a testa.
— O quê?
Ele balançou a cabeça.
— Não é o trabalho que está me perturbando.
Sentei-me e me virei para ele. Não tinha notado quando saí da cabine, mas agora via em seu rosto as linhas de tensão.
— O que está acontecendo?
Ele olhou para baixo por longos instantes. Quando levantou a cabeça, seus olhos estavam cheios de lágrimas.
— Hoje é aniversário da Leilani.
Fiquei confusa.
— O barco?
Grant respondeu com um movimento negativo de cabeça. Olhou para o céu atrás de mim e engoliu a saliva antes de olhar nos meus olhos de novo.
— Minha filha.
— O quê?
Ele fechou os olhos.
— Ela faria sete anos.
Faria. Levei a mão ao peito.
— Ai, meu Deus, Grant. Eu não sabia. Sinto muito.
Ele abriu os olhos e reconheceu meu comentário movendo a cabeça.

"Minha filha." Duas palavras simples que explicavam muita coisa. O nome do barco, obviamente o motivo pelo qual ele não queria ter filhos... Era como se a peça perdida do quebra-cabeça de Grant Lexington caísse do céu e encaixasse no lugar certo.

— Ela... adoeceu?

Grant continuava olhando para o céu turbulento. Ele balançou a cabeça para dizer que não.

Arregalei os olhos.

— O que aconteceu? Algum acidente?

Uma lágrima desceu por seu rosto quando ele assentiu.

Eu o abracei tão forte quanto podia.

— Sinto muito. De verdade. — A dor de Grant era palpável, e também comecei a chorar.

Não sei quanto tempo passamos ali abraçados, mas tinha a sensação de que foram horas. Muitas perguntas giravam em minha cabeça. *Que tipo de acidente ela sofrera? Por que não me contou isso antes? Por isso passou os últimos sete anos mantendo as mulheres distantes? Já fez terapia? Ela era parecida com você?* Mas era óbvio que o assunto não era fácil para ele. Eu precisava deixá-lo decidir o que estava preparado para contar.

Em algum momento, alguém gritou do píer para cumprimentar Grant, e ele levantou a mão para acenar. Aproveitei a oportunidade para endireitar o corpo e olhar para ele.

— Quer... quer falar sobre isso? Adoraria saber sobre ela.

Grant olhou nos meus olhos.

— Hoje não.

Beijei seus lábios com carinho.

— Eu entendo. Quando sentir que está pronto, vou estar aqui.

As primeiras gotas de chuva começaram a cair alguns minutos depois, e nós entramos. Grant parecia exausto, e eu o levei para o quarto, para a cama. Deitamos de conchinha, e ele me abraçou com tanta força que era quase doloroso. Mas não tinha importância. Se me abraçar dava a ele algum conforto, ele podia até me esmagar. Em algum momento, senti o abraço mais frouxo e ouvi sua respiração mais lenta. Ele tinha dormido. Mas eu não conseguia pegar no sono. Tinha muita coisa ocupando minha cabeça.

Grant teve uma filha.

E hoje ela faria sete anos.

O nome dela era Leilani, e o barco tinha o nome dela.

E Grant morava nesse barco... Via o nome da filha em letras douradas todo santo dia quando voltava do trabalho.

Minha tia costumava dizer que o luto é muito parecido com nadar no oceano. Nos dias bons, era possível flutuar com a cabeça fora d'água, sentindo o sol no rosto. Mas, nos dias ruins, a água ficava revolta, e era difícil não ser tragado e se afogar. A única coisa que se podia fazer era aprender a ser um nadador mais forte.

Mas eu sabia que havia outro jeito de se manter à tona: encontrar uma boia. Eu era muito nova quando perdi minha mãe de maneira trágica, e minha tia tinha se tornado exatamente isso para mim. Eu não sabia se Grant tinha uma boia na vida, mas sentia que talvez, só talvez, tudo acontecesse por um motivo, e eu estivesse ali para devolver o que recebi e ter esse papel na vida dele.

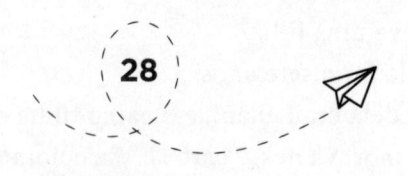

Grant

Sete anos atrás

Tudo que é bom acaba.

Quem inventou essa frase devia ser um gênio. Fui um idiota por pensar que a normalidade da gravidez de Lily continuaria. Ela ainda persistiu durante um tempo depois do parto, e dois meses atrás nós saímos do hospital praticamente flutuando. Nas semanas seguintes, porém, as coisas começaram a desandar um pouquinho a cada dia. Lily tinha dificuldade para dormir e estava irritável. Mas tínhamos uma recém-nascida e, depois que voltei ao trabalho, praticamente só Lily levantava-se à noite. Como não estaria cansada e impaciente?

Depois de seis semanas, fomos à consulta pós-parto. Quando o médico perguntou sobre alterações de humor e depressão, fui eu que mencionei as mudanças em Lily, porque ela disse que estava tudo bem. Mas o dr. Larson só bateu de leve na minha mão e disse que era normal um período de ajuste. Os hormônios de Lily estavam voltando aos níveis de antes, ela enfrentava o estresse da maternidade recente, e Leilani parecia estar trocando o dia pela noite. Saí esperançoso, pensando que talvez me preocupasse demais sem motivo.

As coisas começaram a piorar rapidamente nas semanas seguintes. Lily estava à beira da paranoia, certa de que alguma coisa ruim aconteceria com a bebê. Não quis nem que a enfermeira segurasse Leilani na consulta dos dois meses, dizendo que ela não apoiava a cabeça direito. Todo mundo atribuía as atitudes dela ao instinto materno – uma superproteção que era consequência da intenção de ser a melhor mãe possível. E de novo... fazia sentido.

Mas, na semana passada, tudo começou a degringolar. Lily não conseguia dormir. Não pregava o olho. Estava fisicamente exausta, mas não me deixava tocar na bebê. Dizia que Leilani gostava das coisas de uma determinada maneira, e eu não fazia do jeito certo. Mas eu tinha a sensação de que ela não confiava em mim para cuidar da minha filha. A paranoia se tornava mais ampla e mais profunda a cada dia, e discutíamos sobre isso. Na verdade, era como se não fizéssemos nada além de discutir.

No sábado à noite, eu estava decidido a melhorar a situação entre nós. Fiz o jantar favorito de Lily, a noite estava linda, e ela sentou no convés dos fundos com a bebê no colo, e parecia tranquila, para variar.

— Quer comer ao ar livre? — perguntei, abrindo a porta da cabine do barco para olhar para ela. — Ou arrumo a mesa do jantar aqui dentro?

— Não estou com fome.

— Você não comeu nada o dia todo.

— Não posso fazer nada se não tenho fome.

— Você precisa comer, Lily.

— Tudo bem. Vou comer um pouco.

— Aqui dentro ou aí fora?

Ela deu de ombros.

— Tanto faz.

Suspirei e voltei à cozinha para servir a comida. Como tínhamos a cadeirinha de Leilani e mais uma dezena de outras engenhocas dentro de casa, decidi que seria mais fácil comer ali. Coloquei tudo na mesa e deixei a cadeirinha de balanço da bebê em cima do banco, entre nós dois.

— Vem. O jantar está na mesa.

Lily sentou-se com Leilani ainda no colo. Estendi os braços para pegá-la, e ela virou o corpo bruscamente para não me deixar tocar na bebê.

— O que é isso, Lily? Eu ia colocá-la na cadeirinha para podermos comer.

— Eu consigo comer com ela no colo.

— Eu não disse que não consegue. Mas não tem motivo para não deixar a criança na cadeirinha por alguns minutos e fazer uma refeição em paz. Ela pode ficar entre nós.

— Essa cadeirinha balança demais. Não é segura. E se uma onda sacudir o barco e ela cair?

— Onda? Estamos ancorados, Lily. No píer. E o mar hoje parece um espelho.

— Você não se importa com a gente.

— Você sabe que isso não é verdade. Só quero poder fazer uma refeição com minha esposa. São só alguns minutos. É pedir demais?

Lily olhou para a bebê e me ignorou.

Eu suspirei.

— E se eu segurar a bebê enquanto você come? Eu como depois que você terminar.

— Não. Eu fico com ela. Come você.

Senti as últimas semanas me levando ao limite. Perdi a paciência.

— Lily, me dá a bebê.

— Não.

— Isso é ridículo. Você não é a única capaz de cuidar dela. Ela é minha também, sabe?

Mais uma vez, minha esposa me ignorou. Joguei o guardanapo na mesa e saí em direção ao convés.

— Aproveite o seu jantar com a nossa filha.

Naquela noite, eu me senti mal por ter saído e gritado com Lily. A bebê estava dormindo no berço em nosso quarto, e Lily estava no banho, com a porta aberta e o monitor da babá eletrônica em cima da pia, a um metro e meio dela. Quando ela saiu do banheiro fumegante, eu estava sentado na cama, esperando para pedir desculpas. Mas duas coisas chamaram minha atenção antes disso. As olheiras fundas de Lily e como a camisola de alças deixava ver quanto ela estava magra. Tinha perdido muito mais que o peso que ganhara na gravidez.

Merda.

Quando ela passou por mim, segurei sua mão.

— Vem cá.

Ela olhou para o berço e hesitou. A bebê dormia profundamente, e eu a puxei para o meu colo.

— Desculpa, não devia ter gritado com você.

Ela balançou a cabeça e olhou para baixo.

— Tudo bem.

— Não. Não está nada bem. É que... sinto sua falta, Lily, mesmo com você aqui.

— Estou cuidando da bebê. O que esperava?
Suspirei.
— Eu sei. E quero ajudar mais. Mas você não deixa.
— Não preciso de ajuda.
— Não tem a ver com precisar. Acredito que pode fazer tudo sozinha se for preciso. Mas não é. Eu estou aqui. E quero ajudar. Sinto falta de segurar Leilani e passar um tempo com ela. E sinto falta de você também. Você não me beija há meses. Cada vez que tento dar um selinho na sua boca, você oferece o rosto ou a testa.

Os olhos de Lily começaram a lacrimejar, e ela abaixou a cabeça, torcendo as mãos. Segurei seu queixo e virei seu rosto com delicadeza para olhar em seus olhos.

— Sinto sua falta, querida. Você está bem aqui. Mas, ao mesmo tempo, está a um milhão de quilômetros. Queria que conversasse comigo. Que me dissesse o que está acontecendo, o que passa por sua cabeça.

Eu estava indo bem, tudo indicava que ia conseguir vencer a barreira. Até... questionar o que passava pela cabeça dela. Foi isso. Vi o fogo se acender em seus olhos.

Ela pulou do meu colo.
— Eu não sou *louca*, porra.
— Eu não quis insinuar que era.
— Sai!
— Lily, eu...
Ela apontou para a porta e gritou mais alto:
— Sai!
Levantei e ergui as mãos abertas.
— Lily, para. Não quis...
Leilani começou a chorar. Nossos gritos a assustaram. Lily atravessou o quarto e pegou nossa filha. Ela parou de chorar imediatamente. Mas Lily disse:
— Olha só o que você fez.
— Ela está bem, Lily. Olha. Está pegando no sono de novo.
— Sai, Grant! Sai daqui!
Olhei nos olhos da minha esposa, a garota que eu conhecia desde os catorze anos, e o que vi me deixou apavorado. Por mais que eu

procurasse, não conseguia encontrar nenhum sinal de equilíbrio. Ela parecia transtornada.

— Não vou sair daqui sem a Leilani.

Lily arregalou os olhos.

— Você não vai levá-la para lugar nenhum.

Passei a mão na cabeça. Era inútil tentar conversar com Lily no estado em que ela estava. Mas o que vi em seus olhos gelava meu sangue. Eu não ia deixar minha filha sozinha com ela nessas condições. Soprei o ar lentamente e balancei a cabeça.

— Vou dormir no quarto de hóspedes. A gente conversa amanhã quando você se acalmar.

Não consegui dormir. Passei metade da noite virando de um lado para o outro, odiando a mudança entre mim e Lily. Mas, ainda mais que isso, estava preocupado com minha esposa. Ela foi uma criança acolhida, mudou de casa muitas vezes, não tinha muitos amigos. E, desde que atingira a maioridade e saíra do sistema, especialmente agora, depois da morte de minha mãe, ninguém ficava de olho nela – ninguém além de mim. Portanto, era minha responsabilidade insistir quando eu achava que ela precisava de ajuda. O problema era que, quando pressionada, Lily se retraía. Ultimamente, eu sentia que minhas opções eram ser cuidador ou marido. As duas coisas ao mesmo tempo não eram possíveis.

Mas a situação se deteriorou a ponto de ela estar em risco, de precisar mais de ajuda que de um marido. E cuidar dela e da bebê era mais importante do que ela ficar furiosa comigo.

Sentindo a necessidade de ir ver como ela estava, levantei-me e fui ao nosso quarto. A porta estava fechada e tentei abri-la com cuidado para não fazer barulho e não acordar as duas. Só queria ver se ela estava dormindo bem. A parte inferior do barco era muito parecida com um porão quando tudo estava fechado, e não consegui enxergar nada na escuridão, nem mesmo depois de abrir a porta o suficiente para ver o interior do quarto. Estava tudo quieto, eu não ouvia nenhuma das duas respirando ou roncando. Então entrei e cheguei mais perto da cama para dar uma olhada.

Havia um relevo na cama, mas eu não sabia se era o cobertor ou Lily. Cheguei mais perto, me abaixei um pouco e ainda não ouvia nenhum sinal de respiração. Então apalpei a cama delicadamente, esperando tocar um corpo quente. Mas a única coisa que encontrei foi uma pilha de cobertores frios.

Fiquei gelado. Senti um arrepio nas costas, e meu coração bateu na garganta. Corri até a parede, prendendo a respiração enquanto procurava o interruptor. Um medo horrível me invadiu quando descobri que o berço também estava vazio.

— *Lily!* — berrei.

Desesperado, abri a porta do banheiro e as portas do armário. É claro, ela também não estava escondida ali. Saí correndo do quarto e subi a escada, gritando a cada passo.

— *Lily!*

Nenhuma resposta.

A cozinha e a sala estavam vazias. Bati à porta do banheiro de cima.

— Lily!

Nenhuma resposta.

Meu coração batia muito acelerado. Uma sensação horrível me dominava, e por um segundo pensei que ia vomitar. *Que merda está acontecendo?*

Corri para a porta da cabine para o convés e a abri.

Graças a Deus!

Fechei os olhos e suspirei profundamente. Lily estava em pé no convés da popa, junto da grade, mas não se virou quando ouviu a porta abrir. Precisei de alguns segundos para me controlar o suficiente para sair. Ainda estava escuro, mas vi que seus braços estavam naquela mesma posição em que eu os via cada vez que olhava para ela nas últimas semanas, segurando a bebê. Ao menos elas estavam seguras.

Não queria assustá-la, por isso sussurrei:

— Lily.

Quando ela não respondeu nem olhou para trás, dei alguns passos em sua direção. Foi então que a ouvi chorando.

Merda.

Coloquei as mãos sobre seus ombros.

— Não chore, Lily. Estou aqui.

Ela começou a soluçar, e eu a virei para poder abraçá-la.

Mas quando ela se virou...

... vi que o cobertor em seus braços estava vazio.

Um arrepio percorreu meu corpo do alto da cabeça até a ponta dos dedos dos pés.

— Lily, cadê a Leilani?

Ela continuou chorando, soluçando ainda mais que antes.

Subi o tom de voz.

— Lily, onde ela está?

Corri pelo convés da popa e voltei para perto de Lily. Agarrei seus braços e a sacudi.

— *Onde ela está, Lily? Onde?!*

Lily olhou para a água.

— Ela se foi.

29

Ireland

Às vezes você bate e bate em uma parede de tijolos até ficar exausta, e nem assim consegue derrubá-la. E, outras vezes, você tira um tijolo, e a coisa toda começa a desmoronar. Leilani era o tijolo que mantinha a parede de Grant em pé. Tudo parecia ter mudado desde que o sol nasceu naquela manhã. Não era nada que se pudesse identificar por fora, mas estava lá, no jeito como Grant se mostrava para mim.

Depois que acordamos, ele me levou para casa e disse que precisava resolver umas coisas. Mas me pediu que arrumasse uma bolsa com o necessário para um pernoite e estivesse pronta quando ele voltasse em algumas horas. Para minha surpresa, ele me levou ao apartamento no centro da cidade. O edifício alto e elegante era voltado para a orla e tinha porteiro e segurança.

O guarda uniformizado acenou com a cabeça quando entramos.

— Suas encomendas chegaram e a equipe já foi embora, sr. Lexington.

— Obrigado, Fred.

Esperei até entrarmos no elevador para perguntar:

— Você tem uma equipe?

Grant riu e entrelaçou os dedos nos meus.

— Você vai ver. — Ele inseriu um cartão em um leitor no painel do elevador, depois apertou o botão com um C.

— Cobertura? Puxa, que chique. Devia ter me contado que seu esconderijo era assim luxuoso. Talvez eu não tivesse sido tão chata sobre vir aqui.

— Meu esconderijo?

— Achei melhor que matadouro.

Ele me puxou para perto e beijou o topo da minha cabeça.

— Na verdade, foi bom você ter se recusado a vir aqui.

— Ah, é? E por que estamos aqui agora?

— Você vai ver.

O elevador chegou ao décimo quarto andar e abriu diretamente para um hall amplo. Uma grande mesa redonda de mármore nos recebeu na entrada. Olhei em volta. O apartamento era enorme. À direita havia uma cozinha moderna em aço inox; à frente, alguns degraus abaixo do nível da entrada, uma sala de estar com janelas que ocupavam uma parede inteira e deixavam ver a água. Segui diretamente para a vidraça, querendo apreciar a vista.

— Meu Deus. Que coisa linda. Não sei por que estava imaginando um lugar escuro e feio. Ah, espera... talvez eu saiba. É porque sei para que você *usava* este lugar.

Grant parou atrás de mim e passou os braços em torno da minha cintura.

— *Usava* é a palavra-chave. Passado.

Virei em seus braços e enlacei seu pescoço.

— Está dizendo que não vai mais usar este lindo apartamento para atividades sexuais? Que pena.

— De jeito nenhum. Tenho planos de usar isto aqui para transar muito. Vamos começar daqui a pouco, com você inclinada para a frente e com as mãos apoiadas no vidro. Mas agora o lugar é muito mais exclusivo.

— Exclusivo, é? — provoquei. — Alta rotatividade de luxo?

Grant passou o polegar no meu lábio e olhou para ele.

— Só você, linda.

A ternura em sua voz fez meu coração palpitar. Desde aquela nossa conversa hoje de manhã, minhas emoções estavam afloradas, e eu começava a me sentir meio sufocada. Grant viu os sinais em meu rosto e sorriu antes de beijar meus lábios.

— Vem. Vou te mostrar o apartamento.

Percorremos um longo corredor. Grant ia abrindo as portas por onde passávamos e, sem entrar, apontava cada cômodo que identificava.

— Escritório... Quarto de hóspedes... Banheiro...

Mas, quando chegamos à última porta à esquerda, ele a abriu, segurou minha mão e me levou para dentro da suíte principal. O quarto tinha a mesma janela panorâmica da sala, uma bela lareira de um lado e uma cama king-size no centro. Como no resto do apartamento, a decoração era austera, mas tudo era muito bonito e de qualidade.

Grant foi sentar-se na cama e me puxou, colocando-me em seu colo.

— Colchão novo. Chegou hoje.

— Tinha alguma coisa errada com o antigo?

Ele olhou nos meus olhos e senti o calor daquele olhar se espalhar por meu peito.

— Tinha sete anos de coisas que não posso tirar do meu passado.

E os tijolos continuam caindo.

Segurei o rosto dele.

— Isso foi muito gentil.

— Antes de inaugurarmos o colchão, pensei em escolhermos lençóis novos hoje à tarde.

Sorri.

— É melhor tomar cuidado, sr. Lexington. Comprou uma cama nova, vai me levar para fazer compras... uma mulher acaba se acostumando com tanta ternura.

Grant olhou para mim de um jeito como nunca havia olhado antes. Algo estava diferente. E esse algo fez meu coração disparar. Eu tinha adiado a decisão sobre o relacionamento duradouro, esperando que alguma coisa acontecesse de um jeito orgânico e decidisse por mim. E, de repente, percebi: estava apaixonada por ele.

— Vai se acostumando, querida. Isso é o que você merece.

Apaixonada... apaixonada... cada vez mais apaixonada.

Eu era praticamente uma manteiga derretida, e meu mecanismo de autoproteção despertava em mim a necessidade de não me apaixonar a ponto de me perder. Por isso mudei o ritmo e ri.

— Já que vamos comprar roupa de cama, talvez seja bom comprar algumas coisas de decoração também. O apartamento é bonito, mas meio... estéril. Precisa de um pouco de aconchego.

— O que você quiser.

Eu o beijei mais uma vez e o levei para fora do quarto. Estar emocionada e ficar sentada em uma cama grande com esse homem era território perigoso em muitos aspectos. Quando entramos na sala de estar, notei uma etiqueta no sofá.

— O sofá também é novo?

Grant assentiu.

— Precisava de um sofá novo?

Ele respondeu que não balançando a cabeça devagar.

Ah. *Ah!* Torci o nariz ao pensar em Grant transando com alguém no sofá.

— Também trocou a bancada da cozinha e a mesa? — perguntei com tom seco.

Grant repetiu o movimento negativo.

— Não, espertinha.

Tive a sensação de que Grant não era muito de fazer compras. Ele parecia pouco à vontade em uma loja de decoração. Cada vez que eu perguntava se ele gostava de alguma coisa, ele dava de ombros e concordava.

— É claro. Se você gosta...

Peguei o edredom mais horrível que já tinha visto. Era como se alguém tivesse posto a estampa floral mais feia que existia em cima de um xadrez. Não só era berrante e me deixava tonta como o tecido devia ser áspero.

— E este aqui?

Grant nem olhou.

— É claro. Se você gosta...

— É a coisa mais feia que já vi.

Ele franziu a testa.

— Por que escolheu, então?

— Não escolhi. Só queria ver sua reação. Você não está ajudando muito, sabe? Não sei do que você gosta.

Ele sorriu.

— De você nua. Escolhe alguma coisa de que você goste e que seja macia em suas costas. E nas mãos e nos joelhos.

Hummm... Isso estava ficando bom. O desejo me invadiu. Grant notou a mudança em meu rosto e se inclinou para cochichar no meu ouvido.

— Depressa. Ou vou te arrancar daqui e te comer em cima do colchão sem lençol.

Uau.

Tentei ignorar a necessidade crescente entre minhas pernas e fui olhar um display no fundo da loja. Encontrei um jogo de cama simples, listrado em azul-marinho e branco. Passei a mão no tecido. Era macio e luxuoso.

— Acho que este aqui combina com você.

Era a primeira vez que Grant me dava uma resposta de verdade.

— Eu gosto. Simples. E é bom levar umas dessas também. — Ele apontou para uma área de almofadas que eu não tinha notado. Eram azuis, como o jogo de cama, e tinham apliques de juta na parte da frente que combinavam perfeitamente com o conjunto. Mantínhamos o tema náutico.

— Perfeito. Olha só para você. Um perfeito designer quando quer.

Grant olhou para trás, depois para a esquerda e para a direita. Achei que ele estivesse procurando mais alguma coisa para acrescentar ao que já tínhamos escolhido, mas logo compreendi que ele estava vendo se tinha alguém por perto. Antes que eu pudesse discutir, ele me pegou e jogou na cama. Caí de costas no meio do display de motivos náuticos. Um sorriso safado iluminou seu rosto.

— Ótimo, combina. Vamos levar *este* e sair daqui logo.

Eu estava tão aflita para ir embora quanto ele, mas gostava muito de provocá-lo. Por isso me apoiei sobre os cotovelos.

— Mas você disse que podíamos escolher algumas coisas de decoração. Estava pensando em passar na loja de objetos de arte a alguns quarteirões daqui, depois ir até aquela loja de lustres e iluminação no Fairway Boulevard. Sou capaz de passar horas naquele lugar.

Grant fez uma cara de desânimo.

Não consegui segurar o riso. Ele percebeu e me olhou desconfiado.

— Está me sacaneando.

Sorri.

— Achei que era justo, considerando a *sacanagem* que pretende fazer comigo.

Grant me tirou da cama e me pegou nos braços. Segurando meu peso com um braço só, pegou o jogo de cama listrado da prateleira. Depois se aproximou da área das almofadas e se inclinou para a frente.

— Pegue algumas.

Rindo, peguei duas que me agradavam. Ele seguiu pelo corredor em direção ao caixa do outro lado da loja.

— Hum... vai me carregar até a fila?

— Vou. Assim não vai poder parar para olhar outras coisas e vamos experimentar as coisas novas mais depressa.

Dei risada. Algumas pessoas olhavam para o homem bonito carregando uma mulher e suas compras, mas Grant ou não percebia, ou não se importava com isso.

— É bom você saber que está parecendo um Neandertal.

— É como você me faz sentir, linda. Não se preocupe. Vou compensar o comportamento pouco elegante assim que chegarmos em casa.

Em casa. Ele vai compensar quando chegarmos *em casa.* Eu gostei de ouvir isso por muitas razões.

30

Ireland

A semana seguinte foi uma maravilha. Grant e eu ficamos trancados no apartamento dele por um dia e meio, e no domingo inauguramos cada superfície que encontrávamos. Na manhã de segunda-feira, ele teve que ir a uma reunião fora da cidade e recebi um buquê de flores gigantesco no escritório. Ele ocupou metade da minha mesa. Na terça-feira, ele foi encontrar o encanador na minha casa e eu pude trabalhar até tarde. Na quarta, almoçamos no escritório dele e trancamos a porta para uma rapidinha. Quinta e sexta dormimos na minha casa.

No sábado de manhã, ele foi para o escritório e eu fiquei esperando Mia no meu apartamento. Ela havia voltado da lua de mel no começo da semana e se mudado oficialmente para a casa de Christian, mas ainda precisava pegar algumas caixas que ficaram em casa. Levaríamos essas coisas para a Legião da Boa Vontade hoje, depois de almoçarmos.

Praticamente corri até ela quando a vi entrar. Provavelmente esse era o período mais longo que eu passava sem vê-la desde que éramos crianças.

— Querida, cheguei! — ela gritou.

Ficamos abraçadas por muito tempo e, quando recuei, eu balancei a cabeça.

— Olha só para você. Bronzeada e relaxada. E parece muito... casada. — Sorri.

— Senti saudade de você. Kauai é incrível, mas teria sido melhor se você também estivesse lá. Você teria amado o passeio de helicóptero. Christian vomitou no saquinho durante o voo.

Dei risada.

— Aposto que seu marido ia adorar a notícia: "Vou levar duas malas e a Ireland".

— Temos que voltar. Férias de casal. Quem sabe Maui na próxima vez?

— Ótima ideia. No fim de semana passado, perguntei ao Grant quando foi a última vez que ele tirou férias, e ele disse que foi há oito anos.

— Sério? Por quê?

Dei de ombros.

— Ele é obcecado por trabalho, e não tinha ninguém na vida dele para insistir nisso, acho.

Mia abriu a geladeira, pegou o suco de laranja e olhou para a embalagem.

— Com polpa? Isso é meu, está aqui há semanas e venceu? Você não gosta de suco com polpa.

— Grant gosta.

Ela sorriu.

— O que me faz pensar que vocês passaram muito tempo juntos enquanto eu estava fora ou não estaria mantendo na geladeira coisas de que ele gosta.

Sentei-me à mesa da cozinha.

— Sim. Passamos muito tempo juntos. E tem sido ótimo, na verdade.

— A última vez que vi vocês dois juntos, no brunch do casamento, fiquei em dúvida se encontraria um casal feliz quando voltasse. Porque ele não quer filhos.

Mia pegou dois copos no armário e encheu com suco de laranja antes de se dirigir ao outro armário, onde mantínhamos as bebidas alcoólicas, e pegar uma garrafa de vodca. Ela serviu uma dose em cada copo e mexeu a mistura com o dedo antes de empurrar um copo sobre a mesa na minha direção.

— Você pode suportar polpa por mim.

Eu preferia suco coado, mas bebia com polpa se fosse a única opção disponível. Mas não era essa a questão. Empurrei o copo de volta para ela.

— Bebe os dois. Eu vou dirigir.

— Nenhuma de nós vai dirigir. Christian me deixou aqui a caminho da academia. Ele vai voltar depois do treino e vai pôr as caixas no carro. — Ela sorriu. — Disse para eu aproveitar o dia com você enquanto ele leva as doações e vai ao supermercado.

Balancei a cabeça.

— Não sei como enganou esse homem tão bom para se casar com ele. Mas você se deu bem, garota.

Já que nenhuma de nós teria que dirigir, por que não aproveitar? Peguei o copo de suco de laranja e me levantei para brindar com minha amiga.

— Aos homens bons, para variar.

Mia bebeu metade do copo e limpou a boca com o dorso da mão.

— Agora me conta tudo. Como foram as coisas depois do brunch? Convenceu o cara de que ter filhos não é o fim do mundo?

Franzi a testa.

— Na verdade, não. Ele não mudou de ideia. Não sei se vai mudar. E, honestamente, ele tem motivos para não querer ter filhos, motivos que eu entendo... Bom, acho que entendo.

— E se o relacionamento ficar sério, como vai ser? Você desiste do sonho de ter uma família?

Balancei a cabeça.

— Não sei. Não estou preparada para tomar a decisão de me afastar dele. Mas também não me sinto pronta para decidir não ter uma família. Portanto, resolvi adiar a decisão... e esperar que aconteça alguma coisa naturalmente.

Mia comprimiu os lábios.

— Só vejo três coisas que podem acontecer naturalmente. — Ela levantou a mão para contar, começando pelo indicador. — Um, vocês se separam e não há decisão a tomar. — Dedo médio. — Dois, ele muda de ideia. — E o anelar. — Três, você aceita que não vai ter filhos. — Ela balançou a cabeça. — Acabou de dizer que não acredita que ele vai mudar de ideia. Portanto, restam a separação ou você se conformar com uma vida diferente da que quer ter. Não acho que apostar em uma separação seja um jeito saudável de estar em um relacionamento, e a última opção é uma tremenda concessão. Tem certeza de que ia querer essa vida?

Meus ombros caíram. Mia estava absolutamente certa, mas evitar o problema era o único jeito de ficar feliz, e fazia muito tempo que eu não queria tanto alguém na minha vida.

Suspirei.

— Sei que provavelmente enterrar a cabeça na areia só vai tornar tudo pior no futuro. Mas... sou louca por ele, Mia. Não quero desistir.

Mia me encarou por um longo instante e, de repente, ficou em pé.

— Primeiro de janeiro.

— O que tem?

— É o dia em que você vai tomar a decisão. Assim tem alguns meses para curtir o cara e pensar sobre tudo isso. No dia primeiro de janeiro, vamos nos sentar a esta mesa e não vamos nos levantar até que você tome uma decisão com a qual consiga viver.

Forcei um sorriso.

— Bom plano. — Mas eu sabia que era idiota. Mais quatro meses só me fariam ficar ainda mais apaixonada por Grant Lexington, especialmente por aquele lado que ele me mostrara nas últimas semanas. Mas minha cabeça era perfeitamente capaz de convencer o coração de que ela estava no controle. Por isso concordei com o plano.

— Chega, não vamos mais falar sobre isso — eu disse a Mia. — Vamos terminar de arrumar suas coisas, assim seu marido pode levar tudo. Quero mandar algumas coisas do meu armário também.

— Ok. Vamos fazer alguma coisa hoje à noite? Nós quatro? Podemos jantar naquele restaurante italiano novo no centro.

— Vou falar com o Grant. Ele está trabalhando, mas disse que passa por aqui mais tarde. Tenho certeza de que ele vai topar.

Levantei-me para começar a separar as coisas, e Mia afagou meu braço.

— Mais uma coisa e depois não toco mais nesse assunto. Prometo.

— Tudo bem.

— Vai com calma. Sei que gosta dele, mas vai com calma. Não entregue seu coração completamente, não tão completamente que não consiga pegá-lo de volta.

Assenti. O problema era que eu tinha certeza de que já havia feito isso.

Fazia tempo que eu não ria tanto. Mia nos divertiu contando histórias sobre as coisas estranhas que aconteciam no spa dela.

— Uma mulher chegou e perguntou se o marido podia assistir à sessão de depilação de virilha cavada. Além de as salas serem pequenas, normalmente não permitimos que as pessoas assistam aos procedimentos, sobretudo quando tem alguém completamente nua e de pernas abertas em cima da maca. Então perguntei se ele queria ver porque estava interessado em se depilar e ofereci um teste em uma pequena área das costas ou da perna. Com a cara mais séria do mundo, a mulher disse que ele queria ver porque era masoquista e ficava excitado quando a via sentir dor. *Ah... não, obrigada.* Não vou poder colaborar com a decolagem do foguete do seu marido, desculpa.

Grant era o mais chocado do grupo. Não só não estava acostumado com o humor ácido de Mia como também não fazia a menor ideia da finalidade de metade dos serviços que ela oferecia.

— A melhor coisa de ter meu spa é que agora nunca mais vou ter que ver uma bunda peluda em cima de uma mesa de depilação. — Mia olhou muito séria para Grant e disse: — Você depila ou raspa as bolas?

Ele parecia um veado na frente dos faróis de um carro, o que era muito divertido, porque ele raramente reagia assim, com essa mistura de surpresa e choque. Na verdade, ele até começou a responder, mas eu o salvei.

— Ela está brincando.

Mia e eu rimos tanto que acabamos derramando algumas lágrimas.

O garçom chegou para oferecer mais vinho, e todo mundo recusou, menos Mia. Ela era a única que não ia dirigir. Grant tinha ficado preso no escritório até mais tarde e ido me encontrar no restaurante, por isso estávamos com dois carros. Uma tacinha de vinho no início de um jantar de duas horas era meu limite.

— Então... — Mia pegou a taça e levou à boca, olhando para Grant por cima dela. — O que acha de ir a Maui na semana entre o Natal e o Ano-Novo? Nós quatro. Quero dizer, não eu e você... agora sou uma mulher casada.

Grant riu e olhou para mim. Segurou minha mão embaixo da mesa e afagou.

— O que acha? Uma semana no Havaí?

Meu coração disparou. Fazer planos de longo prazo me aquecia por dentro. Deus sabe que todos os meus ex ficavam apavorados com um recibo de lavanderia para ir buscar a roupa dois dias mais tarde.

Sorri.

— Eu adoraria.

Depois que saímos da mesa, ainda ficamos lá fora, na frente do restaurante, conversando por mais uns trinta minutos. Ouvi Christian convidar Grant para ir a um jogo de beisebol, e Mia piscou para mim com um sorriso largo. Nunca tínhamos conseguido fazer coisas desse tipo, em casais, e era muito bom passar um tempo com eles.

Quando o sereno começou a cair, decidimos que era hora de ir. Abracei Mia e Christian, e Grant me acompanhou até o carro.

— É tarde. Quer deixar seu carro aqui e voltamos amanhã para pegá-lo?

— Não, tudo bem. Na verdade, vou passar em casa para pegar um trabalho que tenho que terminar amanhã. Eu ia trazer quando vim, mas esqueci a pasta em cima da mesa da cozinha. Encontro você no barco.

— Vai querer vinho? Não tenho mais em casa, mas posso parar e comprar uma garrafa no caminho.

Fiquei na ponta dos pés e beijei seus lábios.

— Acho ótimo. Vejo você daqui a pouco.

— Vai com cuidado. A neblina está ficando mais densa, e o orvalho deixa a pista escorregadia.

— Minha tia ia adorar você. Durante todos os anos em que morei com ela, não houve uma noite em que ela não tenha me avisado para dirigir com cuidado ou falado sobre o tempo.

Grant abriu a porta do carro e a segurou por um instante, antes de fechá-la.

— Vai logo, espertinha. Não quero que tenha que dirigir com uma neblina ainda mais densa. Às vezes ela chega rápido pela marina.

Passei em casa e, quando voltei para a rua, a neblina realmente estava densa. Eu tinha debochado do aviso de Grant para dirigir com cuidado, mas era cada vez mais difícil enxergar alguma coisa. As ruas que levavam à marina eram cheias de curvas, e eu acendi o farol alto para aumentar um pouco a visibilidade. Mas, depois de alguns segundos, vi a luz de um carro se aproximando em sentido contrário e voltei ao farol baixo. O carro passou, acendi novamente o farol alto, e outro automóvel se aproximou, e eu tive que voltar ao baixo. Segurava o volante com mais força nesses momentos de farol baixo e relaxava quando podia usar a luz alta. Na quarta vez que passei por um carro, senti o mesmo alívio por poder acender o farol alto. Mas dessa vez dei de cara com dois olhos grandes.

Merda!

Havia um veado enorme com chifres gigantescos parado no meio da pista. Foi como se tivesse saído do nada. De repente ele estava lá, a menos de trinta metros do carro. Olhamos um para o outro paralisados pelo choque, até que, felizmente, virei o volante para a direita.

Depois disso, tudo aconteceu em câmera lenta.

Não atropelei o veado.

Mas a neblina deixava o asfalto escorregadio e comecei a girar. Puxei o volante para o outro lado tentando conter o movimento, mas não adiantou.

O carro saiu da pista.

Pisei no freio com toda a força que tinha, e o carro derrapou de lado para a lateral da pista.

Sem outras luzes vindo em sentido contrário, fiquei confusa sobre se ainda estava fora da estrada ou se tinha voltado à pista.

Prendi a respiração enquanto o carro ia perdendo velocidade.

Faróis iluminaram a rua.

Felizmente, eu não estava mais na pista.

Mas tinha uma árvore na minha frente.

Eu me preparei.

E tudo ficou assustadoramente quieto.

Até o impacto...

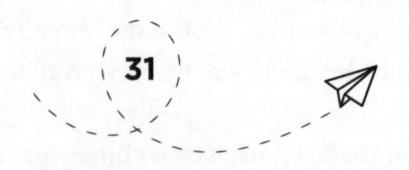

Grant

Eu não era de me preocupar.

No geral, também não era do tipo nervoso. Mas olhei o relógio pela décima vez em uma hora e continuei no convés da popa do *Leilani*, atento à rampa do píer e esperando por algum sinal de Ireland. Na verdade, a neblina agora era tão densa que eu não conseguia mais ver a rampa da entrada do píer, nem o estacionamento. Tinha ligado para o celular de Ireland quinze minutos antes e deixado um recado. Mas não queria mandar uma mensagem porque ela poderia se distrair. Depois de mais meia hora sem nenhum sinal dela, comecei a andar de um lado para o outro e liguei de novo. E, de novo, a ligação caiu na caixa postal.

— Oi. Sou eu. — Olhei para o relógio e bufei. — Nós nos despedimos às nove e são dez e meia. Não me lembro de você ter dito que ia passar em mais algum lugar, só na sua casa. Devia ter chegado aqui há uma hora. Liga para mim, quero saber se está tudo bem. — Desliguei e saí do barco para ir esperar no estacionamento.

A caminhada pelo píer até a rampa foi enervante de tão silenciosa. Não tinha ninguém ali, e, com a neblina baixa, a ansiedade que me consumia se transformou em alguma coisa mais parecida com um presságio.

Onde ela se meteu?

Ela podia ter dormido. Mas não me pareceu que ela pretendesse ficar em casa por tempo suficiente para isso. Ireland disse que ia pegar a pasta com o trabalho que tinha deixado em cima da mesa. Ela podia ter parado em alguma loja, mas poucas estavam abertas às onze da noite. No fim, acabei mandando uma mensagem.

Esperei a notificação que confirmava o recebimento, mas ela não veio. Inquieto, corri de volta ao barco, escrevi um bilhete para ela me ligar se chegasse antes de eu voltar e peguei a chave do carro em cima da bancada.

Na estrada, percorri o trajeto que ela teria feito entre a casa dela e a minha. Não sabia o que estava procurando, mas esperava não encontrar. As ruas estavam desertas para uma noite de sábado. Aparentemente, todas as pessoas espertas estavam em casa. Quanto mais eu me esforçava para enxergar a pista, mais surtava. Mas não ter notícias já é uma boa notícia. Na melhor das hipóteses, ela sentou-se para tirar os sapatos ao chegar em casa e pegou no sono.

Sim. Provavelmente foi isso que aconteceu.

Conforme fui avançando sem ver o carro dela, comecei a me sentir um pouco aliviado.

Até fazer uma curva e dar de cara com luzes piscando lá na frente.

Meu coração disparou. Pisei no acelerador, embora não conseguisse enxergar mais que cinco ou seis metros adiante. Tinha acontecido alguma coisa. Apesar da neblina, vi que havia mais de uma dezena de luzes piscando em alturas diferentes, como acontece quando a polícia e os bombeiros respondem a um chamado de acidente.

— Não é ela. Definitivamente, não é ela. — Comecei a falar sozinho. *Seja razoável.* — Ela deve ter ficado presa no trânsito do outro lado. Algum idiota estava correndo com essa neblina e atravessou a faixa amarela. Caramba... quantos carros de resgate.

Quando me aproximei das luzes, reduzi a velocidade ao ver refletores e o que parecia ser um agente acenando com uma lanterna de segurança. Um policial vestido com capa de chuva estava parado na pista, e parei para falar com ele. Um carro dos bombeiros me impedia de ver o que estava acontecendo.

Abri a janela do carro e ele se abaixou para falar comigo.

— Acidente. A estrada vai ficar interditada por uma ou duas horas até conseguirmos remover tudo da pista e o guincho chegar.

— Minha namorada devia ter chegado em casa há uma hora, e ela não está atendendo o celular. Sabe que tipo de carro se envolveu no acidente? Se tem alguém ferido?

O oficial franziu a testa.

— É um carro só. A motorista foi levada de ambulância para o County Hospital. Como é o nome da sua namorada?

— Ireland Saint James.

O oficial se levantou e aproximou um rádio da boca.

— Connors aqui. Tem o nome da mulher que acabaram de levar na ambulância?

Meu coração disparou enquanto eu esperava pela resposta.

Depois de um tempo, um chiado antecedeu o som de uma voz.

— A vítima é aquela mulher do jornal. Ireland Richardson.

Senti a náusea.

— Ela está bem?

O policial se abaixou e apontou a lanterna para o meu carro. Devia estar olhando para um fantasma porque senti que meu rosto perdia a cor. Seus olhos percorreram meu rosto, e ele franziu a testa de novo.

— Eu não devia dar nenhuma informação sobre vítimas. Mas não quero que sofra um acidente dirigindo a cem por hora com essa neblina. Ela estava no carro, mas está consciente e falando. Acho que não é nada grave, talvez uns pontos e um ou dois ossos quebrados.

Suspirei.

— Obrigado. Posso fazer o retorno aqui?

O oficial bateu de leve no teto do carro.

— É claro. Dirija com cuidado. Essa neblina é um perigo.

— Senhor, eu disse há cinco minutos que vai poder entrar assim que os médicos terminarem de examiná-la.

— Um homem acabou de entrar lá.

A enfermeira na recepção balançou a cabeça.

— Ele trabalha aqui. Por favor, sente-se. Eu chamo assim que o senhor puder entrar.

Sentei-me e apoiei a cabeça nas mãos, mantendo os cotovelos sobre os joelhos. Quem eles avisaram sobre a presença de Ireland em um pronto-socorro? O pai dela estava preso, a mãe, morta, e a tia havia se mudado para a Flórida. *E se ela precisasse de cirurgia? Quem tomaria essa decisão?* Eu devia ter pegado o número do celular de Mia para o caso de uma emergência. Talvez ela fosse o contato principal.

Consegui ficar sentado por três minutos antes de me levantar e começar a andar de um lado para o outro. Fiz questão de me manter no campo de visão da enfermeira, assim ela não me esqueceria ali. Quando nossos olhares se encontraram, ela suspirou irritada, balançou a cabeça e olhou para o outro lado. Eu não me importava se a estava irritando. Só me importava em garantir que ela não se esquecesse da minha presença.

Mais ou menos meia hora depois da minha chegada, outra enfermeira abriu a porta.

— Família de Ireland Saint James.

Caminhei até a porta, e a mulher olhou para mim.

— É da família?

Não precisei nem pensar antes de mentir.

— Sim.

— Qual é o grau de parentesco?

Pensei que eles podiam ter perguntado o estado civil quando ela chegou e não queria contradizer Ireland.

— Irmão. Sou irmão dela.

A enfermeira assentiu e puxou a porta para me deixar entrar.

— Por aqui. Ela está no leito quatro. Os médicos acabaram de examiná-la.

Eu a segui até um canto da sala ampla, e a enfermeira abriu uma cortina.

— Srta. Saint James, seu irmão está aqui.

Ireland ficou confusa por um segundo, depois sorriu e assentiu. Estava pálida, com um curativo de um lado da cabeça. Mas inteira.

Cheguei perto da cama, segurei a mão dela e me abaixei para beijar sua testa.

— Jesus Cristo. Quase me matou de susto. O que aconteceu? Dói alguma coisa? Você está bem?

A enfermeira fechou a cortina ao sair.

— Tudo bem. — Ela apontou para o curativo em sua cabeça. — Só uns pontos falsos aqui. Acho que bati a cabeça em algum lugar. — Ela levantou o braço esquerdo e gemeu. — Eles acham que posso ter fraturado a ulna. Estou esperando para fazer uma radiografia.

— O que eles ficaram fazendo até agora se ainda nem providenciaram uma radiografia?

Ireland sorriu.

— Uma enfermeira esteve aqui agora há pouco e disse que alguém muito ansioso queria me ver. Percebi que sua presença na sala de espera não era motivo de muita euforia. Eles fizeram exames de laboratório e me examinaram. Mas eu estou bem, de verdade.

Passei a mão na cabeça.

— Tem certeza? County não é o melhor hospital. Posso te levar para o Memorial.

— Está tudo bem. Eles foram ótimos até agora.

— O que aconteceu?

Ela balançou a cabeça.

— Eu estava dirigindo, a visibilidade estava péssima por causa da neblina, e eu acendia e apagava o farol alto, e na última vez que acendi dei de cara com um veado praticamente na frente do carro. Pisei no freio, mas a pista estava molhada e escorregadia, e perdi o controle. Lembra que nas aulas da autoescola eles ensinam a virar o volante para *dentro* de uma derrapagem em vez de tentar sair dela?

— Sim.

— Então, eu não lembrei. Só reagi. Na verdade, só me lembrei disso quando cheguei aqui.

Afastei o cabelo do rosto dela.

— Você agiu por instinto. É normal.

Ireland suspirou.

— Acho que dei perda total no carro.

— Quem se importa com o carro? — Comecei a apalpar seu corpo. — Tem mais algum lugar doendo?

Ela riu.

— Não, dr. Lexington. Estou bem.

A enfermeira voltou alguns minutos depois. Ela olhou para mim.

— Vou pedir para voltar à sala de espera por alguns minutos.

— Vão fazer a radiografia?

— Ainda não. O médico quer fazer mais um exame, e ele quer conversar com sua irmã.

Fiquei preocupado.

— Por quê? Algum problema?

A enfermeira olhou para Ireland.

— Nenhum. É que o hospital sempre mantém os visitantes na sala de espera durante os exames.

Ireland sorriu.

— Está tudo bem, Grant. — Ela olhou para a enfermeira. — Ele pode voltar depois que o médico terminar?

A enfermeira assentiu.

— É claro que sim.

Eu me inclinei e beijei a testa de Ireland.

— Volto logo.

Contrariado, voltei para a sala de espera.

Sentei-me, encostei na cadeira e passei as mãos no rosto. Por que não impedi que ela saísse dirigindo da porcaria do restaurante? A culpa era toda minha. Não sei o que teria feito se houvesse acontecido alguma coisa com ela. Pensar nisso fazia meu corpo se contorcer por dentro. Ireland não sabia o que ela significava para mim. Caramba, não sei nem se eu sabia antes dessa noite. Mas, agora que ela estava bem, eu faria de tudo para demonstrar o que sentia daqui para a frente. Sabia bem que, às vezes, a vida muda em um piscar de olhos.

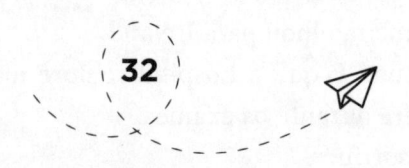

Ireland

Dr. Rupert, o médico que cuidava de mim no pronto-socorro, era parecido com Penn, da dupla de ilusionistas Penn e Teller. Bom, eu achava que era o Penn, pois nunca conseguia lembrar quem era quem. De qualquer maneira, dr. Rupert tinha uma semelhança impressionante com o mais baixo, o mais velho. Como eu tinha certeza absoluta de que ele beirava os oitenta anos, achei que não o ofenderia se comentasse.

— Alguém já disse que você é parecido com uma pessoa famosa?

Ele sorriu, levou a mão ao interior da manga do jaleco e tirou dela um buquê de flores de plástico.

— Isso responde à sua pergunta?

Dei risada.

— Acho que sim.

Ele guardou as flores no bolso do jaleco.

— Não há nenhuma relação entre nós, mas os pacientes ficam desapontados quando digo isso a eles. O truque é uma espécie de prêmio de consolação.

Dr. Rupert pegou a prancheta pendurada no pé da cama e deu uma olhada em algumas páginas. Quando começou a falar, outro médico abriu a cortina, entrou e a fechou em seguida.

— Bem na hora. Este é o dr. Torres. Ele é ortopedista.

— Oi — eu disse.

— Normalmente não chamamos o ortopedista antes de fazer uma radiografia, mas queria que ele te examinasse agora, assim posso te dar todas as opções.

— Ok...

Dr. Rupert puxou uma cadeira e sentou-se ao meu lado. Ele tinha um jeito antigo, uma atitude que os médicos não têm mais. Atencioso, ele tocou meu braço.

— O motivo para pedirmos uma consulta com o ortopedista antes da radiografia é que encontramos uma coisa nos seus exames de sangue.

Sentei-me na cama. A primeira coisa que me passou pela cabeça foi câncer. Alguma contagem de células devia estar aumentada, e eles não queriam me submeter a radiação desnecessária. Meu coração disparou.

— Que foi? Qual é o problema com meus exames de sangue?

Dr. Rupert afagou minha mão e sorriu.

— Nenhum. Você está grávida, srta. Saint James.

Pisquei algumas vezes.

— O quê?

Ele assentiu.

— Sabia que a notícia podia ser um pouco chocante. Vi no prontuário de internação que sua última menstruação aconteceu há um mês, e que sua resposta para a pergunta "Existe alguma chance de estar grávida?" foi não.

— Não pode ser. Tem certeza?

Ele confirmou com um movimento de cabeça.

— O exame de sangue pode registrar o hCG até seis ou oito dias depois da ovulação. Os exames de urina precisam de mais tempo.

O pânico me invadiu.

— Não pode ser. Isso deve estar errado.

O sorriso do dr. Rupert desapareceu.

— Está dizendo que uma gravidez não é fisicamente possível? Existem casos raros de falsos positivos em exames de sangue, como quando a paciente usa certos medicamentos para convulsão. — Ele franziu a testa. — Está tomando algum remédio? Não vi nenhum no seu prontuário.

Balancei a cabeça rapidamente.

— Então é fisicamente possível que esteja grávida? Teve relações com um homem no último mês?

Levei a mão à garganta, que de repente parecia mais apertada.

— Sim. Mas usamos proteção. E eu tomo anticoncepcional.

— Esqueceu de tomar a pílula alguma vez?

— Não. Definitivamente não. E tomo a pílula todos os dias no mesmo horário.

— Tomou antibióticos ou teve episódios de vômito?
— Não.

O dr. Rupert suspirou.

— Bom, mesmo nas melhores circunstâncias, a eficiência é de 99,7%.
— Mas usamos preservativo também!
— Bem, isso diminui ainda mais as chances de uma gravidez. Às vezes aparecem os nadadores teimosos. — Dr. Rupert bateu de leve no meu braço. — Quer ficar sozinha por uns minutos antes de falarmos sobre a radiografia?

Queria que ele voltasse no tempo e recomeçasse dizendo que eu não estava grávida. Como era possível? Grant ia... *ai, meu Deus!* Eu não conseguia nem imaginar o que Grant ia dizer. Sem perceber, devo ter começado a hiperventilar.

— Srta. Saint James? Respire devagar. Inspire profundamente, sem pressa. — O dr. Rupert se dirigiu ao ortopedista, de quem eu tinha me esquecido completamente. — Jordan, pega um saco de papel, por favor.

Um minuto depois, uma enfermeira entrou e me pediu que respirasse dentro de um saco de papel enquanto três outras pessoas cercavam a cama. Ela segurou meu pulso e acompanhou minha pulsação até ficar satisfeita com o resultado.

— Pode parar agora. Continue respirando fundo.

Massageei a testa.

— Meu Deus, estou muito envergonhada. Nunca tive que fazer isso antes.

A enfermeira sorriu.

— Tenho três filhos com menos de quatro anos. Se não enfio a cabeça em um saco de papel uma vez por semana é porque me escondi no closet para beber uma taça de vinho.

Depois que me acalmei um pouco, a enfermeira saiu, e o dr. Rupert perguntou se o ortopedista podia examinar meu braço. Qualquer movimento causava dor. Mas, de repente, eu estava entorpecida demais até para sentir dor.

Quando terminou o exame, ele falou para o dr. Rupert e para mim:
— Recomendo a radiografia. É bem provável que tenha uma fratura na ulna. Já dá para ver o hematoma se formando na região

do pulso. Temos que ver se os ossos estão alinhados ou se vai ser necessário fazer uma cirurgia ou uma redução.

Ouvi cada palavra que ele disse, mas nenhuma delas fazia sentido. Eles relacionaram os prós e contras de fazer uma radiografia estando grávida, e depois o dr. Rupert olhou para mim esperando uma resposta.

— Desculpa — falei, balançando a cabeça. — Disse que é seguro?

— Vamos cobrir seu abdome com um avental de chumbo e usar a intensidade mínima, por precaução. Seus órgãos reprodutores não serão expostos à radiação. Em casos como o seu, em que o risco de dano ao feto é muito pequeno e o benefício da radiografia é maior que os riscos, sim, eu recomendo o exame. — Ele sorriu cautelosamente. — Se o osso precisar de correção e não for corrigido, você pode perder mobilidade nesse braço. E isso é algo que não queremos.

Soltei o ar com um sopro longo e demorado e disse:

— Ok.

— Vou dar entrada na sua internação. Você vai passar a noite aqui em observação. Quer que a enfermeira avise alguém?

Pensei em telefonar para Mia, mas era tarde e eu precisava assimilar tudo antes de conseguir falar as palavras em voz alta.

— Não, tudo bem. Obrigada.

Dr. Rupert saiu com o ortopedista, prometendo voltar assim que tivesse os resultados da radiografia. Fiquei feliz por ter alguns minutos de solidão antes de a enfermeira voltar.

— Quer que eu traga seu irmão de volta? A recepção disse que ele já perguntou por você duas vezes e está agitado. — Ela sorriu. — Você tem um irmão muito protetor.

Fechei os olhos. A ideia de ver Grant agora me fazia sentir vontade de vomitar, literalmente. Mas, se não o deixassem entrar para me ver, ele ia causar uma comoção na recepção e ia desconfiar de que alguma coisa estava errada. Eu não queria ter essa conversa com ele hoje no pronto-socorro.

— Pode trazê-lo em cinco minutos? Só preciso de mais um tempo sozinha.

— Sim, é claro. Que tal dez minutos?

Pouco tempo depois, Grant abriu a cortina e eu vi a preocupação em seu rosto.

— Tudo bem? Isso demorou quase uma hora.

Pigarreei, mas tinha dificuldade para olhar nos olhos dele.

— Sim, tudo bem.

— Fez a radiografia?

— Não, ainda não.

Ele pôs as mãos na cintura.

— Vou te levar para o Memorial. Tenho um velho amigo na equipe de lá.

— Não precisa. Eles disseram que não vai demorar.

Era impossível esconder que eu estava surtando. Consegui contar a Grant sobre a avaliação do ortopedista e a possibilidade de o osso não estar alinhado, sem mencionar o motivo para ele ter sido chamado para me examinar antes da realização da radiografia. Também avisei que passaria a noite no hospital em observação. Depois disso, fiquei quieta.

— Tem certeza de que está bem? Sente mais alguma dor?

A preocupação dele fez eu me sentir ainda pior por mentir.

— Estou bem. Só cansada.

Dez minutos depois, a enfermeira apareceu. Antes que eu pudesse falar uma palavra sequer, Grant ficou em pé.

— Pode examiná-la de novo? De repente ela ficou estranha. Queria que um médico viesse examiná-la.

A enfermeira olhou para mim e de repente fiquei em pânico com a possibilidade de ela mencionar a gravidez. Não tinha pedido segredo, não especificamente, mas havia leis para garantir a privacidade dos pacientes. Ao me ver pálida e de olhos arregalados, ela entendeu minha apreensão.

— Hum... não acho que seja necessário. Isso é perfeitamente normal. O trauma provocou uma descarga de adrenalina e depois houve uma queda repentina. Eu ficaria preocupada se a srta. Saint James não estivesse meio grogue.

Grant pareceu aceitar a explicação. Graças a Deus.

— Ela vai fazer a radiografia agora. Vamos demorar um pouco, provavelmente. Como ela vai ser internada, pode ir para casa e eu arrumo um telefone para sua irmã depois que o tratamento ortopédico for decidido.

Olhei para Grant. Um olhar para aquele rosto e soube que não havia a menor chance de ele ir embora. Ele cruzou os braços.

— Vou ficar bem aqui.

A enfermeira olhou para mim e eu cedi.

— Ele pode ficar, tudo bem.

Ela desapareceu por um instante e voltou com uma cadeira de rodas. Ela e Grant me ajudaram a levantar, embora eu dissesse que estava bem.

— Voltamos daqui a pouco — a enfermeira disse a ele. — Fique à vontade.

A enfermeira parou na enfermaria e baixou a voz para falar com uma colega.

— Estou esperando ligarem da sala de radiografia para avisar que a srta. Saint James pode ir. Você manda uma mensagem para mim quando a autorização chegar?

Assim que passamos pela porta do pronto-socorro e ela teve certeza de que Grant não podia mais nos ouvir, a enfermeira falou enquanto empurrava minha cadeira:

— Senti que precisava de uns minutos longe de seu irmão. Sei que a notícia foi um choque para você e deduzi que podia querer conversar sobre a novidade. Às vezes, é mais fácil falar com um desconhecido do que com alguém da família. Mas, se não quiser conversar, tudo bem. Vamos só dar um passeio pelos corredores até me avisarem que você pode ir para a sala de radiografia.

Suspirei.

— Obrigada.

Como prometido, ela ficou em silêncio e deixou para mim a decisão de conversar ou não. Depois de alguns minutos, comecei a falar.

— Ele não é meu irmão. Só disse que era porque estava preocupado, com medo de não permitirem sua entrada por não ser da família. Ele é meu namorado.

Olhei para trás e para cima, e a enfermeira sorriu e assentiu.

— Puxa, que bom que não perguntei se seu irmão era solteiro e se podia apresentá-lo para minha irmã. Ele é muito bonito.

Dei risada e meus ombros relaxaram pela primeira vez em uma hora. Viramos à esquerda e seguimos por outro corredor, que estava vazio.

— Imagino que ele também vai ficar chocado com a gravidez.

— Ele não quer ter filhos.

— Se serve de consolo, meu marido só queria um ou dois. Não ficou feliz quando eu contei que estava esperando o terceiro. Mas eu disse que não era ele quem tinha que carregar uma bola de boliche de quatro quilos enquanto sentia que o útero ia cair, e que era eu quem ia passar meses enjoada e me levantando à noite para cuidar do monstrinho depois do parto. Os homens às vezes esquecem que eles também contribuem para uma gravidez. O risco sempre existe.

Eu sabia que isso era verdade. Não engravidei sozinha. Mas... a situação era diferente. Grant tinha cicatrizes emocionais. Seu argumento não era como o de um homem que não queria outra boca para alimentar ou mais fraldas para trocar.

— Ele tem bons motivos para não querer uma família. Ele... — Balancei a cabeça. Não tinha o direito de revelar detalhes da vida pessoal de Grant. — Ele... tem suas razões.

— Vamos esquecer seu namorado por um minuto. Como você se sentiria se estivesse com um homem que quer ter uma família? Seria diferente?

Não precisei nem pensar.

— Sim. Com toda certeza. Não me entenda mal, eu ainda estaria em choque. Mas quero ter uma família algum dia. Não esperava que fosse daqui a nove meses. Mas, se o homem que amo quisesse ter filhos, eu aceitaria bem, acho.

Passamos por outra enfermaria, e a enfermeira que me empurrava cumprimentou algumas pessoas. Ela esperou até nos afastarmos um pouco para continuar a conversa.

— Então sua única preocupação real é como seu namorado vai reagir à notícia.

Pensei um pouco nisso.

— Sim. Acho que sim.

— Você o ama?

Respirei profundamente e soltei o ar. Devia ter demorado um pouco mais para responder a essa pergunta, mas amor não é algo que precisa ser analisado. Ou você ama, ou não ama.

— Amo.

— Ele te ama?

Pensei na preocupação no rosto dele na sala do pronto-socorro. Grant parecia realmente aterrorizado com a ideia de eu ter me machucado. O jeito como ele olhava para mim ultimamente também tinha mudado. Eu o surpreendia me olhando e sorrindo quando ele achava que eu não estava prestando atenção, e outro dia acordei com ele velando meu sono.

— Nenhum de nós se declarou, mas acho que sim.

— É claro que a lei garante que você tenha opção. Mas, pelo que me disse, você quer uma família e ama o pai do bebê. Sei que estou sendo simplista, mas acho que só tem uma pessoa que tem que escolher nessa história, e é seu namorado. Ele vai ter que decidir se quer estar com você e o bebê mais do que quer estar sozinho.

Da cama do hospital, olhei pela janela e vi o sol nascendo. Mal tinha dormido. A radiografia comprovou a fratura, mas também revelou que não havia necessidade de cirurgia, e meu braço foi imobilizado com gesso pouco depois da meia-noite. Grant ficou ao meu lado até eu praticamente empurrá-lo para fora. Por ele, teria dormido na cadeira e passado a noite ali. Mas eu tinha muito em que pensar e não consegui aquietar a mente o suficiente para dormir nem depois que ele havia ido embora. Cochilei um pouco, mas foi só isso.

Mia acordava cedo e eu pensei em ligar para ela. Mas senti que não seria certo contar a ela sobre a gravidez antes de ter contado ao Grant, mesmo que ela fosse minha melhor amiga.

Grant bateu à porta do quarto às sete da manhã. Ele usava roupas casuais e segurava dois copos de café.

Deixou o café sobre a bandeja portátil e se inclinou para beijar minha testa.

— Bom dia. Como vai minha garota?

Meu coração ficou apertado e tive que forçar um sorriso.

— Bem. Cansada.

— Dormiu bem?

— Não muito.

— É compreensível. Primeiro o acidente, depois o hospital... o gesso. Você vai dormir quando formos para casa.

— A enfermeira do turno do dia esteve aqui agora há pouco. Ela disse que vai demorar umas horas para eu ter alta.

Grant pegou um dos copos, removeu a tampa e me entregou o café. Sem pensar, levei o copo aos lábios e quase bebi. Mas *cafeína*... era uma das coisas que eu não devia consumir. Devolvi o copo à bandeja e disse:

— Acho que não vou tomar café. Não quero que a cafeína me faça perder o sono mais tarde.

Que maravilha. Agora eu era uma mentirosa e ocultava informações.

— Boa ideia. Peguei uns protetores de gesso na farmácia lá embaixo. O médico disse que não pode molhar o gesso, e achei que você ia querer tomar um banho quando chegasse em casa. Talvez um bom banho quente de banheira.

— Obrigada. Boa ideia. — Mas... meu Deus. Eu podia tomar banho de banheira? Honestamente, não sabia nada sobre gestações ou bebês. E pensar em passar por isso sozinha me fazia sentir que eu podia rasgar ao meio. Cocei o rosto.

— Falei com minha irmã quando vinha para cá e contei sobre o acidente. Ela disse para não se preocupar com nada porque ela pode te substituir pelo tempo que for necessário.

Forcei um sorriso.

— Que bom. Mas eu volto ao trabalho amanhã, com certeza. É só um osso quebrado e um corte pequeno. — *E uma gravidez.*

Grant ficou sério.

— É melhor ir com calma. Você sofreu um acidente grave. Vai ficar dolorida, se já não estiver. Eles vão receitar relaxante muscular ou analgésicos.

Mais uma coisa que não posso consumir. Por isso só assenti.

Grant passou as horas seguintes sentado ao meu lado. Eu estava mais quieta que de costume, e ele me perguntou mais de uma vez se eu estava com dor, se estava tudo bem. Expliquei o distanciamento dizendo que estava cansada, o que não era uma mentira completa.

Depois da alta, tive que ficar sentada em uma cadeira de rodas esperando Grant ir buscar o carro e parar bem na porta do hospital.

Ele desceu e me ajudou a entrar no automóvel, mesmo eu tendo dito que estava bem. Tive a sensação de que nada do que eu dissesse o convenceria a parar de me paparicar.

Bem, havia uma coisa que provavelmente o faria correr para bem longe.

Fomos para o meu apartamento e eu tomei uma ducha e fui deitar. Grant fechou as cortinas e apagou todas as luzes, deixando meu quarto quase completamente escuro. Depois ficou só de cueca e deitou comigo de conchinha.

O silêncio era tão intenso que achei que o momento de intimidade seria perfeito para fazer a revelação, mas estava realmente exausta. E eu sabia que ia precisar de energia para ter essa conversa. Por isso a adiei mais uma vez, jurando a mim mesma que contaria tudo mais tarde, quando eu acordasse.

Enquanto eu me perdia nesses pensamentos, Grant também ficou pensativo. Ele beijou meu ombro e sussurrou:

— Não sei o que eu teria feito se alguma coisa tivesse acontecido com você. Ontem à noite, percebi que não consigo mais imaginar minha vida sem você.

Por alguma razão, isso me deixou muito triste. Meus olhos ficaram cheios de lágrimas, e começaram a transbordar. Mas eu não conseguiria explicar nada para ele enquanto estivesse chorando, então chorei em silêncio e o deixei pensar que eu tinha adormecido.

33

Grant

Eu estava cozinhando quando ela acordou.

Ireland tinha dormido de cabelo molhado, e ele havia secado sem volume de um lado, o lado sobre o qual ela dormiu, e encaracolado e rebelde do outro. Uma confusão. Mas, para mim, ela nunca esteve mais linda. Era um alívio imenso saber que ela estava bem.

Abaixei a chama do fogão e limpei as mãos em um pano de prato.

— Dormiu bastante.

Ela se aproximou para ver o que era preparado no fogão.

— O que está fazendo? Que cheiro bom.

Levantei a tampa da panela.

— Frango *piccata*.

— Parece delicioso. Eu nem sabia que tinha os ingredientes para isso.

Dei risada.

— Não tinha. Saí enquanto você roncava e fui comprar frango, azeite e alguns temperos. Os únicos que encontrei no armário foram canela e pimenta.

— Ah, Mia era a cozinheira da casa. Os temperos eram dela. Ela quis deixá-los aqui, mas pus tudo em uma caixa quando ela não estava prestando atenção. Teria sido um desperdício deixar tudo aquilo aqui.

Eu a abracei.

— Como se sente?

— Ainda estou cansada. Mas melhor. Por quanto tempo eu dormi?

Olhei para o relógio.

— Umas seis horas. São quase quatro e meia.

— Ah. Uau.

— Está com fome?

— Sim. Na verdade, estou.

Sorri.

— Que bom. Vou terminar e a gente pode jantar cedo.

Ireland foi lavar o rosto e voltou olhando em volta.

— Viu meu celular? Deve ter quebrado no acidente. Tentei usar quando estava no pronto-socorro, mas não consegui ligar. Minha esperança é que ele ressuscite quando eu carregar a bateria.

Apontei com o garfo para uma sacola em cima da bancada.

— Tirei o celular da sua bolsa enquanto você dormia e comprei um novo para você. Está ali, na caixa. Eles disseram que transferiram todos os dados do aparelho antigo, mas é melhor dar uma olhada, porque a atendente da Best Buy parecia ter uns quinze anos e a transferência de dados não demorou mais que cinco minutos.

— Não precisava ter se preocupado com isso.

— Não, mas eu quis.

Ireland ficou quieta durante o jantar. Ainda parecia estranha, mas nunca sofri um acidente grave e deduzi que devia ser normal ficar um pouco abalada. Depois que comemos, ela ligou para Mia para contar o que havia acontecido, e ouvi o surto do outro lado do telefone.

Mais tarde, Ireland continuou quieta.

— Tem certeza de que está se sentindo bem? — perguntei.

Ela desviou o olhar e confirmou com um movimento de cabeça.

— Quer ver um filme?

— Da Disney? — perguntei, rindo. — Com certeza.

Ela forçou um sorriso.

— Hoje não. — Sentada no sofá, começou a examinar o conteúdo da Netflix, depois da Hulu e finalmente da HBO on Demand. Com um suspiro, ela me ofereceu o controle.

— Escolhe você.

Depois de pornô, o tipo de filme de que eu mais gostava eram os de ação. Mas acidentes de carro e coisas explodindo não eram a melhor coisa para ver agora.

— Gosta do Will Smith?

— Gosto.

— Na dúvida, Will Smith. — Apontei o controle para a TV e voltei à Netflix. Procurei pelo nome do ator e disse: — Escolhe um.

Ela deu de ombros.

— Qualquer um.

Eu não queria bancar o chato, mas ela estava estranha de verdade. Quase deprimida. *À procura da felicidade* era o primeiro filme da lista, e eu escolhi esse, apesar de já ter visto. Pus os pés de Ireland no meu colo e sugeri que ela deitasse para receber uma massagem.

O filme era sobre um pai com sérios problemas financeiros que perde a casa e vai morar em abrigos e nas ruas com o filho enquanto se dedica a um trabalho sem remuneração para ter o que fazer e tentar melhorar o futuro dos dois. Era um drama baseado em uma história real, e algumas partes do filme eram tristes. Mas, em um dado momento, olhei para Ireland e vi as lágrimas correndo por seu rosto. Ela não emitia nenhum som. Peguei o controle e dei pausa no filme.

— Ei. — Eu a levantei e aninhei em meus braços. — Que foi? Você está bem?

Ela balançou a cabeça para dizer que sim, mas manteve os olhos baixos.

Esperei um pouco, mas ela não fazia contato visual nem falava nada, então toquei seu queixo com dois dedos e ergui seu rosto para que olhasse para mim. O que vi fez meu peito doer. Os olhos dela estavam cheios de sofrimento, e sua expressão sugeria uma extrema inquietação.

— Fala comigo. O que está acontecendo? Sente alguma dor? Está lembrando cenas do acidente?

Ela começou a chorar ainda mais.

— Eu... não quero te perder.

Afastei o cabelo de seu rosto e o segurei entre as mãos.

— Não vai me perder. De onde tirou essa ideia?

Ela cobriu minhas mãos com as dela.

— Grant... eu...

— O quê?

Ela balançou a cabeça e fechou os olhos.

— Grant, eu estou... grávida.

Em um minuto estou no apartamento dela, vendo Ireland dormir e pensando que devia declarar meu amor quando ela acordar, no outro, estou indo embora como o covarde de merda que sou.

Não gritei, não discuti. Talvez fosse o choque... não sei. Mas também não consegui oferecer consolo ou dizer que ia ficar tudo bem. Porque não ia. Não estava tudo bem.

Esperei Ireland se acalmar, depois disse que precisava ir embora. Ela quis saber para onde eu ia, mas eu não fazia ideia. A verdade era que precisava ir para qualquer lugar que não fosse ali.

Chamei o bartender levantando o copo vazio e sacudindo o gelo que não teve tempo para derreter.

— Outro? Já?

Peguei a carteira e tirei dela três notas de cem dólares.

— Cem para pagar o que eu beber, as outras duas para você não deixar meu copo vazio.

O bartender, que eu tinha começado a chamar de Joe, embora não soubesse se ele havia se apresentado ou se eu havia inventado o nome, encheu meu copo.

— Combinado.

Sentado ao balcão, bebi mais três vodcas com tônica. Nunca fui de beber muito, e na quarta comecei a ver tudo dobrado – e era exatamente nesse estado que eu queria ficar. O bar barato a alguns quarteirões do apartamento de Ireland começou a esvaziar. Restava apenas um velho sentado na outra ponta do balcão. O bartender se aproximou e pegou meu copo, que tinha mais ou menos um quarto da dose. Jogou o gelo fora e fez mais um drinque. Quando pôs o copo cheio na minha frente, ele apoiou um cotovelo no balcão.

— Por essa gorjeta, também ofereço meu ouvido para escutar a história que te trouxe até aqui.

Peguei o copo cheio, e parte da bebida respingou no balcão.

— Talvez eu seja só um alcoólatra.

Joe riu.

— Não. Sua tolerância é uma merda.

— Talvez esteja falido e sem sorte.

— Falido? Com a carteira cheia e essas roupas?

— O que acha que sou, então?

Joe deu de ombros.

— Quer que eu fale a verdade?

— É claro.

Ele olhou por cima do balcão para me analisar.

— Calça limpa, sapatos bons, camisa polo com esse logo de grife e uma carteira recheada. Você parece um babaca rico que deve ter crescido em berço de ouro.

Gargalhei, mas não era uma risada de humor. *Berço de ouro*. Foi exatamente o que Ireland disse naquele primeiro e-mail que começou tudo.

Bebi mais um pouco.

— Talvez vocês dois estejam certos.

O garçom me olhou intrigado. Mas não se importava o suficiente para perguntar do que eu estava falando.

— Portanto, não faliu, não é alcoólatra, e isso deixa apenas a opção óbvia, o motivo que faz metade dos frequentadores aqui encher a cara. Problema em casa. Acertei?

Resmunguei.

— É mais ou menos isso.

— O problema com esse problema é que ele começa disfarçado de diversão.

Nunca ouvi ninguém colocar a situação dessa maneira, mas havia muita verdade na afirmação.

— Você é um sábio, Joe.

O bartender sorriu.

— Meu nome é Ben. Mas, por duzentos paus, pode me chamar até de Shirley. Não dou a mínima. Já me divorciei duas vezes e meu conselho provavelmente não deve valer merda nenhuma. Mas vou dar assim mesmo. Se ela te faz sorrir de manhã, antes do primeiro café, e você não tem que beber para entrar no clima quando ela está por perto, fica com ela. Compra umas flores na loja de conveniência na esquina, vai para casa e pede desculpas. Não interessa quem está certo ou errado.

Se fosse tão simples...

— Você está certo, Joe.

O bartender endireitou o corpo.

— Então vai para casa?

— Não. Seu conselho não vale merda nenhuma.

34

Grant

Onde é que eu estou?

Levantei a cabeça e tive a sensação de que parte da pele do meu rosto ficou no plástico grosso em cima do qual eu dormia. Apoiei-me sobre um cotovelo e olhei em volta. Estava em uma espécie de sala de espera, e parecia ser um espaço industrial. Mas não tinha a mínima ideia de onde estava ou como tinha vindo parar aqui.

— Você está no Patton State Hospital — disse uma voz profunda perto de mim.

Patton. Que porra eu estava fazendo perto desse lugar? Olhei na direção da voz e vi um homem bem-vestido sentado a algumas cadeiras de mim. Ele fechou uma pasta em que parecia trabalhar e cruzou as mãos em cima dela.

— Sou o dr. Booth.

O nome soou familiar, mas, com a minha cabeça latejando daquele jeito, precisei de um segundo para entender por quê. Sentei-me e vi que estava esparramado em cima de algumas cadeiras dobráveis com assentos estofados e revestidos de plástico.

Assim que me sentei, levei a mão à cabeça.

— Eu me machuquei?

— Não que eu saiba. Talvez tenha sofrido uma intoxicação alcoólica por consumo excessivo.

Merda. Minha cabeça estava me matando. E que diabo eu estava fazendo em Patton?

— Sabe como vim parar aqui?

— Foi o que o guarda te perguntou quando você chegou. E você respondeu que veio de Uber.

Tentei assentir, mas levantar e abaixar a cabeça provocava uma dor horrível. Fiz um esforço para lembrar os acontecimentos da noite anterior. Lembrei-me de ter estado em um bar e de um cara me ajudando a entrar em um carro depois de trancar a porta. Joe? Acho que o nome dele era Joe. É, isso mesmo. Ele era o bartender, e eu tinha saído com ele quando o bar fechou. O que significa que bebi até as quatro da manhã. Não era de espantar que eu não me lembrasse de nada.

— Já nos conhecemos? — perguntei ao dr. Booth.

Ele sorriu.

— Não. Essa é a primeira vez que nos vemos. Você chegou aqui às cinco e meia da manhã e pediu para ver uma das minhas pacientes. Todas as visitas dependem da aprovação do psiquiatra responsável pelo interno. Os guardas viram que você estava bêbado e o mandaram embora. Mas eles me ligaram para contar o que tinha acontecido, e pedi para deixarem você dormir na sala de espera, pelo menos até o início do horário de visitas, ao meio-dia. O hospital permite visitas sem horário estabelecido, mas a ala dos detentos segue o protocolo da penitenciária do estado.

— Que horas são?

Ele olhou para o relógio.

— Dez e quinze.

Passei a mão no cabelo. Até isso provocava dor.

— Você deve ser o médico da Lily.

Ele confirmou com um movimento de cabeça.

— Sou. Lily tentou te convencer a vir visitá-la durante os primeiros quatro anos que ela passou aqui. Você nunca respondeu às mensagens ou às cartas. Fiquei curioso para saber o que o trouxera aqui hoje. Mas, quando cheguei, você estava apagado.

— Está sentado aqui há quatro horas esperando eu acordar?

Ele sorriu.

— Não. Quando vi seu estado, fui fazer as visitas matinais e disse ao guarda para me avisar se você acordasse. Voltei depois das visitas para trabalhar em alguns prontuários. — Ele olhou para a pilha de pastas na cadeira a seu lado.

— Por quê?

— Por que o quê? Por que disse aos guardas para te deixarem dormir ou por que vim trabalhar nos prontuários aqui?

— Tudo isso.

— Bom, como eu disse, fiquei curioso sobre você. E Lily é minha paciente. Ela progrediu muito nesses anos, mas é comum descobrir coisas sobre membros da família que me ajudam no tratamento. Quando ela foi internada, assinou uma autorização para que toda informação médica fosse discutida com você. Revemos essas informações todos os anos. Já faz sete anos, e até hoje ela não retirou essa autorização. Portanto, tenho o direito legal de falar com você sobre o caso dela. Além disso, achei que poderia ser útil entender por que está aqui hoje para vê-la.

— Quando ela foi "internada"? Ela não foi *internada*, doutor. Ela foi *condenada* a uma pena de vinte e cinco anos. E vocês a mantêm aqui para que essa pena seja mais leve. Ela merece estar em uma cela como qualquer assassino.

— Entendo. Veio aqui hoje para falar com ela?

Pigarreei. Minha boca estava seca.

— Não. Não tenho nenhuma vontade de vê-la. Ou de ajudá-la. Não sei onde estava com a cabeça ontem à noite ou hoje de manhã... sei lá, quando vim para cá. Mas foi um erro.

O dr. Booth estudou meu rosto e assentiu.

— Entendo. Mas talvez você e eu possamos conversar. — Ele se levantou. — Quer um café? Aceite pelo menos um pouco de cafeína e um analgésico. Parece que está precisando dos dois.

Pensar em ficar em pé me causou náusea, e a sensação piorou quando imaginei a viagem de uma hora e meia de táxi até minha casa. Massageei a nuca.

— É. Tem razão. Preciso de um café antes de sair daqui. Puro, por favor.

O médico desapareceu e voltou alguns minutos depois com dois copos descartáveis de isopor e uma cartela de analgésico.

— Obrigado.

Ele sentou-se na minha frente e ficou quieto, olhando para mim.

— Não costumo fazer isso. Não tomo um porre desde a faculdade.

Dr. Booth assentiu.

— Aconteceu alguma coisa para provocar tudo isso? Quero dizer, beber e vir até aqui?

— Nada que tenha a ver com Lily. — *Ou tudo que tem a ver com minha ex-esposa.*

— Podemos falar sobre o que você quiser. Não precisa ser sobre Lily.

Bufei.

— Não, mas tenho certeza de que psicanalisaria tudo que eu dissesse para relacionar a ela. Não é isso que psiquiatras fazem? Encontram uma causa para tudo que acontece, de modo que exista alguém ou alguma coisa a quem atribuir a culpa, menos ao paciente? Um homem mata outro durante um assalto. O pai o molestou, então a culpa é do pai dele. Não é do crack que ele fumou uma hora antes porque é um dependente químico. Uma mulher mata a própria filha. A culpa não é dela porque ela é deprimida. Todo mundo fica deprimido em algum momento da vida, doutor.

O médico bebeu um gole de café.

— Eu não estava planejando submeter você a uma sessão de psicanálise. Achei que, já que estamos aqui, talvez você precisasse de alguém com quem conversar. Não sou seu médico, mas sou um homem, e você é um semelhante que parece precisar de ajuda. Só isso.

Ah, agora eu me sentia um merda. Passei a mão na cabeça.

— Desculpa.

— Tudo bem. Pode acreditar, não me ofendo com facilidade. Ossos do ofício. A maioria das pessoas que me procura no meu consultório não está lá porque quer. São obrigadas pela justiça ou pela família. Não é incomum que alguém diga para eu ir me foder porque sou um babaca nos primeiros quinze minutos de um sessão.

Sorri.

— Normalmente consigo me controlar na primeira hora de uma reunião.

Dr. Booth retribuiu o sorriso.

— Posso fazer uma pergunta pessoal?

Dei de ombros.

— Pergunte. Nada me obriga a responder.

— Não mesmo. Você é casado?

— Não.

— Está em um relacionamento?

Pensei em Ireland. *Estava. Ou estou? Não sei.*

— Eu tenho alguém, sim.

— É feliz?

Mais uma pergunta complicada que não consegui responder com facilidade.

— É difícil ser feliz quando se perde uma filha. Mas sim... Ireland me faz feliz. — Balancei a cabeça. — Pela primeira vez em sete anos.

O médico ficou quieto por algum tempo.

— É possível que tenha vindo aqui hoje por querer perdoar para seguir em frente?

Senti as veias do meu pescoço pulsarem de raiva.

— Lily não merece perdão.

Dr. Booth olhou dentro dos meus olhos.

— Eu não estava falando dela. Perdão é algo que você precisa encontrar em seu interior. Ninguém pode te dar. Sim, eu acredito que sua ex-esposa sofre de transtorno bipolar que provocou um comportamento maníaco, e que, associado a uma severa depressão pós-parto, a levou a cometer um ato impensável, mas você não precisa concordar comigo para encontrar perdão. Perdão não justifica o comportamento de Lily. Perdão impede que esse comportamento dela continue destruindo você.

Senti o sal no fundo da garganta. Tinha chorado o suficiente nos últimos sete anos; não ia ficar sentado no mesmo prédio em que estava minha ex-esposa e derramar mais lágrimas. Pigarreei, esperando engolir as emoções.

— Sei que tem boas intenções, doutor. E agradeço. Sinceramente. Mas Lily não merece perdão. — Balancei a cabeça. — Tenho que ir. Obrigado pelo café e pelo comprimido.

Levantei-me e estendi a mão para o dr. Booth. Quando a apertou, ele olhou novamente dentro dos meus olhos.

— Não acho que queira perdoar Lily. Acho que quer perdoar a si mesmo. E você não fez nada errado, Grant. Perdoe-se e siga sua vida. Às vezes, as pessoas não se permitem perdoar porque têm medo de esquecer. Perdoar e esquecer. Mas você nunca vai esquecer Leilani. Só precisa perceber que seu coração tem espaço novamente para mais de uma pessoa.

— Diga a ela para parar de escrever as cartas, doutor.

35

Ireland

Quase duas semanas se passaram, mas eu sentia como se fosse um ano.

Entre a obra da casa e meu trabalho, eu tinha o suficiente para me manter ocupada. Mas, cada vez que passava pela saída de acesso para a marina onde Grant morava, era como se arrancasse um esparadrapo de uma ferida aberta.

Era tarde de sábado, e Mia e eu nos encontraríamos para almoçar no nosso restaurante grego favorito. Fiquei presa no trânsito, por isso cheguei alguns minutos atrasada, e ela já estava sentada.

— Oi. — Sentei-me do outro lado da mesa, na frente dela.

Mia me olhou com uma expressão intrigada.

— Veio da academia?

— Não. Por quê?

— Não quero ser indelicada, mas você está péssima.

Suspirei.

— Não tive vontade de arrumar o cabelo. O coque despojado saiu de moda?

— Não, mas isso aí na sua cabeça parece um ninho de rato. E tem uma mancha na sua blusa, e você está com olheiras ou não tirou a maquiagem de ontem direito.

Olhei para minha blusa de moletom. Estava mesmo manchada. Tentei limpar, mas foi inútil.

— Ontem jantei um pote de Ben & Jerry's. Errei a boca algumas vezes.

Mia levantou as sobrancelhas.

— Você dormiu com essa blusa?

— Cala a boca. Já te vi usar a mesma roupa durante dias quando estava doente.

— Porque eu estava doente. Você está?

— Não.

Outra vez o ar de reprovação.

— Pelo jeito, Grant ainda não deu notícias.

Meus ombros caíram.

— Não.

Mia balançou a cabeça.

— Não acredito que ele se tornou um merda desses.

— Ele não é um merda. Ele só... não queria mesmo ter filhos.

— Sei. E, há cinco anos, eu não queria me casar de jeito nenhum. Também não queria que minha mãe tivesse morrido com cinquenta e nove anos no ano passado. É a vida. Fazemos o melhor que podemos, mas nem sempre temos o controle de tudo.

— Eu sei. Mas ter filhos é algo que a gente pode controlar.

— Você tomou o anticoncepcional direito?

— Tomei.

— Grant usou camisinha em todas as vezes que vocês transaram?

— Usou.

— Então é óbvio que isso também não é sempre controlável. Nada na vida é infalível.

— Eu sei. Mas ele tem um bom motivo para estar aborrecido.

— Alguns dias depois de Grant ter ido embora, desabafei com Mia, contei que estava grávida e falei sobre o que pensava ser o motivo para ele não querer filhos.

— É claro que tem. Ele passou por um trauma terrível. Eu entendo. Grant precisava de um tempo para ficar chocado e aborrecido, mas já se passaram quase duas semanas. O que ele vai fazer? Fingir que não vai ter um filho? Que essa coisa toda não existe?

Ultimamente eu me perguntava a mesma coisa. Nos primeiros dias sem notícias dele, entendi por que Grant estava aborrecido. Mas em que momento ele pretendia lidar com a realidade de nossa situação? Eu tinha certeza de que ele apareceria... mesmo que não quisesse mais ficar comigo ou participar da vida do bebê. Acreditava que ao menos ele admitiria tudo isso, e que conversaríamos. Mas, nos últimos dias, comecei a perder o que me restava de confiança nele. Por isso jantava sorvete.

— Será que a gente pode... não falar sobre isso hoje? Preciso de um dia de folga, sem ter que lidar com essa coisa toda. Vamos comer muito e ir ao cinema, como planejamos, e vamos comer pipoca com manteiga e cobertura doce até enjoar.

Mia concordou.

— É claro. Sim. Mas posso dizer mais uma coisa? Não é sobre o Grant.

Sorri. Era a *cara* dela.

— É claro.

Seu rosto se iluminou com um sorriso.

— Parei de tomar pílula.

Arregalei os olhos.

— Sério? Pensei que você e o Christian quisessem esperar um ou dois anos antes de terem filhos.

— Queríamos. Mas as coisas mudam. Tenho pensado nisso desde o dia em que você disse que estava grávida. Alguns dias atrás, Christian entrou no banheiro quando eu estava escovando os dentes. Você conhece minha rotina matinal. Escovo os dentes e tomo a pílula. Ele olhou para a cartela na minha mão e disse: "Mal posso esperar até você engravidar. Não ia acreditar em como me excita pensar em você com um barrigão". Eu olhei para ele e disse: "Posso parar já". Acho que esperava que ele recuasse. Uma coisa é dizer que está ansioso para ver a mulher grávida, outra é querer que ela engravide no mês seguinte. Mas ele pegou a cartela de pílulas da minha mão e jogou no lixo. E a gente deu uma rapidinha em cima da pia.

Dei risada.

— Seria incrível se a gente tivesse filhos da mesma idade. Mas está preparada para isso?

Ela pegou uma azeitona do prato no centro da mesa e pôs na boca.

— Acho que ninguém está pronto para ter filhos. Mas sim... não quero esperar.

Segurei as mãos de Mia.

— Te amo, sua doida.

— Sei que quer parar de falar sobre isso. Então prometo que é a última coisa que vou dizer hoje... — Ela afagou minha mão. — Vou estar do seu lado sempre, a cada passo desse caminho. Vou segurar seu cabelo se tiver enjoo matinal, vou engordar com você mesmo que não esteja grávida, e vou estar do seu lado na sala de parto se quiser. Você não vai ter que enfrentar nada sozinha.

Senti meu olhos lacrimejarem e abanei o rosto com a mão.

— Obrigada. Agora vamos mudar de assunto. Não quero mais chorar.

— Você manda. — Ela pegou o cardápio e apontou para o garçom que vinha em nossa direção. — Será que ele está carregando uma banana?

Virei para ver o que o garçom tinha nas mãos, mas ele se aproximou da mesa e eu continuei sem saber do que Mia estava falando. O homem segurava só um bloquinho e uma caneta. Fiz meu pedido e esperei Mia fazer o dela. Quando peguei meu cardápio para devolver, fiquei cara a cara com o zíper de sua calça e entendi que ela não estava falando das mãos do garçom.

Arregalei os olhos e tive que abrir novamente o cardápio na frente do rosto para esconder o sorriso. Sério, ou o homem tinha uma tremenda ereção, ou usava enchimento na calça. Dei risada e tive que fingir que tossia para disfarçar enquanto devolvia o cardápio.

— Tudo bem? — ele perguntou.

Peguei o copo de água de cima da mesa e o levei à boca.

— Sim. Só engoli errado.

Depois que ele se afastou, nós duas rimos por uns cinco minutos. Era a primeira vez em quase duas semanas que eu dava risada de verdade, e isso me fez sentir que talvez eu pudesse passar por aquilo sozinha se fosse necessário.

O revestimento do banheiro ficou lindo. Eu tinha acabado de varrer tudo depois que o empreiteiro foi embora e estava ali admirando o resultado. A pedra lavada que o homem na Home Depot havia sugerido dava um ar rústico que combinava muito bem com o clima de casa do lago que eu queria dar ao cômodo.

Infelizmente, pensar no empreiteiro me fez lembrar de Grant. Ele tinha ficado com ciúme do homem na loja. Como alguém podia passar de ciumento a desaparecido em poucas semanas? E não vou nem começar a falar em tudo que aconteceu nesse banheiro no dia em que ele esteve aqui me ajudando.

Tudo me fazia lembrar de Grant – meu apartamento, o trabalho, até a obra da minha casa. Inconscientemente, cobri a barriga com a mão. Ao perceber o que estava fazendo, suspirei. Ele estava em todos os lugares, até dentro de mim. Como eu ia escapar disso?

Minha cabeça latejava de tanto pensar, e meu coração doía no peito. Decidi que, se não tivesse notícias de Grant até a manhã seguinte, quando faria duas semanas completas desde o dia em que ele sumira, iria procurá-lo no escritório. Mesmo se não fôssemos mais um casal, eu precisava saber se ele planejava fazer parte da vida do filho.

Olhei para o banheiro pela última vez e apaguei a luz. Esvaziei a pazinha na lata de lixo da cozinha e deixei a vassoura encostada à porta. Os últimos raios de sol do dia entravam pelas janelas da sala de estar ao lado, e pensei em fazer uma caminhada até o lago para o pôr do sol – outra coisa que me fazia lembrar de Grant, mas eu me recusava a permitir que ele tirasse de mim a beleza de um pôr do sol.

Meu terreno ficava a cerca de três quarteirões do lago, mas era uma caminhada em linha reta por uma rua asfaltada. Um dos terrenos próximos, de frente para o lago, ainda não tinha sido vendido, e eu me sentei na grama dessa propriedade, na beira do lago, e vi o céu se tingir de tons de laranja.

Fechei os olhos, respirei fundo algumas vezes e abracei os joelhos. Ouvi um ruído atrás de mim, mas estava tão imersa em meus pensamentos que não registrei o barulho de um sininho até quase ser atropelada por um cachorro. Um filhote de golden retriever começou a lamber meu rosto. Isso me fez sorrir e dar risada.

— Que lindinho. De onde você veio?

Alguns segundos depois, ouvi a resposta.

— Sentado, garoto!

Fiquei paralisada ao reconhecer a voz de Grant atrás de mim.

Não tive coragem para me virar até sentir a vibração dos passos ao meu lado no chão.

— Grant?

Ver o rosto dele fez meu coração bater acelerado. Levantei a mão para cobri-lo e senti a pulsação.

— Desculpa. Não queria te assustar — ele disse.

— O que está fazendo aqui?

— Vim falar com você. Vi seu carro na casa, mas precisava de um minuto para clarear as ideias. — Ele apontou para trás por cima do ombro. — Por isso estacionei aqui. Não queria te atrapalhar. Quando abri a porta do carro, ele pulou por cima de mim e correu para cá como um bandidinho.

— Ele? O cachorro veio com você?

— Sim. É meu.

O cachorro viu alguns pássaros a alguns metros de onde estávamos e correu atrás deles.

— Acho melhor pôr a coleira nele.

Grant o seguiu e conseguiu encaixar a coleira na guia quando o cachorro pulou em cima dele. Fiquei assistindo a tudo, muito confusa. *Ele tem um filhote de cachorro? Quando isso aconteceu?*

Grant voltou com o filhote na coleira e pela primeira vez prestei atenção a sua aparência. Minha reação deve ter sido parecida com a que Mia teve ao me ver há alguns dias. Grant estava péssimo. Ou tão péssimo quanto podia ficar, o que, no momento, me deixou furiosa, porque o terrível dele era muito melhor que o melhor da maioria dos homens. Grant tinha olheiras, o cabelo estava despenteado, as roupas estavam amarrotadas, e a pele tinha um tom abatido.

Meu primeiro impulso foi perguntar se ele estava bem, mas então lembrei quanto eu não estive bem nas últimas duas semanas e quanto ele se importou com isso. Virei de costas para ele e olhei para o lago.

— O que você quer? — perguntei.

Ele ficou em silêncio, mas senti que continuava atrás de mim.

— Posso... me sentar?

Peguei uma folha de grama na minha frente e joguei longe.

— Você que sabe.

Grant sentou-se ao meu lado. O cachorro dele começou a cavar um buraco a alguns metros de nós, e nós dois ficamos olhando. Eu me recusava a encará-lo, embora sentisse a atração que sempre sentia quando estava perto dele.

— Como está se sentindo? — ele perguntou em voz baixa.

Comprimi os lábios.

— Sozinha. Assustada. Decepcionada. Abandonada.

Senti os olhos dele em meu rosto, mas não virei a cabeça.

— Ireland — ele murmurou. — Olha para mim. Por favor.

Virei-me com o olhar mais gelado de que era capaz, mas foi só ver aquele rosto que amoleci. *Caramba, como eu sou idiota.*

— Desculpa. — A dor na voz dele era palpável. — Sinto muito, eu não devia ter fugido.

Meus olhos ficaram cheios de lágrimas. Mas eu ainda me recusava a chorar por ele. Pisquei e abaixei a cabeça, e fiquei assim até conseguir mandá-las de volta.

— Não tem desculpa para o que eu fiz. Mas queria falar com você sobre a Leilani, se concordar. Não é uma justificativa para o modo como te tratei, mas pode te ajudar a entender por que fiz o que fiz.

Agora ele tinha minha atenção. Olhei para ele com um sorriso triste e assenti.

Grant precisou de alguns minutos para organizar os pensamentos, depois começou a falar em voz baixa.

— Leilani May nasceu no dia quatro de agosto. Tinha três quilos, setecentos e cinquenta gramas. — Ele sorriu. — Grandes olhos azuis, um azul tão escuro que era quase roxo. Meu avô a apelidou de Índigo por causa disso. O cabelo escuro era tão farto que parecia uma peruca.

Grant fez uma pausa e de repente esqueci toda minha raiva. Segurei a mão dele e afaguei.

— Ela devia ser linda.

Grant pigarreou e assentiu.

— Só chorava quando precisava de uma fralda limpa. E adorava ficar bem embrulhadinha, tão apertada que não conseguia mexer os braços. — Outra pausa. — E ela amava quando eu cheirava os pezinhos dela e dizia que ela estava fedida. Dizem que os bebês não sorriem de verdade até terem alguns meses de idade, que antes disso o sorriso é só um reflexo. Mas Leilani sorria para mim.

Grant ficou quieto de novo. Dessa vez foi ele quem desviou o olhar. Olhou para o lago e para o sol poente. Vi seu rosto passando de terno a sombrio e soube que precisava me preparar para a próxima parte da história.

Sua voz era quase um sussurro quando a ouvi novamente.

— Já contei que Lily foi morar na casa da minha família, que ela fazia parte do sistema de acolhimento. Passou anos indo e voltando, entre a casa da mãe dela e a nossa. A mãe dela era mentalmente doente, e o estado interferia e a tirava de casa pelo menos uma vez por ano, quando a mãe parava de tomar os remédios. Lily sempre foi diferente. Mas não reconheci o que era aquilo até ela ficar mais velha. E então era tarde demais. Eu estava muito envolvido com ela.

Senti uma pontada de ciúme, embora fosse ridículo.

Grant abaixou a cabeça.

— Os médicos dizem que ela é bipolar como a mãe. E isso, associado à depressão pós-parto, a fez... — Ele balançou a cabeça e sua voz tremeu. — Ela...

Ai, meu Deus. Não!

Grant dissera que tinha sido um acidente, mas não... não pode ser isso. Por favor, Deus, não. Que ele não tenha tido que suportar algo tão inconcebível. Saí de onde estava, me ajoelhei entre os joelhos dele e segurei seu rosto entre as mãos. Apesar de Grant manter os olhos fechados, lágrimas corriam por seu rosto.

Ele engoliu e sua expressão de dor me rasgou por dentro. Era como se alguém tivesse cravado uma faca em meu peito.

Grant balançou a cabeça.

— Nós discutimos. Eu peguei no sono. Devia ter imaginado. Quando acordei, Lily estava no convés chorando, e Leilani tinha desaparecido. Ela jogou... — Ele começou a soluçar.

Eu o abracei.

— Shhh. Tudo bem. Está tudo bem. Não precisa dizer mais nada. Sinto muito, Grant. Sinto de verdade.

Ficamos assim por um bom tempo, chorando e abraçados como se a vida dependesse disso. Naquele momento, pensei que talvez a dele dependesse. Talvez ele precisasse desabafar, pôr tudo isso para fora para seguir em frente.

Depois de um tempo, ele recuou e olhou dentro dos meus olhos.

— Desculpa, eu não devia ter me afastado. Você não merecia. E nunca mais vou fazer isso. Prometo.

Eu estava arrasada. Tinha medo de acreditar que ele estava dizendo mais do que disse, medo de alimentar esperanças e pensar que esse pedido de desculpas era uma promessa de futuro, não só uma explicação do passado.

Ele me encarou.

— Desculpa, Ireland. Eu me senti sepultado nesses últimos sete anos, enterrado na escuridão, no chão... até te conhecer. Você me fez sentir que talvez eu não tivesse sido sepultado, mas plantado no solo, só esperando para voltar a crescer.

Respirei fundo para não chorar de novo.

— Por favor, não se desculpe mais. Eu entendo. Lamento que isso tenha acontecido com a gente e trazido de volta lembranças difíceis.

Grant balançou a cabeça.

— Não. Não fale isso. Não lamente essa gravidez. Eu não lamento.

— Não?

Ele repetiu o movimento negativo com a cabeça.

— Estou apavorado. Não me sinto digno de ter outro filho. Tenho medo de que aconteça alguma coisa outra vez. Mas não lamento que esteja esperando um filho meu.

A esperança desabrochou dentro de mim.

— Tem certeza?

Grant puxou meu rosto até tocar meu nariz com o dele.

— Eu te amo, Ireland. Acho que amo desde a primeira vez, quando me mostrou atitude naquele café. E tentei lutar contra esse sentimento o tempo todo, mas é fisicamente impossível não te amar. Pode acreditar, eu tentei, me esforcei muito. Chega, cansei de lutar. Eu quero amar você.

As lágrimas voltaram, mas dessa vez eram de felicidade.

— Também te amo.

O cachorro de Grant cansou de cavar o buraco e veio lamber meu rosto de novo. Ainda choramingando, dei risada.

— Seu cachorro é tão persistente quanto você — falei.

— Ele não é meu.

— Quê? Mas você tem a coleira e disse que era, não disse?

— Spuds é seu, se você o quiser.

Spuds. Meu Deus. Ele se lembrava das coisas que eu tinha dito que queria. *"Dois ou três filhos com idades próximas, talvez um golden retriever chamado Spuds... uma casa cheia."*

Ficamos sentados na grama, trocando beijos e repetindo eu te amo muitas, muitas vezes. O sol se foi e as estrelas chegaram. Eu quase não conseguia mais enxergar o lago.

Grant afagou meu cabelo.

— Fui visitar Leilani todos os dias da semana passada. Em alguns dias, fiquei sentado, encostado na lápide, do anoitecer ao amanhecer. Não foi bonito. Com certeza assustei as pessoas que foram visitar túmulos próximos. Mas não ia lá desde o funeral. Simplesmente não conseguia ir. Em vez disso, ficava naquele maldito barco e todo dia me lembrava do pior dia da minha vida. Era impossível superar e seguir em frente morando no lugar onde tudo aconteceu. Eu estava mantendo viva a lembrança da minha filha, mas não as lembranças boas em que devia ter me concentrado.

Grant fez uma pausa e respirou fundo.

— Em uma manhã, fui parar no hospital psiquiátrico judiciário onde Lily cumpre pena e conversei com o médico que cuida dela. Estive perdido por muito tempo e achei que precisava de alguma coisa deles para seguir com a minha vida. Mas descobri que não. Preciso de alguma coisa de você.

Olhei nos olhos dele.

— O que você quiser. O que posso fazer?

Ele sorriu, um meio sorriso de lado e adorável que dizia que era essa a reação que ele esperava.

— Me dá outra chance.

Um raio de sol que entrava pela janela iluminou meu rosto e me acordou no chão. Nua e confusa, protegi os olhos enquanto levava a outra mão ao cobertor na altura da minha cintura. Lembranças da noite anterior voltaram como uma enxurrada, e um sorriso bobo distendeu meus lábios. Grant e eu passamos metade da noite conversando e metade da noite recuperando as duas últimas semanas sem contato físico.

Enquanto eu vivesse, jamais esqueceria sua expressão quando ele disse que me amava enquanto me penetrava. As palavras "fazer amor" antes eram só isso, palavras, até a noite passada. Mas a conexão entre nós foi tamanha que realmente senti que nos tornávamos um só. O que me fez pensar... por que minha outra metade não estava ali deitada ao meu lado?

Enrolei o cobertor no corpo e fui procurar Grant.

Eu o encontrei na varanda da frente com Spuds.

Ele se virou ao ouvir a porta abrir.

— Bom dia.

Sorri.

— Bom dia. Que horas são?

— Umas dez.

— Uau. Você deve estar acordado há horas.

— Não. Dormi até as nove. — Ele pegou um copo térmico que estava a seu lado, um copo igual ao que ele segurava na outra mão. — Fui buscar café para nós naquela loja aqui perto. O seu é descafeinado. Talvez tenha esfriado um pouco.

— Ah, obrigada. Eu bebo frio mesmo. Não me importo. — Sentei-me ao lado dele no degrau da escada da minha varanda, e ele beijou minha testa enquanto eu tirava a tampa do copo de isopor. — Isso significa que perdeu o nascer do sol? — perguntei.

— Perdi. Estava dormindo. — Ele sorriu.

— Vai ter que ver o pôr do sol então.

Grant balançou a cabeça.

— Gostei de te ver enrolada nesse cobertor, mas bebe o café e vai se vestir. Quero te mostrar uma coisa.

Bebi alguns goles e fui procurar minhas roupas. Estavam espalhadas desde a cozinha até a sala de estar, e sorri quando entrei no banheiro para trocar de roupa. Spuds me seguiu e ficou esperando na porta, do lado de fora.

— Aonde vamos?

— Só caminhar um pouco.

— Entendi. Mas é melhor a gente não ir muito longe, ou vai ter que me carregar. Não me sobrou energia nenhuma depois de ontem à noite.

Grant sorriu.

— É assim que eu pretendo manter você: satisfeita e sorridente.

Andamos de mãos dadas até o terreno na beira do lago, onde ficamos sentados ontem à noite. Quando chegamos perto da água, Grant olhou em volta.

— Belo lugar para uma casa.

— Concordo. Eu olhei esse terreno antes de comprar o meu. Mas é muito caro.

— Eu sei. Acabei de comprar.

— Você... o quê?

— Telefonei há uma hora e fiz uma oferta. Eles ligaram de volta cinco minutos antes de você acordar para dizer que aceitavam a proposta.

— Não entendi...

Grant segurou minhas mãos.

— Você queria este terreno. Eu quero te dar, se você permitir. Quero construir uma casa aqui. Com um quintal grande, uma cerca e muitos quartos que vamos ocupar nos próximos anos.

— Está falando sério?

— Estou. — O sorriso de Grant desapareceu. — Moro naquele barco há sete anos. Todos os dias, sentia meu coração dilacerado quando pisava no convés e lembrava... Preciso me mudar. Leilani sempre vai ser parte da minha vida, mas tem espaço no meu coração para mais de uma pessoa.

— Ai, Grant, meu Deus. — Passei os braços em torno do pescoço dele. — Mas e a minha casa?

— Vende. Ou aluga. Ou fica com ela, e podemos usar como esconderijo um dia, quando as crianças estiverem ameaçando nossa sanidade. Você é meio escandalosa e não quero que isso mude.

Dei risada.

— Manter uma casa vazia só para não termos que transar em silêncio? Você é maluco.

— Vamos pensar nisso depois. Vamos ter muito tempo. Vai demorar um pouco para construir alguma coisa.

— Ah, não. Acabei de vislumbrar sua casa pronta antes da minha.

Grant se inclinou e beijou meus lábios.

— Isso é impossível.

— Por quê?

— Porque não existe a *minha* casa. Só existe a *nossa* casa.

Sorri.

— Te amo.

— Também te amo. — Ele se abaixou e beijou minha barriga. — E amo você também.

Depois que nos beijamos, comecei a voltar à realidade.

— Tenho muito trabalho para fazer hoje à tarde. Quer ir passar o dia no meu apartamento enquanto eu trabalho? Podemos pedir comida.

— Não pode levar seu trabalho para o meu apartamento?

— Acho que sim. Só preciso do laptop e de algumas pastas. Quer ver o pôr do sol de lá ou alguma outra coisa?

Grant me encarou.

— Não. Só pensei em fazer uma bela refeição para a minha garota e nosso bebê. Depois, em vez de ver o pôr do sol, o plano é ver sua cara enquanto lambo seu corpo todo.

Eu gostava da ideia. Mas...

— Você perdeu o nascer do sol hoje. E disse que via um dos dois todos os dias para lembrar que as coisas boas da vida podem ser simples.

Grant segurou meu rosto.

— Isso ficou no passado. Agora sei que nem todas as coisas boas da vida são simples. Algumas das melhores são complicadas, mas lindas, e compensam todo o risco. Não preciso mais ver um nascer ou um pôr do sol todo dia para lembrar que coisas boas existem. Eu tenho você.

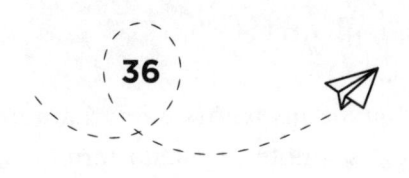

Grant

Ireland segurava minha mão. O médico tinha acabado de fazer um exame e disse que estava tudo bem. Mas, como era a consulta de dois meses, ele queria fazer um ultrassom para ouvir os batimentos cardíacos do bebê.

Vi o dr. Warren depositar uma porção de gel na barriga plana de Ireland e começar a espalhar o produto com um leitor. Sombras surgiram na tela na minha frente, e nós três olhamos para o monitor. O doutor aproximou a imagem, aumentando a pressão do leitor, e de repente um som começou a ecoar pela sala.

Um coração batendo.

Meu filho tem um coração que pulsa.

Ireland lia para mim trechos de seu livro *O que esperar quando você está esperando*, e eu sabia que os primeiros meses de gestação promovem uma alteração hormonal que deixa muitas mulheres mais emotivas que de costume. Mas o livro não mencionava que o futuro pai ia ficar todo emocionado.

Meus olhos se encheram de lágrimas e não consegui segurá-las, por mais que me esforçasse. Ireland afagou minha mão e sorriu.

Porra. Quem liga se eu sou um completo molenga? Não queria mais lutar contra isso. Deixei as lágrimas correrem e me inclinei para beijar a testa da minha garota. Sete anos atrás, meu coração parou de bater, e hoje ele reencontrava seu propósito. Eu queria abraçar Ireland e dançar com ela ao som mágico dos batimentos do coração do nosso filho.

O médico apertou um botão e alguns centímetros de batimentos foram impressos pela máquina.

— Os batimentos estão ótimos. Fortes. Só vou verificar algumas medidas e libero vocês. — Ele virou um botão, e os batimentos sumiram. Senti uma onda de pânico.

— Pode... deixar a gente ouvir até o fim do exame? — pedi.

O dr. Warren sorriu.

— É claro.

Ele apertou alguns botões e imprimiu mais páginas durante os cinco minutos seguintes. Quando terminou, deu um papel-toalha para Ireland limpar a barriga. Depois assentiu e disse:

— Tudo certo, as medidas estão muito boas. Podem voltar em um mês. E vamos torcer para continuar sem enjoos. — Ele ofereceu uma das folhas de papel com os batimentos cardíacos do bebê registrados pela máquina. — Acho que vai gostar de guardar isto aqui, papai.

— Vou guardar. Obrigado. Peço desculpas por me emocionar tanto.

Ele acenou para mim.

— Não precisa se desculpar. Esse é um momento importante da sua vida e uma grande mudança. Viva a experiência. Aproveite os momentos felizes, mesmo que eles provoquem algumas lágrimas.

— Tem razão. Obrigado, doutor.

O dr. Warren saiu e fechou a porta, e Ireland se levantou para se vestir. Eu tinha pensado muito nisso ultimamente e decidi que o conselho do médico era perfeito. Precisava viver o momento, e esse momento nunca pareceu tão certo. O fato de ter a caixa no bolso só podia ser coisa do destino.

Ireland fechou a calça e amassou a camisola de papel que usou durante o exame. Quando ela se virou para jogar a camisola usada no lixo, eu estava... ajoelhado.

Ela arregalou os olhos e cobriu a boca com as mãos.

— O que está fazendo?

Coloquei a mão no bolso e peguei a caixa branca e antiga.

— O plano era esperar algumas semanas para isso. Não era para ser hoje. Mas você ouviu o que o médico disse: "Viva o momento".

— Grant... ai, meu Deus.

Segurei a mão dela e mostrei a caixa.

— Este anel foi da minha avó. Eu pretendia mandar refazer a incrustação da pedra e colocar em uma caixa nova e bonita. Mas... — Balancei a cabeça. — Mas não quero esperar. O momento é perfeito. — Abri a caixa antiga e mostrei o conteúdo para Ireland. Não era o maior anel, nem o mais brilhante, mas era uma joia cheia de história e esperança.

— Na semana passada, depois que fomos contar ao meu avô sobre o bebê, minha avó ligou para mim no dia seguinte e pediu para eu ir até lá sozinho. Os dois sentaram-se comigo e me disseram que queriam que eu desse este anel para você quando chegasse a hora. Foi da minha bisavó, depois da minha avó e então da minha mãe.

— É lindo, Grant.

— O engraçado é que eu nunca soube que minha mãe, minha avó e minha bisavó tiveram o mesmo anel. Minha mãe morreu antes de eu me casar com Lily, e eles não me deram o anel. Fiquei curioso para saber por que tinham me dado agora e perguntei. Sabe o que eles disseram?

— O quê?

Segurei o papelzinho que o médico me deu.

— Meu avô disse que você me devolveu um coração pulsante. E ele sabia que você era o meu para sempre.

Ireland começou a chorar.

— Que lindo.

Tirei o anel da caixa.

— Ireland Saint James, sei que a gente se conhece há menos de um ano, mas nunca imaginei que encontraria alguém para amar como eu amo você. Não me apaixonei só por você, me apaixonei pela vida com você ao meu lado. Quer se casar comigo? Podemos procurar um anel diferente ou marcar a data para daqui a um ano se não estiver pronta agora. Nada disso é importante. Só quero saber que vai passar o resto da sua vida comigo.

Ireland quase me derrubou com o abraço.

— Sim! Sim! Eu quero. E o anel é lindo. Eu não preciso de mais nada. E não preciso de um ano. Só preciso de você.

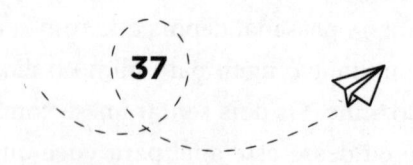

Grant

Sentei-me sozinho no convés da popa do *Leilani*. O silêncio na baía essa tarde era quase sinistro, o que combinava perfeitamente com a ocasião. Eu sentia a mesma calma estranha que reinava na água, embora esperasse sentir justamente o contrário. Dizer adeus ao barco era muito mais que deixar um lugar onde eu havia vivido durante anos. Mesmo que ele não fosse a lugar nenhum... não enquanto meu avô quisesse ir visitá-lo. Mas era hora de seguir em frente. Hora de parar de começar e encerrar meus dias com a lembrança que me assombraria para sempre, e hora de começar a criar novas lembranças, essas cheias de felicidade. Eu só precisava fazer mais uma coisa.

Respirei fundo e peguei a caneta e o papel que tinha deixado separados quando arrumei minhas coisas. Tinha um envelope selado ao meu lado no banco, um dos milhares que recebera e jogara fora ao longo dos anos. Mas hoje, quando a carta diária chegou, eu a guardei no bolso em vez de jogá-la no lixo. Não tinha intenção de ler, mas hoje precisava do endereço para responder.

Foram mais de três mil desses envelopes desde que conheci Lily aos catorze anos. Eu tinha o poder de fazer isso parar a qualquer momento, mas nunca fiz, e agora nem sabia o porquê. Talvez quisesse a lembrança diária como parte do meu castigo. Talvez quisesse impor a Lily a mesma lembrança diária do que ela tinha feito. Talvez tivesse uma cabeça tão ferrada que tinha medo de não pensar em minha filha sem essa carta diária. Não sei. Mas, qualquer que fosse o motivo, hoje era o dia em que isso teria um fim.

Olhei em volta mais uma vez, imaginando Lily parada no convés naquela noite. Eu tinha visto essa imagem em minha cabeça mil vezes antes. Fechando os olhos com força, engoli o gosto do sal no fundo da garganta antes de finalmente aproximar a caneta do papel.

Lily,

Não sei como te perdoar.

Talvez a esta altura eu devesse ter encontrado Deus ou algo do tipo – encontrado um jeito de aceitar o que você fez e ficar em paz com a ideia de que não foi sua culpa. Mas não aconteceu. Esta carta não é sobre isso.

Preciso dizer quanto eu lamento.

Lamento ter dormido naquela noite.

Lamento não ter visto quanto era profundo o que você estava passando e não ter levado Leilani para longe.

Lamento ter posto suas necessidades acima das necessidades da nossa menininha.

Lamento não ter previsto.

Lamento não ter protegido nossa garotinha.

Fiquei transtornado. Eu fiquei transtornado, Lily.

Passei os últimos sete anos evitando qualquer pessoa que eu pudesse amar. Porque achava que, ao se apaixonar por alguém, você fica cego para os defeitos daquela pessoa e só enxerga o que quer ver. Tive medo de não ver de novo quem alguém realmente é. Achei que podia controlar quem eu amava.

Até Ireland.

Ireland me fez perceber que ninguém escolhe por quem se apaixona. Amamos por acaso. Mas continuar apaixonado e fazer dar certo não é algo que acontece por acaso, é uma escolha. E eu escolhi amar Ireland.

Por isso estou escrevendo hoje para contar que me apaixonei por outra pessoa e pedir para você parar de escrever. Quem sabe isso te ajude a seguir em frente também.

Queria poder dizer que encontrei um jeito de te perdoar, mas ainda não consegui. Talvez um dia aconteça. Não é algo que eu possa forçar. Tenho um longo caminho a percorrer e muito o que curar, mas decidi que me perdoar pode ser o melhor começo. Então, embora ainda não seja capaz de abrir o coração e dizer que te perdoo, estou pedindo para você me perdoar. Preciso seguir em frente. Quero parar de me odiar e me esforçar para ter paz. Isso começa com a gente.

Por favor, me perdoe. Um dia espero retribuir o presente do perdão.

Não mande mais cartas.

Adeus, Lily.

Grant

Epílogo

Ireland

Quinze meses depois

— Ainda não acredito que você fez tudo isso.

Olhei pela janela e vi pessoas pendurando lâmpadas nas palmeiras e instalando uma pista de dança de madeira sobre a areia. Grant parou atrás de mim, enlaçou minha cintura com os braços e beijou meu ombro nu.

— Não é fácil fazer uma surpresa para você.

Grant e eu nos casamos quando eu estava no quinto mês de gravidez. Uma grande festa não era importante para nenhum de nós, e eu não queria entrar na igreja com uma barriga enorme. Entao fomos ao cartório e oficializamos a união discretamente. Mas sempre nos sentimos culpados pela falta de uma grande comemoração, então, no nosso aniversário de um ano, Grant me surpreendeu com uma viagem ao Caribe para a renovação dos nossos votos. Quando entrei no hotel, eu nem imaginava que ele havia trazido todos os nossos amigos e a família.

E agora uma equipe de vinte pessoas preparava uma cerimônia de renovação de votos ao pôr do sol, em um cenário que eu tinha descrito para ele ao falar do meu casamento dos sonhos: palmeiras iluminadas com lâmpadas em uma praia ao pôr do sol. Ele até combinou com Mia para ela ir comigo a uma loja na ilha comprar os vestidos quando chegamos, dois dias atrás. O que não foi fácil, considerando que Mia estava grávida de seis meses.

Virei-me e passei os braços em torno do pescoço de meu marido.

— Isso é incrível. Obrigada por ter feito tudo isso. Ainda não consegui superar o espanto por ter feito tudo sem eu perceber.

Ele passou o polegar no meu lábio inferior.

— Faço tudo por esse sorriso. Além do mais, eu tinha segundas intenções. Como Mia está no quarto vizinho, ela vai ficar com o Logan esta noite. Não tenho você só para mim há muito tempo.

— Com você, tudo sempre acaba em sexo, não é? — brinquei.
— Ainda estou recuperando o tempo perdido, querida.
Quando eu estava no sétimo mês de gestação, entrei em trabalho de parto prematuro. Os médicos conseguiram interromper, mas me puseram em repouso absoluto e restringiram toda atividade sexual. Portanto, passamos dois meses antes do parto e seis semanas depois dele sem sexo. Grant não estava brincando quando disse que ainda tentava recuperar o tempo perdido. Vivemos os últimos meses como dois adolescentes cheios de tesão. E era por isso que eu também tinha uma surpresa para ele hoje.
— Tenho uma coisa para te mostrar — anunciei.
Grant sorriu com malícia e apertou minha bunda.
— E eu também tenho uma coisa para te mostrar.
Eu ri.
— Estou falando sério.
Meu marido pegou minha mão e a deslizou de sua nuca até a ereção impressionante, acomodando meus dedos em torno dela.
— Eu também estou falando sério.
Eu havia comprado um teste de gravidez de farmácia enquanto Mia e eu estávamos fazendo compras na ilha ontem e guardei o resultado para surpreender Grant. Ele era um pai maravilhoso para nosso filho Logan, mas eu ainda estava um pouco nervosa antes de contar porque me lembrava de sua reação na primeira vez que fiquei grávida. Era bobagem, eu sabia, especialmente porque combinamos de não usar métodos anticoncepcionais e passar um bom tempo "tentando" trazer outro bebê ao mundo. Mesmo assim, eu queria tirar essa pressão de cima de mim.
— Sente-se e espere um minuto. Já volto.
Grant fez uma careta contrariada, mas fez o que pedi e me deixou ir ao banheiro. Eu tinha escondido o teste de gravidez no meu estojo de maquiagem, embaixo da pia, dentro da embalagem original. Com o teste no bolso do short, voltei ao quarto e encontrei Grant tirando a camiseta. Meu coração ficou apertado quando vi a tatuagem que ele havia feito no peito alguns dias antes do nosso casamento no ano passado.
Deslizei o dedo por ela. Grant tatuou no peito a impressão dos batimentos cardíacos de Logan, uma cópia do papel que o médico

dera a ele no primeiro ultrassom. Junto com a reprodução dos batimentos, ele tatuou as palavras da plaquinha pendurada em cima da minha cama: "Sem chuva. Sem flores".

Beijei a tatuagem.

— Continuo amando essa tatuagem hoje como no dia em que você a fez. Mas falta alguma coisa. Acho que vai ter que voltar ao estúdio para fazer um retoque.

Grant franziu a testa e olhou para o próprio peito. Puxou a pele para tentar enxergar o desenho um pouco melhor.

— O que é que falta aqui?

Tirei o teste do bolso.

— Só tem os batimentos do coração de um bebê.

Grant fez uma pausa de um segundo, depois arregalou os olhos.

— Você está...

Balancei a cabeça para confirmar.

— Grávida de novo.

Ele fechou os olhos e eu prendi a respiração por alguns instantes. Quando ele os abriu, só precisei de um instante para ver a alegria neles.

Ele sorriu.

— Você está grávida. Minha esposa está grávida outra vez.

Eu sorri.

— Sim. Acho que é isso o que acontece com quem tem um marido insaciável.

Grant me abraçou, me tirou do chão e girou.

— Eu amo você grávida. Amo sua barriga grande. E seus peitos grandes. Amo até depilar suas pernas quando você não consegue mais abaixar. Você me deu vida de novo, Ireland, e sua gravidez é prova disso.

— Essa é a coisa mais doce que alguém já me disse. Menos a parte dos peitos.

Grant sorriu.

— Que bom. Porque é verdade. Agora, traz essa sua bunda grávida para a cama porque quero te dar meu presente.

Renovamos nossos votos descalços, diante de todos os nossos amigos e da família, ao pôr do sol. Vovô estava ao lado de Grant, na posição de padrinho, e Mia estava ao meu lado, segurando a barriga com uma das mãos. Leo, que agora morava conosco, segurava nosso filho no colo na primeira fileira de assentos. Ele tinha se mudado para nossa casa havia quatro meses, quando a tia sofreu um AVC que a deixou incapaz de cuidar dele. A justiça nos deu a guarda temporária, mas, se dependesse de nós, ele ficaria conosco para sempre.

Perto do fim da cerimônia, o pastor disse:

— Nesse momento, o marido dá à noiva um anel novo como prova de seu amor e compromisso.

Eu me inclinei para Grant.

— Pensei que não íamos trocar de aliança.

Ele piscou.

— Não vamos. Eu não preciso de duas. Mas queria que você tivesse algo para lembrar o dia de hoje.

Grant se virou para o avô e cochichou:

— Psiu. Vô. No seu bolso...

O rosto do idoso se contraiu. Ele parecia estar confuso. Isso acontecia com frequência cada vez maior nos últimos meses.

Grant sussurrou de novo:

— Tem uma caixa no seu bolso.

Ainda confuso, o avô de Grant olhou em volta. Nossos amigos e familiares acompanhavam a cena e esperavam. De repente, ele olhou para mim, me viu de mãos dadas com Grant e sorriu.

— Oi, Charlize.

Sorri de volta.

— Oi, vô. Tudo bem?

Grant deu risada.

— Sempre se distraindo com mulheres bonitas. A caixa está no bolso esquerdo do seu paletó, vô. Pode me dar?

— Caixa?

— É, no bolso do seu paletó.

— Ah, você quer o... — Ele estalou os dedos. — Droga... como é o nome mesmo... — Tec, tec. — Você quer o... — Tec, tec. — Quer suas *bolas*!

Todo mundo começou a rir, inclusive nós dois. Grant se aproximou do avô e pôs a mão no bolso do paletó do avô para pegar a caixinha preta.

— Não. Ela pode ficar com as minhas bolas, vô. É dona delas desde a primeira vez que nos vimos. Só quero o anel.

FIM

Agradecimentos

A vocês, os *leitores*. Obrigada por me deixarem fazer parte de seus corações e lares. A vida parece acontecer mais depressa hoje em dia, e sou muito grata por poder estar com vocês nesses momentos, quando relaxam e pegam um livro para fugir. Espero que tenham gostado da história maluca de Grant e Ireland, e que voltem em breve!

A Penélope – 2019 foi cheio de altos e baixos. Fico feliz por você ser a Thelma da minha Louise nessa viagem doida.

A Cheri – Este ano nos fez lembrar quanto o tempo é precioso, e agradeço muito por ter se afastado de sua família para me acompanhar em nossas viagens loucas! Os livros nos aproximaram, mas a amizade nos fez ser para sempre.

A Julie – Obrigada pela amizade e a sabedoria.

A Luna – Sem chuva. Sem flores. 2020 é seu ano para desabrochar, e mal posso esperar para ver isso.

Ao meu espetacular grupo de leitura no Facebook, Vi's Violets. Todas as manhãs, acordo e tomo meu café com vocês. Vocês começam meu dia, me encorajam quando as coisas ficam difíceis e comemoram meu sucesso. Já disse antes, mas, a cada ano que passa, isto se torna mais verdadeiro: esse grupo é um presente. Obrigada por fazer parte dele.

A Sommer – Não sei como faz isso sempre. Obrigada por mais uma capa incrível.

À minha agente e amiga Kimberly Brower – Obrigada por nunca aceitar o "bom o bastante". Você sempre vai além do que é esperado. Mal posso esperar para ver as coisas singulares que você encontra todos os anos!

A Jessica, Elaine e Eda – Obrigada por serem o time dos sonhos da edição! Vocês aparam todas as arestas e me fazem brilhar!

A todos os blogueiros – Obrigada por inspirarem outras pessoas a me darem uma chance. Sem vocês, eles não estariam aqui.

Com amor,

Vi

Sobre a autora

Vi Keeland é autora best-seller do *The New York Times*, do *The Wall Street Journal* e do *USA Today*. Suas obras foram traduzidas para vinte e seis idiomas e já venderam milhões de livros ao redor do mundo, chegando a aparecer nas listas de mais vendidos dos Estados Unidos, da Alemanha, do Brasil, da Bulgária e da Hungria. Ela mora em Nova York com o marido e os três filhos. Vive seu "felizes para sempre" com o garoto que conheceu quando tinha seis anos de idade.

Leia também

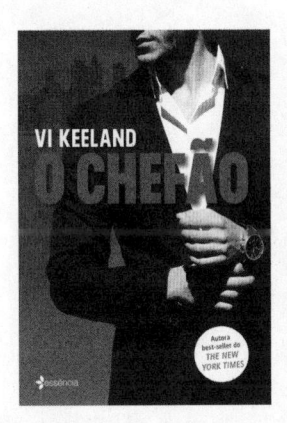

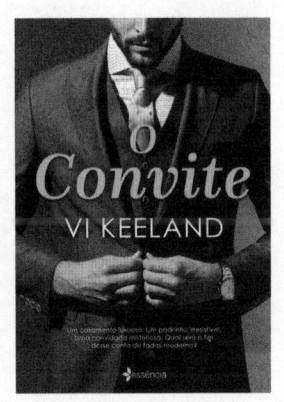

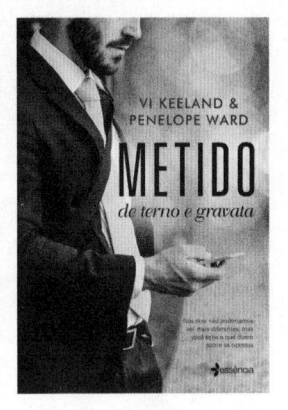

**Acreditamos
nos livros**

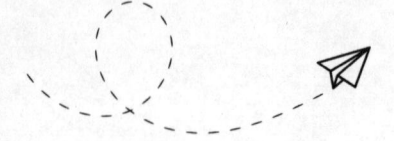

Este livro foi composto em Linux Libertine
e impresso pela Geográfica para a Editora
Planeta do Brasil em abril de 2022.